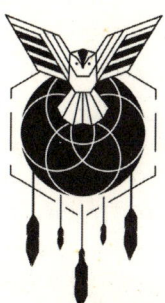

O Guerreiro do Caminho Vermelho

E os Animais de Poder

Eric Pieri

O Guerreiro do Caminho Vermelho

E os Animais de Poder

MADRAS®

© 2018, Madras Editora Ltda.

Editor:
Wagner Veneziani Costa

Produção e Capa:
Equipe Técnica Madras

Revisão:
Maria Cristina Scomparini
Jerônimo Feitosa
Neuza Rosa

Dados Internacionais de Catalogação na Publicação (CIP)
(Câmara Brasileira do Livro, SP, Brasil)

Pieri, Eric
O guerreiro do caminho vermelho e os animais de poder/Eric Pieri. – São Paulo: Madras, 2018.

ISBN 978-85-370-1157-7

1. Esoterismo 2. Ficção brasileira I. Título.

18-20150 CDD-869.3

Índices para catálogo sistemático:
1. Ficção: Literatura brasileira 869.3
Cibele Maria Dias – Bibliotecária – CRB-8/9427

É proibida a reprodução total ou parcial desta obra, de qualquer forma ou por qualquer meio eletrônico, mecânico, inclusive por meio de processos xerográficos, incluindo ainda o uso da internet, sem a permissão expressa da Madras Editora, na pessoa de seu editor (Lei nº 9.610, de 19/2/1998).

Todos os direitos desta edição reservados pela

MADRAS EDITORA LTDA.
Rua Paulo Gonçalves, 88 – Santana
CEP: 02403-020 – São Paulo/SP
Caixa Postal: 12183 – CEP: 02013-970
Tel.: (11) 2281-5555 – Fax: (11) 2959-3090
www.madras.com.br

*A todos os que partilharam da minha
jornada e me ajudaram a colocar
minha missão de alma em marcha,
minha eterna gratidão!*

Prólogo

Era a terceira vez naquela semana… Ensopado de suor, Axl acordava mais uma vez no meio da noite sem conseguir explicar o motivo de despertar bruscamente, sentindo a dor de ter cada músculo de seu corpo tensionado.

Ofegante, na escuridão de seu quarto, tentava relembrar detalhes daquele pesadelo recorrente. Ver o mundo através dos olhos de uma coruja não fazia o menor sentido…

Ele precisava ir mais longe! Levar sua mente ao limite, para avançar naquela história que insistia em não lhe fornecer mais que meras imagens de um local desconhecido. Era como se estivesse saindo de sua toca no interior de uma árvore – só lhe restava a visão daquela imensa floresta, sem sons, sem animais… Apenas a tênue luz da Lua Nova procurando espaço na densa noite lhe fazia companhia.

Esforço em vão. Não adiantava lutar. Vencido pelo cansaço, adormeceu…

Parte I
Missão de Alma –
O Despertar

Capítulo 1

No auge de seus 14 anos, Axl dedica a maior parte de seu tempo concentrado no que mais gosta: viver sua identidade virtual no jogo *on-line* mais popular de todos os tempos, o Primordial Power. Aquilo que tinha começado como uma brincadeira entre amigos poderia se tornar a base de um futuro promissor.

Conhecido como "O Mago", Axl tem de manter o equilíbrio das forças no reino ao qual pertence, em um mundo repleto de segredos, desafios, perigos e, acima de tudo, conquistas.

– Axl! – gritou Kaleo, que se aproximava do amigo na saída da escola, naquela sexta-feira.

– Kaleo, por onde você andou? A professora Katherine achou meio estranho você faltar justamente hoje, em dia de prova!

– Deixa isso para lá, cara! – replicou Kaleo animado, antes que o amigo iniciasse um sermão daqueles que os adultos adoram fazer. – Precisava terminar nossa estratégia para o jogo de amanhã!

O dia seguinte seria um marco. Era nada menos que a final da terceira edição de Primordial Power. As duas primeiras haviam sido vencidas pelo clã "Druidas" que, mais uma vez, parecia imbatível.

Lançado cinco anos antes, Primordial Power é uma revolução na indústria dos MMORPGs que, apesar da sigla complicada, nada mais são que os conhecidos *games* nos quais diversos jogadores interagem pela rede em um mundo virtual e dinâmico. Diferentemente de todas as promessas anteriores, esse é o primeiro game do tipo que permite aos jogadores vivenciarem de maneira realística o mundo dos *bits*. Criado pela empresa Stellar Rhodium, combina nano e biotecnologia para o desenvolvimento dos equipamentos de interface entre jogadores e o maravilhoso mundo imaginário. Nada de utilizar os conhecidos óculos de realidade virtual que, na maioria das vezes, conseguiam proporcionar apenas a sensação de enjoo.

O "Portal Mágico", como a Stellar Rhodium se refere aos equipamentos de interatividade, é composto por diversos acessórios que, uma vez vestidos, analisam cada movimento e sinais vitais dos jogadores. Elementos triviais, como fones de ouvido ou lentes de contato, foram elevados a um patamar tecnológico tão desenvolvido, que permitem aos guerreiros obter percepções sensoriais com incrível nível de detalhes. Cenários, amigos, inimigos, elementos da natureza... É quase impossível distinguir em qual das realidades o jogador se encontra.

Todos esses equipamentos se comunicam com o servidor por tecnologia sem fio, o que permite total liberdade de movimentos, sendo esse outro grande diferencial do revolucionário game. Não se joga Primordial Power sentado em frente a um computador, ou mesmo em pé, usando-se os velhos visores de realidade virtual que permitiam, no máximo, ensaiar alguns movimentos muito básicos.

Em uma sala totalmente escura, a Arena, cada um dos jogadores pertencentes ao clã utiliza seu módulo de combate individual. Na verdade, trata-se de um aparelho meio esquisito, uma mistura de esteira ergométrica e cama elástica. Nele, os jogadores ficam presos por tiras elásticas que permitem saltos e acrobacias, além de poderem simular os atos de andar ou correr. Um sistema avançado identifica a intenção do jogador em se virar para o lado e a esteira gira, permitindo uma perfeita simulação de movimento em 360 graus. Esse mesmo mecanismo é inclinado automaticamente cada vez que uma rampa tem de ser vencida.

Daí para a frente, tudo fica por conta do cérebro de cada jogador, que recebe todos esses estímulos e os processa como se fossem reais, resultando em uma gama de emoções e sensações que afloram naturalmente.

Capítulo 2

– Vamos logo para o clube – disse Kaleo puxando o amigo pelo braço, enquanto andavam calmamente.

– Kaleo, você sabe que agora não vai dar. Preciso passar em casa antes e ajudar minha irmã com as tarefas da escola.

– Para com isso! Seu pai não vai te cobrar isso hoje. Amanhã é o dia da semifinal!

– Eu sei. O duro é convencer ele de que a lição de matemática da Kate é menos importante que o jogo.

A expressão no rosto de Axl não deixava dúvidas quanto ao seu descontentamento. Seus olhos negros, que se destacavam em um rosto fino e pele branca, emoldurado pelos negros cabelos revoltos típicos dos adolescentes, sempre deixavam transparecer seus mais profundos sentimentos.

* * *

– Os olhos são as janelas da alma! – dizia o pai de Axl, sr. Dan Green, toda vez que ele tentava esconder em vão o que sentia.

– Então eu quero deixar essas janelas trancadas!

– Meu filho, não se sinta um fraco por isso. Mostrar aos outros o que você realmente está sentindo é a melhor forma de lidar com suas emoções – com frases mais ou menos parecidas, essa era a mensagem que tentava transmitir.

* * *

Apesar de saber da importância das tarefas que ele tinha compromissadas com sua família, não era raro se questionar o motivo pelo qual seria ele o responsável por tantas atividades. Afinal de contas, não era o culpado pela família ter diminuído.

Capítulo 3

Era uma manhã fria de inverno. Dan acabava de ser acordado pelo choro estridente de Kate ecoando pela casa. Foi um esforço imenso, mas ele conseguiu abrir levemente seus olhos. O suficiente para identificar os primeiros raios de sol que teimosamente tentavam clarear aquele dia, em que a neve criava esculturas naturais nas árvores do lado de fora da casa dos Green. Ao olhar para o lado, viu que não tinha companhia.

— É por isso que eu te amo, querida! — sussurrou o sr. Green enquanto fechava novamente seus olhos, aconchegava-se no macio travesseiro de pluma de ganso e sentia a maciez de seu edredom cor de vinho.

Muito zelosa, a sra. Green fazia questão de manter a decoração de sua casa de forma impecável. O quarto em estilo clássico tinha suas paredes revestidas com um belo papel de parede floral em tons de rosa e bordô, que contrastavam com a cama, criados-mudos e aparador em modelo francês, todos brancos como a neve. Do teto pendia um lustre estilo provençal, que deixava o ambiente aconchegante e acolhedor.

Entretanto, outro grito de Kate o despertou novamente. Dessa vez, o instinto de pai o fez desconsiderar o sono e, em poucos segundos, sair em direção ao quarto de sua filha.

— Querida?! — chamou em tom de voz moderado. — Sophie, querida?! — mais uma vez, nenhuma resposta.

* * *

— Oh, meu amor! — disse o sr. Green enquanto gentilmente pegava Kate de seu berço e a colocava na segurança de seus braços. — A mamãe não veio te buscar?

— Sophie? — tentou mais uma vez, elevando seu tom de voz.

Sem ter sucesso em seu pedido de socorro, encarou a missão de acalmar aquela preciosidade. Muito parecida com a mãe, a menina loirinha tinha olhos azuis que brilhavam como safiras. Não havia quem não se encantasse com tanta beleza.

"Onde será que ela se meteu?", pensou preocupado. "Ainda são sete da manhã. Não é possível ela ter saído tão cedo!"

Já fazia 15 minutos que Dan andava em círculos pelo quarto de Kate, tentando fazê-la dormir. Seus olhos, já acostumados à pouca luminosidade, permitiam que ele enxergasse com bastante clareza os detalhes daquele cômodo, que há menos de um ano havia sido reformado para receber a pequena que estava em seus braços.

Sophie fez questão de preparar tudo com muito carinho. As paredes tinham um barrado de madeira branca até meia altura e, no restante, um papel de parede com imagens de bailarinas em cor-de-rosa. No teto, um pequeno lustre branco combinava com a cor do berço, poltrona, guarda-roupa e cômoda, estrategicamente posicionados.

"Durma com os anjos", desejou Dan enquanto recolocava Kate já adormecida novamente em seu berço.

* * *

Descendo as escadas de madeira, cuidadosamente para não acordar Kate ou Axl, Dan chegou à sala de estar. "Quem sabe ela não desceu e adormeceu no sofá, após cuidar da Kate durante a noite?" Mais uma vez, nada...

Procurou na cozinha, sala de jantar e até na despensa, antes de uma olhada no quintal para ver se a encontrava. Lá fora, apenas alguns brinquedos que Axl deixou para trás quando já não aguentava mais brincar na neve com sua mãe. Voltou para a sala e, pela janela frontal, viu o Jeep vermelho de Sophie estacionado na garagem, enquanto tentava contatá-la pelo celular. Para sua surpresa, o som do celular da sra. Green ecoou pela casa, fazendo com que Dan se assustasse e imediatamente desistisse dessa tentativa.

Decidiu voltar à cozinha para tomar um café e aguardar o retorno de sua esposa, quando algo lhe chamou a atenção. O Natal se aproximava e Sophie havia iniciado a decoração da lareira. Ao lado de alguns bonecos de neve e do Papai Noel, um porta-retratos com uma foto da família completa. Com seu belo sorriso e lindos olhos azuis, Sophie segurava Kate em seu colo enquanto a pequena brincava com os cachos de seu cabelo loiro. Magro e alto, Dan escondia sua calvície com um boné dos Redskins. À sua frente, segurando uma bola de futebol americano, Axl se esticava nas pontas dos pés para parecer tão grande quanto o pai.

Sob o porta-retratos, um papel. Na verdade, um bilhete contendo poucas e dolorosas palavras.

"Sejam felizes! Com amor. Sophie."

* * *

Kate tinha apenas 6 meses de idade, aproximadamente três anos mais nova que Axl, quando a sra. Green desapareceu de suas vidas. Abandonados sem aparente motivo pela mãe, os irmãos foram criados pelo sr. Green, que foi obrigado a acumular diversos papéis nos últimos e solitários 11 anos.

Capítulo 4

O barulho das torcidas já era intenso. Os jogadores dos quatro clãs terminavam de discutir suas últimas estratégias antes que as eliminatórias para a grande final fossem iniciadas.

Primordial Power é um jogo em que cada clã representa um grande povo da Antiguidade. Distorcendo a realidade temporal, todos esses povos coexistem numa terra cercada de mistérios e desafios.

Axl pertence ao clã "The Mummies" e vive o papel de líder dos Magos do povo do Antigo Egito. Tudo começou quanto Axl conheceu Kaleo no sétimo ano e o novo amigo o convidou a fazer parte do time que estava se formando.

* * *

– Axl, você tem de conhecer esse jogo. Parece difícil, mas você vai se acostumar rapidinho. Precisamos de mais um jogador e você parece perfeito.

– Mas, Kaleo, eu não faço ideia de como é que...

– OK, deixa que eu te explico – Kaleo, afobado como sempre, não tinha paciência para esperar que algum pensamento fosse concluído e tratava de "atropelar" os amigos, sem cerimônia. – Assim que nosso clã iniciar no Primordial Power, vamos ganhar um tempo para construir nossa civilização. Nós seremos os egípcios.

– Egípcios, certo – disse Axl, fingindo demonstrar que conseguia compreender o que estava sendo apresentado. Pelo menos o assunto sobre aquele povo não era desconhecido. Axl, desde pequeno, tinha um interesse muito grande pela história daquele povo, seus deuses, templos, as pirâmides ...

– Isso, egípcios. Cada um de nós cinco assumirá um papel importante na construção de nossa civilização, antes de iniciarmos as batalhas.

– Batalhas? Civilização? Você pode ir com mais calma?

Kaleo fixou o olhar em Axl e, após alguns segundos de completo silêncio, recomeçou sua explanação.

– Batalhas. Claro que teremos batalhas. Você achou que iríamos ficar construindo cidades para quê? – num misto de impaciência e incredulidade, Kaleo se rendeu ao amigo e começou tudo do zero.

– OK, vamos lá! – disse ele.

– Axl, o jogo funciona assim – Kaleo acabara de sacar seu smartphone e acessar a plataforma de apoio do game, para ajudar o amigo a entender seu funcionamento. – Os jogadores se reúnem em grupos que são chamados de clãs. Cada clã escolhe um povo que quer representar, e tem cinco jogadores que desempenham uma função de liderança dentro dessa civilização. Você, por exemplo, será o líder dos magos do antigo Egito e vai ter à sua disposição um grupo de magos virtuais que obedecerão às suas ordens. Eu serei o guerreiro supremo e liderarei nosso exército quando a batalha corpo a corpo tiver de ocorrer.

– Estou acompanhando – disse Axl com um sorriso de canto de boca, já começando a gostar do que estava ouvindo.

– O objetivo do jogo é definir qual das civilizações que lidavam com as forças primordiais da Natureza é a mais forte. Veja aqui! – exclamou apontando para avatares representando os povos antigos. – Existem os celtas, os índios americanos, os maias, os incas, os astecas, os atlantis e mais um monte daqueles outros povos dos quais ouvimos falar nas aulas de História – Kaleo gesticulava enquanto explicava, não conseguindo conter sua empolgação.

– É aí que entram as batalhas? – perguntou Axl. – Você tem alguma simulação aí?

– Peraí... Achei. No começo temos o período de incubação, como chamam o tempo em que temos permissão para criar nossa civilização sem sermos atacados. Nesse período criamos nossas cidades, fortalezas, formamos e treinamos exércitos, plantamos e preparamos os suprimentos de alimentação para nossas investidas contra os inimigos. Após esse tempo, as batalhas iniciam. Temos de dominar os outros povos antes que façam isso com a gente.

Axl não via a hora de testar o jogo. Se fosse metade do que ele havia ouvido de Kaleo, já se dava por satisfeito.

– E quando um povo é dominado, o que acontece? – perguntou Axl.

– Se você continuar olhando, você vai entender! Um povo é considerado dominado apenas quando todos os cinco jogadores daquele clã são derrotados. Nesse momento, tudo que era daquela civilização passa a pertencer à vencedora. Cidades, prédios, tesouros e, principalmente, novos integrantes que, depois de subjugados, devem obediência aos seus novos líderes.

– Sub... o quê? – questionou Axl, meio confuso.

– Subjugado. Quer dizer dominado! Um *General* tem de falar bonito, você não acha? – com um sorriso no rosto, Kaleo continuou sua explicação. – É aí que começamos a ficar mais fortes e a crescer na competição. Ah, e tem outra coisa muito legal. Diferentemente dos jogos tradicionais, o Primordial Power traz para a batalha o máximo de elementos da vida real. Você já imaginou, em uma guerra de verdade, um soldado dizer ao seu superior que está com o nível de vitalidade baixo ou que seu potencial de cura não permite que ele enfrente um adversário naquela hora?

– É... não!

– Então, pensando nisso, eles fizeram com que o sistema vá reunindo as informações de sua condição física, ferimentos, remédios que tomou ou revitalização energética, para calcular se você está vivo ou não. Na verdade, até tem lá nas regras do jogo como isso é calculado. Mas, sinceramente, nunca vi ninguém perder tempo com isso.

– Kaleo – interrompeu Axl –, o que acontece quando um jogador é derrotado?

– Ah, ele "morre para o jogo". Depois que morrer, já era! Nesse caso, um dos outros jogadores do clã pode acumular a função de líder do grupo que ele comandava. Durante as batalhas – continuou Kaleo –, temos de desempenhar um papel de verdadeiro líder. Não adianta apenas enviar nossos soldados para tentarmos sair ilesos. Se o grupo fica sem comando, se torna mais fácil para o adversário.

Aquilo tudo parecia já estar acontecendo na mente de Axl. Ele, que era um entusiasta por tecnologia, mal podia esperar para começar a se divertir.

– Axl, essa aqui é a plataforma que já comecei a montar para o próximo campeonato – depois de fazer o *login* no sistema, Kaleo acessou um ícone com o símbolo da máscara de Tutankhamon, que tinha o nome "The Mummies" abaixo. – Em nosso clã já temos o líder *Curandeiro*, responsável por cuidar dos feridos. O *Intendente*, líder da logística e suprimentos, cuida do plantio e envio de alimentos, além da produção e distribuição de armas e outros suprimentos para a vida da nossa sociedade e, principalmente, durante as batalhas. O *Construtor*, que lidera os grupos de construção de nossas cidades e nos ajuda a encontrar os melhores meios para invadir as fortalezas inimigas. Você ocupará a posição mais importante do jogo. Você será o *Mago* – sorrindo, apontava para a única caixa vazia no cadastro de jogadores, que já tinha as fotos dos outros quatro integrantes.

– O mago? – perguntou Axl, sem entender aonde Kaleo queria chegar – o mais importante... Eu...?

– Sim, Axl. Como eu falei antes, o jogo é sobre povos que dominavam as antigas forças da Natureza. As Forças Primordiais. Os magos são os responsáveis pela guarda dos segredos ocultos. Mais que as cidades e o exército inimigo dominado, os clãs ficam mais fortes por absorver o conhecimento mágico de seu oponente – Kaleo agora exibia lábios semiabertos, olhos arregalados, braços junto ao corpo e mãos abertas voltadas ao céu que demonstravam certa incredulidade.

– Mas, se é tão importante, por que eu fui escolhido para esse papel? – Axl questionou inocentemente.

– É porque os magos são os únicos que não partem para a briga. Todos os outros jogadores também lutam com espadas, arcos ou qualquer outra arma. Até os curandeiros, enquanto não precisam de suas habilidades. Os magos, por sua vez, fazem uma batalha às escondidas, guerreando apenas com os outros magos, ou quando não há mais outra saída a não ser brigar. Como todos gostam de mais emoção, sobra para o último que aparecer o papel do mago – Kaleo voltava a sorrir enquanto arrastava o amigo para conhecer os demais integrantes do clã.

Capítulo 5

O Mestre de Cerimônias enfim capturava a atenção de todos os espectadores. A mescla de sons vindos dos quatro cantos do ginásio, que alguns segundos antes compunha uma sinfonia desordenada e ininteligível, transformara-se em sussurro.

No centro da Arena essa figura se elevava como por mágica. Sua capa totalmente preta e o capuz pontudo cobrindo cabeça e rosto emolduravam uma voz soturna que magneticamente atraía olhares e pensamentos. Alguns metros abaixo, os integrantes dos quatro clãs nervosamente se entreolhavam. Metodicamente preparados pela equipe de produção, cenários que remetiam ao mundo de cada um dos clãs propiciavam aos finalistas imergir na realidade que em poucos minutos vivenciariam. Como elementos de empoderamento pessoal, vestimentas caracterizavam cada personagem e permitiam aos adversários vislumbrar alguns atributos de seus oponentes.

* * *

Posicionados em frente ao portal de entrada de um templo egípcio, os cinco integrantes do "The Mummies" traziam consigo a força de Set – o deus do caos – e Anúbis – o deus que guiava a alma dos mortos ao submundo, representados em pinturas vívidas em meio aos hieróglifos das paredes e colunas.

Em desvantagem de um integrante "morto" no último combate, os incas representados pelo grupo "Tunupa", em alusão ao deus andino dos raios e erupções vulcânicas, enfileiravam-se junto ao Templo do Sol da cidade de Machu Picchu.

Também com quatro integrantes, os Atlantis permaneciam imóveis como estátuas enfileiradas diante da Pirâmide de Poseidon, centro energético da cidade desaparecida.

Por fim, os Celtas absorviam as energias no centro da grande estrutura de Stonehenge. Os Druidas, cobertos com suas capas e capuzes, pareciam pertencer ao mesmo clã do Mestre de Cerimônias. Nem mesmo os títulos dos anos anteriores conseguiam trazer calma aos corações desses guerreiros.

* * *

– Cara, adorei essa fantasia de curandeiro egípcio! Tá muito parecida com a do meu personagem no jogo. Axl, tô falando com você!
– Ah! Oi, Jason. É, é isso aí que você disse.
– Você tá com medo ou é impressão minha? Pare de olhar para esse pessoal dos Druidas. Eles já se acham os melhores porque foram os campeões das duas edições. Se você continuar assim, vão se sentir os imbatíveis – com o peito inflado, nariz empinado e "biquinho", Jason extravasava mais uma vez a alegria que comumente diverte os que estão à sua volta.
– Não, tudo bem.

* * *

Realmente, Axl não despregava os olhos do time celta. Do outro lado Lara, que acabara de expor suas reais vestes até então escondidas sob um manto druida, era o foco de atenção do mago egípcio. Seus longos cabelos lisos, com exceção à franja que charmosamente encobria seu olhar, entrelaçavam-se com a espada presa às costas da guerreira. Ombros à mostra e o delicado manto branco-azulado destacavam a figura da única garota a chegar à fase final da competição.
– Bravos guerreiros, adoráveis espectadores, o show vai começar!
Enquanto recitava essas palavras, o Mestre de Cerimônias era envolto por uma densa fumaça. O brilho dos fogos de artifício que queimavam ao seu redor inflamava o ânimo das mais de 10 mil pessoas que acompanhavam de perto o encontro naquela arena futurista de batalhas medievais e entoavam gritos de guerra dedicados aos seus times prediletos.
Mãos suadas tremendo, gargantas tão fechadas que mal permitiam que a saliva descesse para amainar a erupção que ocorria dentro de alguns estômagos, mandíbulas cerradas, braços cruzados sobre o peito na vã tentativa de proporcionar alguma proteção... Esse era um breve retrato dos tais bravos guerreiros.

– Temos aqui os quatro melhores times desta temporada do jogo mais real que o homem poderia criar. Muitos ficaram pelo caminho e, mesmo entre vocês, só os melhores sobreviverão.

Silêncio absoluto. Aquela frase ecoou por toda a arena, como se fosse uma ordem ao inconsciente para que todos imediatamente se calassem e fixassem mais uma vez seus olhares no Mestre de Cerimônias.

Enquanto flutuava novamente em direção ao solo, vagarosamente removeu seu capuz. Seus olhos vermelhos brilhavam como brasas de uma fogueira recém-apagada, encaixados em um comprido rosto negro e fino.

– Hoje é um dia especial. E, em um dia especial, vocês merecem o melhor!

Ao mesmo tempo que dizia essas palavras, metodicamente ajoelhava-se e estendia suas mãos como se pedisse bênção a um deus recém-chegado. Para muitos era realmente como se fosse. As expressões de incredulidade nos rostos de grande parte dos presentes demonstravam a surpresa daquela aparição.

Com o perfeccionismo que caracteriza seu vestir, Fidellius avançava em passos confiantes em direção ao centro da arena, impecável em seu novo terno exclusivo da grife mais popular entre os milionários.

– Hoje é realmente um dia especial. Neste terceiro ano de competição do Primordial Power, sonhamos com algumas novidades para presenteá-los – com voz firme, Fidellius, o proprietário da Stellar Rhodium, criava um vácuo que tirava o fôlego de todos a cada pausa dramática de seu discurso. – Espero que tenham gostado dos seus cenários personalizados. Tenho certeza de que conferem mais segurança aos fortes e se tornam mais uma barreira aos, digamos, despreparados. Mas, como hoje é um dia especial, resolvi adiantar a cereja do bolo. Criamos um prêmio complementar que, na verdade, é mais importante que os 50 mil dólares que os vencedores levarão para casa.

Um misto de euforia e espanto se materializava nos semblantes dos jogadores. Mais alguns segundos sem oxigênio no ambiente e Fidellius voltou a discursar.

– E sabem o porquê dessa mudança de planos? Sabem o porquê de adiantar essa surpresa? Por eu ter certeza de que esse prêmio transformará as três últimas batalhas em guerras épicas.

A cada frase lançada sua entonação era elevada, fazendo com que o coração de cada participante daquele evento inesquecível acelerasse e entrasse em ressonância com os demais.

– A partir deste ano eu escolherei pessoalmente os cinco melhores jogadores, um de cada posição, não sendo necessariamente do mesmo time, para compor o clã oficial do Primordial Power Game!

Mesmo sem saber o que isso significaria exatamente, uma avalanche de êxtase se apoderou de cada uma das almas ali presentes, conduzindo todos a bradar em uníssono:

– Primordial Power! Primordial Power! Primordial Power!

Com gestos suaves como os comandos de mão de um maestro, Fidellius mais uma vez aquietou seus súditos.

– Os Primordial Power Master Warriors viajarão o mundo duelando e demonstrando a todos o prazer de vivenciar essa força ancestral. E, com um sorriso sarcástico no rosto, continuou:

– Sei que não é a melhor parte dessa notícia, mas cada um também receberá um cachê mensal de 10 mil dólares!

Era o que faltava para que todos entendessem que aquele era realmente um dia especial.

Capítulo 6

As atenções de todos novamente estavam voltadas ao Mestre de Cerimônias que, ao lado de Fidellius, girava freneticamente quatro esferas cor de pérola em suas mãos. Em cada mão, duas esferas; em cada esfera, um time. De repente, duas foram lançadas ao ar. Ao se chocarem contra o piso, mais uma das surpresas da noite. As holografias dos Guerreiros dos times "The Mummies" e "Atlantis" se materializaram no palco.

Mal dava para distinguir o que queria dizer o sorriso de Kaleo. Seria nervosismo, ou alegria em se reconhecer na figura fantasmagórica que acabara de surgir à sua frente? Sua réplica encarava bravamente Matt, o guerreiro atlantis com seus quase dois metros de altura. Jogador de futebol americano, o rapaz de 18 anos impressionava pelo contraste provocado entre seu porte físico e o da maioria dos garotos com quem disputaria a batalha virtual. Seus braços e abdômen trabalhados em longas horas de musculação dividiam as atenções dedicadas a Kevin.

A batalha inicial estava definida. Enquanto os primeiros adversários traçavam sua estratégia final antes do confronto, os incas e os celtas se acomodavam em suas poltronas, de onde assistiriam à batalha. Seguindo os movimentos de Fidellius e do Mestre de Cerimônias, guerreiros e espectadores acionavam telas vinculadas aos seus assentos que, depois de iniciadas, serviam de base para projeções holográficas em alta definição.

* * *

– Papai, para que serve essa tela esquisita?
– Você achou esquisita, Kate? Serve para que a gente possa ver o seu irmão enquanto ele está jogando. Depois que ele entrar na Arena, só vamos conseguir vê-lo por meio dela – delicadamente, Dan posicionava o equipamento à frente de Kate e acionava o feixe de LEDs que gerava

um anteparo luminoso e denso, impedindo que as projeções se confundissem com o entorno. Enquanto arrumava seus cabelos, a menina cruzava seus braços contra o peito demonstrando a aflição que sentia em nome de seu irmão.

– Será que eu vou saber usar?

– Acho que é fácil. O Axl me disse que podemos andar pela cena, nos escondendo para ver a batalha em segurança, ou podemos escolher um jogador e estar sempre ao lado dele para ver o que acontece. É só tocar nesses botões aqui. Mas, não se preocupe não, assim que começar eu te ajudo.

* * *

Lentamente, duas imensas portas de pedra começaram a ser içadas, envoltas em uma tênue fumaça que lembrava a névoa de um pântano. Ao cruzar esse portal que separa a realidade do mundo virtual, um corredor escuro, fracamente iluminado por tochas, leva os dois times para a Arena.

Mais uma vez se iniciava o ritual de vestimenta dos aparatos tecnológicos que magicamente os transporta para outra dimensão. Após retirar as fantasias, sob as quais todos vestem os macacões especiais, meticulosamente eram colocadas as luvas, meias, fones...

* * *

– Bruce, você não aprende a colocar essas luvas sozinho? – Jason resmungava enquanto ajudava seu irmão a se preparar, depois de deixá-lo tentar por alguns segundos se virar sozinho.

– Se não quiser ajudar, então me deixe!

– Dá pra vocês calarem a boca? Tô tentando me concentrar – Axl inseria a lente no olho direito.

– Sei... concentrar... E, Bruce, vê se não enche e termine logo. Só te ajudo porque, senão, o jogo não começa.

* * *

Dispostos lado a lado, cada um dos jogadores repete os gestos que indicam que estão prontos para a jornada – mãos unidas junto ao peito como que em prece, olhos cerrados, cabeça levemente abaixada.

Capítulo 7

– Cara, o que está acontecendo com você? Não vai amarelar agora, vai?
– Não, tudo bem!
– Tudo bem...
Aquele piscar de olhos deve ter durado uma eternidade. Foi isso que Axl imaginou após ter sido bruscamente tirado do transe em que se encontrava, pela cotovelada dirigida por seu amigo Jason.

* * *

Novamente aquela visão. Enquanto saudava seus oponentes, Axl foi mentalmente transportado para aquele mundo estranho. As mesmas imagens sem sentido captadas pelos olhos de uma coruja.
Galhos bailando, conduzidos pelo vento. Um rio abrindo espaço em meio às árvores, curvando-se delicadamente para não agredir a vida que se punha em seu caminho. A névoa beijando sua face com um hálito gélido e úmido.
Desta vez, entretanto, algo estava diferente. Vida, vida em movimento. Em seu serpentear, o rio abaixo de Axl deixava mais que rastros. Suas águas vagarosas acariciavam pedras e as margens que o conduziam, criando uma melodia mágica que agora podia ser ouvida.

* * *

Não havia tempo para pensar a respeito da experiência que acabara de vivenciar. Luzes vermelhas piscavam sobre os módulos de combate dos Mummies. Do outro lado, os Atlantis eram guiados por um azul intenso, que se dissipava pela sala por conta da nuvem de fumaça que preenchia o espaço ao seu redor. Desse ponto em diante, era impossível recuar.

Do lado de fora da Arena, a plateia imergia silenciosamente em um mundo de ilusão. Ao longe, o esplendor da civilização egípcia, retratado pelo magnífico templo de Luxor, podia ser apreciado. Protegidos pelos gigantes guardiões de seu portal, os primeiros combatentes dos Mummies eram conduzidos à batalha. Às suas costas, os 3 mil guerreiros liderados pelo general Kaleo, além de mais 300 homens da intendência, cura, magia e construção, deixavam sua cidade protegida pelas muralhas meticulosamente construídas por imensos blocos de pedra com seu encaixe perfeito, e pela magia dos sacerdotes orientados pelo Mago Axl. Sabedores do poderio bélico do regimento de elite do time adversário, traçaram sua estratégia baseada em um ataque rápido e certeiro. Apostavam que, sem a liderança de seu general, morto em combate na última batalha, os soldados dos Atlantis ficaram enfraquecidos e pereceriam ante a força do ataque surpresa.

Após algum tempo de marcha, chegaram ao grande portal. Visto do lado egípcio, um grande pórtico de pedra entalhado com hieróglifos de bênção e proteção conduzia ao mundo regido pelo elemento água, fonte de energia da cidade de Atlântida. Essa mágica passagem é o instrumento que permite a viagem no tempo e espaço, unindo as areias escaldantes do Saara às terras cercadas pelas águas caudalosas do Oceano Atlântico. O primeiro time a encontrar e cruzar essa fronteira tem grande vantagem sobre seu adversário.

* * *

– Kaleo, siga por três horas margeando o Nilo. Assim que ele se bifurcar, atravesse suas águas. Continue marchando por mais 30 minutos com o Sol às suas costas e encontre a passagem.

– Obrigado, Axl. Espero que desta vez suas orientações nos levem ao local correto. Da última vez demos sorte em não sermos esmagados – com seus olhos radiando pela emoção incontida, movida pela adrenalina da disputa, Kaleo o abraçou fortemente, demonstrando o afeto que unia os amigos. Foi esse o direcionamento que concedeu aos discípulos dos faraós o benefício de invadir as terras inimigas antes dos adversários.

* * *

Escoltados por batedores guerreiros, o time de construtores avançou em busca de falhas na muralha que cerca a cidade de Atlântida, guiados pelos instintos de Ryan. Sua inteligência acima da média fazia com que o líder Construtor enxergasse o mundo à sua volta de maneira diferenciada. Perito em invasões computacionais desde os 10 anos, o garoto negro, filho de professores universitários, parecia desconstruir e decifrar os algoritmos que criavam o mundo ilusório do Primordial Power.

– General, cuidado!

– Tropa, formação de defesa! Droga, fomos descobertos! Não podemos perder nossa vantagem.

O confronto era inevitável. Descobertos pela tropa de assalto atlantis antes de penetrar em suas defesas, os guerreiros egípcios estavam expostos ao poderio inimigo. Sobre sua biga, Kaleo percorria o *front* de sua coluna bélica orientando seus soldados.

– Arqueiros, posição!

– Lanceiros, protejam o flanco direito!

– Tropa de Seth, protejam o portal. Suas vidas de nada valerão se eles cruzarem a fronteira. Os demais, venham comigo!

Nesse momento, uma chuva de flechas cobriu o céu. Cavalos e homens pereciam ante o ataque aéreo perpetrado por uma minoria que ocupava posição privilegiada. Na base da muralha, uma tropa de guerreiros munidos de espadas avançava velozmente na direção de Kaleo. Bradando gritos de guerra, o destemido general lançou-se sobre os inimigos, fazendo com que seus cavalos abrissem caminho para o ataque. Centenas se enfrentavam. Mesmo protegidos por seus escudos e com o ataque letal de suas cimitarras, os soldados egípcios estavam em desvantagem.

Já havia muito trabalho para os curandeiros. Dezenas eram resgatados e levados a áreas menos perigosas para que sua energia de cura pudesse ser aplicada. Infelizmente, muitos não tinham salvação, os ferimentos eram incuráveis.

Nos momentos entre duelos, Kaleo buscava enxergar como estavam seus homens. Seu coração se entristecia a cada baixa.

De repente, uma onda de esperança. As flechas que vinham do topo da muralha cessaram por um momento. Em seguida, voltaram-se contra seus inimigos...

No alto, iluminado pelo deus Sol, Ryan empunhava sua lança enquanto coordenava o ataque dos guerreiros batedores contra o exército atlantis. Sua perspicácia lhe mostrou o caminho que permitiu invadir e dominar a tropa que tinha a posição privilegiada e que, apesar de possuir menos integrantes, estava dizimando os soldados de Kaleo.

O ataque pelas costas rapidamente fez com que o jogo de forças fosse alterado. A batalha estava vencida pelos Mummies.

Sem tempo a perder, Kaleo ordenou aos curandeiros reunir todos os feridos e iniciar imediatamente seu tratamento. Parte dos magos da tropa de Seth permaneceu protegendo magicamente o portal. Os demais o acompanharam pelo caminho indicado por Ryan em direção ao centro do reino do inimigo. Sabia que outras batalhas estavam por vir, e apenas o efeito surpresa daria a vantagem necessária à dominação.

* * *

Em seu templo sagrado, Axl acompanhava o desdobramento da batalha. Em uma grande sala ladeada por colunas detalhadamente trabalhadas, conhecida como Sala Hipostila, o bailar da luz de tochas criava a atmosfera mágica que permitia aos altos sacerdotes assistir em um espelho d'água construído no centro da sala às cenas da arena de guerra onde se encontravam seus pares.

– Preparem-se – vaticinou Axl, com a voz embargada. Nossa batalha se aproxima.

Imediatamente os líderes sacerdotes iniciaram um trabalho de proteção, em conjunto com dezenas de magos que se preparavam na grande Sala Hipostila.

Preocupado com a necessidade de tomar o controle de Atlântida, Kaleo não percebeu ter caído em uma emboscada. Enquanto avançava após a breve vitória que acabara de conquistar, um grupo maior de guerreiros e magos dominava a tropa de Seth que guardava o portal. Em poucas horas, o grupo liderado pelo mago atlantis chegaria à entrada de Luxor, onde a real batalha seria travada.

Capítulo 8

A tropa de Kaleo avançava a passos largos. Após deixar para trás a grande muralha, haviam marchado por mais de duas horas por uma imensa faixa de terra banhada pelo Oceano Atlântico em ambos os lados. O mar azul refletia os últimos raios do Sol que se despedia, mergulhando mais uma vez em seu eterno ciclo de morte e renascimento. O choque das águas com os paredões de pedra criava, no ritmo cadenciado das forças da natureza, uma melodia que fornecia a métrica para o avanço constante. À frente, o primor construtivo da cidade perdida.

A adrenalina que ainda corria em suas veias não o deixava perceber o que estava acontecendo. Enquanto avançava, um turbilhão de pensamentos inundava sua cabeça. Estratégia de combate, dominação daquele paraíso, o gosto da vitória...

– Senhor – interveio um mago que corria ao lado de sua biga –, preciso falar com o senhor urgentemente.

– Agora não, preciso me concentrar. Nossos inimigos podem aparecer a qualquer momento.

– Senhor, é exatamente esse o problema, nossos inimigos não vão aparecer!

* * *

Proteger sua cidade-base era uma das mais importantes tarefas dos magos no Primordial Power. Axl estava se tornando especialista nesse quesito. Com seus magos, havia criado um grande escudo de energia em torno do Templo de Luxor. Além disso, havia outras surpresas preparadas para seus inimigos.

Os Atlantis estavam a menos de meia hora de Luxor. O Sol já baixando trazia alento aos guerreiros habituados a viver em harmonia com o mar. O som dos passos pesados contra as areias do deserto foi subitamente abafado pelo toque de perigo emitido pelas trompas dos soldados da retaguarda. Imediatamente o mago ordenou a parada do pelotão, que possuía aproximadamente 2 mil homens. A batalha já havia começado. Quanto aos inimigos, algo inesperado.

O grupo havia passado há poucos minutos pelo tempo de Karnak. A princípio, abandonado, não foi alvo de atenção do grupo dos Atlantis. Entretanto, dezenas de estátuas de pedra – esfinges, faraós e deuses – ganharam vida, enfeitiçados pelos magos dos Mummies, e atacavam impiedosamente.

A briga era injusta. Espadas e flechas nada podiam fazer contra os monstros de arenito.

– Magos, ataquem – ordenou o líder à tropa de feiticeiros que o acompanhava, enquanto corria em meio aos soldados em direção aos inimigos. – Concentrem suas energias antes de lançar o feitiço. Temos de destruir a estátua por completo.

Como se demonstrasse o que deveria ser feito, levantou seu cajado em direção aos céus. O cristal de quartzo que adornava a extremidade superior brilhou intensamente. Dirigido ao peito de um faraó que se aproximava, um raio de luz emanado pelo instrumento de poder transformou a figura em pó.

A noite já se anunciava quando o último ídolo de pedra era desfeito. Cansados, os magos ajudavam os curandeiros a cuidar dos soldados feridos. As baixas foram imensas. O prejuízo à batalha final, incalculável.

– Matt, onde está você? – gritava Dylan, o mago atlantis em busca do líder curandeiro. – Matt, precisamos terminar logo... – engoliu o término da frase, ao perceber que o curandeiro que tocava no ombro não era o amigo.

– Senhor, a notícia não é muito boa.

– Fale logo, o que houve? Preciso encontrar seu líder. Temos pouco tempo para nos recuperarmos e retomar nosso avanço.

Dylan foi em direção ao ponto indicado pelo curandeiro com a tocha que tomou de suas mãos.

– Droga, Matt! – foram essas as palavras de incredulidade ao perceber que o avatar do amigo havia sido eliminado.

Capítulo 9

Sem entender o que aquele aviso queria dizer, Kaleo ergueu o braço direito com o punho cerrado. Imediatamente, toda a tropa reduziu a velocidade de marcha e estancou.

* * *

– Você pode me explicar do que está falando? Como assim, nossos inimigos não vão aparecer?
– Senhor, estamos há horas marchando em direção à Pirâmide de Cristal, mas não estamos indo para lá – agora a confusão na cabeça de Kaleo aumentava. – Senhor, nós não estamos saindo do lugar…
– Peraí! Como não estamos saindo do lugar?
– Senhor, olhe para trás. Fixe seu olhar em direção ao horizonte.
Bastaram alguns segundos para Kaleo perceber o que o mago queria dizer. Não parecia fazer sentido, mas a grande muralha estava ali, bem atrás da tropa.
– Alguém pode me explicar o que está acontecendo? – neste momento, um velho mago se aproximava com um sorriso de canto de boca. Sua barba branca, tão comprida que chegava à altura do coração, contrastava com a pele escura típica dos povos que habitavam a região do Saara. Semblante sereno, voz cadenciada, que em nada lembravam o estado de espírito de Kaleo. – E você pode me explicar qual é a piada?
– Desculpe-me, meu senhor. É que não poderia imaginar que cairíamos nesse velho truque. Fomos envolvidos por um feitiço ilusório e, durante horas, imaginamos estar marchando em direção ao nosso alvo.
– Você quer dizer que estamos parados imaginando que marchamos?
– Exatamente, senhor. Um truque antigo e com um antídoto muito simples. Basta tirar da mente o objetivo que mais se deseja. Foi o que aconteceu quando o senhor foi levado a parar e olhar para trás.

— É por isso que parecia tão fácil! Quem deixaria a via de acesso à cidade tão desguarnecida? E agora, o que fazemos?

— Lutamos...

Nem bem terminara a frase e o velho mago apontava para o destino pretendido pelo grupo. Ao longe, soldados marchavam em sua direção empunhando suas lanças e desembainhando suas espadas. Mais uma batalha se anunciava e Kaleo, mais do que nunca, se enchia de inspiração para continuar com sua missão. Espada em riste, um grito...

— Atacar!

* * *

Envolto pelas areias do deserto, Dylan, agora sozinho no comando do exército que atacava a base inimiga, sabia que deveria aproveitar aqueles momentos preciosos.

— Vamos, todos! Preparem-se para o ataque final.

— Senhor, vou colocar toda a tropa em posição.

— Rápido! Temos de aproveitar que nossos inimigos devem estar em fase de recuperação.

Dylan tinha razão. Os magos comandados por Axl, mesmo radiantes por terem vencido a batalha em Karnak, estavam extenuados pela energia despendida na tarefa de comandar os monstros de pedra. Precisariam de algumas horas para recuperar a plenitude de suas forças. Reunidos em círculo no centro da grande sala, os magos entoavam mantras em uníssono, tornando mais mística a atmosfera daquele lugar vigiado pelos Deuses egípcios.

Com Kaleo no campo de batalha e Axl se recuperando, Jason, o líder curandeiro, ficou encarregado de coordenar o batalhão de resistência no Templo de Luxor.

A Alameda das Esfinges, rota de acesso ao templo, estava tomada pela coluna de guerreiros perfilados, iluminados pela luz prateada da Lua.

— Jason, olha lá! Eles estão chegando! — num misto de euforia e medo, Bruce, que era o mais jovem do time, puxava as vestes do irmão para alertá-lo da batalha iminente.

— Vai, rápido, peça para tocarem a trompa. Todos devem estar de prontidão.

— Tá bom, estou indo.

— Arqueiros, preparem-se! — Jason gritava à coluna de arqueiros, posicionada logo atrás dos soldados que faziam barreira de escudo do *front*.

O som das trompas refletido nas paredes de pedra se espalhava, quebrando o silêncio do deserto. Em resposta ao toque de prontidão, os soldados atlantis entoavam seu grito de guerra, avançando a passos largos.

Um detalhe pequeno, quase imperceptível, denunciou a distância a que se encontravam. O escudo vaidosamente polido de Dylan refletiu por alguns segundos a chama das tochas instaladas na entrada do templo. Era a deixa para o comandante egípcio ordenar o ataque dos arqueiros.

Tinha início o primeiro ato da sinfonia de guerra. O zunido das flechas se misturava ao baque seco de espadas golpeando a barreira de escudos. Gritos, lamúrias, dor em melodia.

Axl, postado junto ao portal que dava acesso ao interior do templo, via boa parte de sua tropa se dissolver à sua frente. Impotente, sabia que não poderia arriscar um ataque mágico naquele momento. A energia de seus magos, que poderia ser a única forma de vencer aquela batalha, ainda não havia atingido nível seguro. Em um ato de bravura e certa irresponsabilidade, pegou a espada de um de seus soldados e lançou-se ao ataque.

– Jason, não! – a tentativa de Axl para salvar o inimigo foi tardia e ineficaz. Enquanto duelava com um dos soldados, Jason foi atingido por um raio emanado do bastão de poder de Dylan. – Bruce, venha comigo!

– Axl, o Jason morreu? Mas que burro!

Durante aqueles breves segundos que o raio mortal percorreu o campo de batalha até tocar o peito de Jason, Axl se deu conta de que já estava em desvantagem. Empurrando Bruce à sua frente, retornou ao salão principal, de onde ordenou aos magos o ataque surpresa. Havia aprendido muito sobre perdas durante o desenrolar do jogo, mas foi como apunhalar o próprio coração a decisão de sacrificar boa parte de seus homens para vencer aquela batalha.

Segurando uma esfera de alabastro, Axl selou magicamente os dois únicos meios de acesso ao primeiro pátio no interior do templo, já invadido naquele momento pelos guerreiros atlantis. Entoando cânticos em uma língua muito antiga, os magos egípcios, prostrados frente a frente em dois quadrados no centro da grande sala, emanavam toda a energia que lhes restava. Das palmas de suas mãos, raios multicoloridos se chocavam. Fundidos, criavam superfícies que convergiam para um mesmo ponto no teto daquele ambiente, formando uma pirâmide de luz. Axl estava no centro do grupo e, mais uma vez erguendo sua esfera, direcionou ele também toda sua energia ao vértice da pirâmide.

Nesse momento, para desespero dos soldados que bravamente se enfrentavam do lado de fora, as paredes laterais do pátio tremeram e iniciaram seu movimento em rota de colisão. Dylan, com a experiência de um grande mago, e percebendo a armadilha na qual havia sido capturado, lançou novo raio em direção ao templo. Mesmo revestidas por um feitiço protetor, a força do ataque abalou seriamente suas paredes, fazendo com que parte do teto ruísse sobre os magos dos Mummies. Felizmente, a pirâmide de energia os protegeu, servindo de escudo contra os projéteis vindos do alto.

    Gotas de suor escorriam da testa de Axl, que via seus homens exaustos começarem a desmaiar. O fluxo de energia já não era tão forte, mas ele precisava resistir até o final. Para sua sorte, Dylan, na iminência de presenciar um massacre, decidiu se entregar.

Capítulo 10

— Ryan, vamos bater de frente com esses caras. Não temos outra opção. Na primeira oportunidade, quero que você tente se desvencilhar do grupo e se posicionar em um local seguro para analisar como invadiremos essa fortaleza.

— Entendido, Kaleo – Ryan, que dividia a biga com Kaleo naquele momento, saltou entre os seus soldados que rumavam ao encontro do inimigo.

A fim de diminuir a desvantagem pelo desconhecimento do terreno, magos egípcios lançaram esferas luminosas ao céu. Como pequenos sóis, proveram momentos em que se puderam vislumbrar aspectos importantes da arena de batalha. Assustados com esses elementos inesperados, os soldados atlantis do *front* vacilaram por alguns instantes no ataque. Percebendo a vantagem que o inimigo obtinha, magos atlantis uniram forças para eclipsar a arma dos oponentes. Juntando as pontas de seus bastões, iniciaram o contra-ataque.

As hordas estavam a aproximadamente cem metros de distância uma da outra, quando o mar pareceu ganhar vida. Um estrondo atraiu a atenção de todos, no momento em que três criaturas recém-conjuradas irromperam das águas, paralisando imediatamente ambas as tropas. Imensos répteis alados cobertos por uma couraça verde-musgo lançaram-se em direção ao céu. Estudando meticulosamente seu alvo, circundaram por algumas vezes o perímetro e, não se sabe se guiados por instinto ou comandados pelo Povo do Mar, iniciaram um mergulho sincronizado em queda livre. Fizeram-se trevas novamente quando as esferas foram engolidas pelos monstros marinhos, que voltaram ao seu lar após concluída a missão.

— Vamos, agora! – Kaleo viu aquele momento como vantajoso para o embate. – Força total!

Sangue voltava a ser derramado. Magos, curandeiros, intendentes, construtores e guerreiros, todos unidos em prol daquela campanha. Dali sairia o vencedor a dar o passo à grande final.

De repente, tudo mudou. A tropa atlantis, formada apenas por guerreiros virtuais, cessou o ataque e ajoelhou-se indicando rendição.

Mais uma vez a habilidade de Ryan subjugava o poderio inimigo. Aproveitando-se da escuridão proporcionada pelos dragões marinhos, o líder construtor e dois de seus assistentes invadiram a cidade perdida de Atlântida sem serem notados. Acovardados ou temendo o pior, os dois últimos jogadores atlantis não tomaram a frente de batalha e apenas assistiam ao desenrolar do embate. Bastaram duas pequenas adagas posicionadas em suas costas, para trazer o império perdido à ruína.

* * *

No momento de efetivação da vitória dos Mummies o céu se iluminou com três *flashes* de vermelho, indicando o final da batalha. Para consolidá-la, o time deveria ser reunido em sua base, o Templo de Luxor.

Já sob os primeiros raios do deus Rá, os bravos guerreiros adentravam ao templo pela Alameda das Esfinges, sob brado dos companheiros que os aguardavam.

– Mummies, Mummies, Mummies...

À porta principal, Axl recebeu o amigo Ryan com um forte abraço. Seu sorriso trêmulo, somado às lágrimas que evaporavam assim que tocavam as areias quentes do deserto, retratava a emoção daquela histórica vitória.

– Cadê o Kaleo? Temos de comemorar.
– É... Axl, acho que desta vez não deu para ele.
– Não! Justo agora que vamos para a final. Que droga!

Capítulo 11

Mais uma vez as pesadas portas de pedra se levantavam. O furor que dominava a torcida dos vencedores foi imediatamente substituído pelo silêncio.

Podia-se ver, ao longe no escuro corredor, a silhueta dos guerreiros. À frente, o time perdedor, cabisbaixo, em prantos contidos.

Bastou o primeiro Mummie imergir das sombras para que a plateia novamente se inflamasse.

Para alguns jogadores, alegria plena. Para outros, como Kaleo, um misto de vitória e decepção.

Na outra batalha, como esperado, nova vitória do time celta, com destaque à atuação de Lara. Em um mês os times se encontrariam na final. Os Mummies, com apenas três integrantes, e os celtas, com quatro.

* * *

Kate, orgulhosa pela atuação do irmão e se inspirando em Lara como ídolo a ser seguido, acabara de experienciar nas últimas três horas um dos mais avançados recursos tecnológicos inseridos no jogo que, tecnicamente, é chamado, pelos engenheiros de *software* da Stellar Rhodium, de "Motor Temporal".

Anunciada com pompa por Fidellius no lançamento do Primordial Power, é vista como ponto de inflexão em diversas áreas da tecnologia.

* * *

"Queridos amigos. Vocês são privilegiados! Privilegiados por serem os primeiros a terem contato com a tecnologia que vai mudar o mundo." Longos segundos separaram o final desta frase do início da próxima, enquanto Fidellius encarava os presentes na plateia.

"Hoje, entretenimento e tecnologia se fundem de uma forma nunca vista. Além daquilo que acabaram de ver sobre o Primordial Power, uma das ferramentas nele embarcadas deve ser destacada. Trata-se do Motor Temporal.

Imaginem que aquela batalha que foi há pouco descrita necessite se desenrolar por uns quatro dias. Sim, quatro dias. Ou vocês acham que criaríamos mais um joguinho em que dia e noite são apenas um detalhe sem importância? Para os nossos jogadores, quatro dias devem realmente parecer quatro dias. Eles devem dormir, descansar, comer... em suma, viver aquela realidade.

Vocês deixariam seus filhos ficarem quatro dias trancados em algum lugar jogando sem parar? Acho que não!" O sorriso em seu rosto apenas refletia as negativas em tom descontraído da plateia. "Eu também não os deixaria parar o jogo na metade, para retornar sabe-se lá quando... É aí que entra nossa pequena maravilha."

Subindo o tom de sua voz, continuou: "É aí que entra o Motor Temporal. É algo simples", seu sorriso sarcástico tirou algumas gargalhadas do público mais entusiasmado.

"Depois de muita pesquisa, aprendemos a simular aquilo que nosso cérebro faz enquanto sonhamos. Vocês já repararam que naqueles pequenos cochilos de cinco ou dez minutos, lembramos de ter sonhado histórias que, se contadas linearmente, não caberiam nesse tempo disponível?" Sabendo que essa era uma excelente provocação, Fidellius concedeu alguns segundos para que os presentes cochichassem e chegassem rapidamente a um consenso.

"Assim como nosso cérebro faz naturalmente, essa ferramenta inovadora permite que as linhas de tempo do jogo e da realidade corram em velocidades diferentes, permitindo que uma partida de quatro dias no mundo virtual leve apenas duas horas no mundo real." Imediatamente aplausos entusiasmados irromperam da plateia. Acalmando a todos com seus gestos calculados, continuou:

"Assim permitiremos também que o jogo possa ser acompanhado em tempo real por torcedores em uma arena. Mas isso não é tudo. Seria um desperdício conceder esse benefício a apenas um jogo que, apesar de ser o melhor jamais desenvolvido, é apenas um jogo. Já imaginaram quanto pode ser aprendido em um mundo virtual naquelas oito horas que seus filhos passam diariamente na escola?" A pergunta não era para ser respondida. Ciente de que seu discurso seria amplamente divulgado, deixou aquela questão aparentemente desconexa com um jogo de videogame sendo trabalhada nos subconscientes de seus espectadores e alvoroçando os intrigados neurônios dos jornalistas. "Obrigado!"

Capítulo 12

Já havia passado quase uma semana desde que Kaleo fora eliminado da final do Primordial Power. Sentado em sua cama, olhava inerte para a janela da parede oposta, sem se dar conta do que se passava no lado de fora. Ainda não havia se recuperado.

– O que foi? – indagou Kaleo em resposta às leves batidas na porta de seu quarto.

– Kaleo, posso entrar? Preciso falar com você.

– Oi, mãe.

– Filho, precisamos visitar seu avô Kala lá no Havaí. É que... Ele está muito doente.

– O que ele tem?

– Ainda não sabemos. Sei que meu pai é muito forte, mas é importante estarmos com ele nesse momento – enquanto falava, Kaylane sentou-se junto ao filho, abraçando-o.

* * *

Nascida no Havaí, a mãe de Kaleo é descendente de uma família tradicional. Sua linhagem, que remonta aos povos primitivos da ilha, até sua geração não havia sido quebrada. Na visão de seus familiares isso infelizmente mudou quando ela conheceu o pai de Kaleo que, em férias, visitava o Havaí. Alguns meses depois resolveram se casar e mudar para Nova York. Foram fortes e persistentes nessa decisão e, para amainar o descontentamento de sua família, seguiram os ritos havaianos tradicionais de matrimônio.

A aceitação de todos somente se deu quando nasceu Kaleo, que havia herdado muitos dos aspectos físicos da mãe. Os cabelos negros e ondulados, olhos negros amendoados e pele naturalmente morena fizeram com que o garoto conquistasse a todos, por mostrar que os traços genéticos de seu povo ainda continuavam vivos.

– Se você quiser, podemos convidar o Axl para te acompanhar. Acho que você será um ótimo guia turístico.

– Legal! Ele sempre me disse que queria conhecer o Havaí. Podemos surfar?

– Não sei se vamos ter tempo para isso. Mas, quem sabe? – sorrindo, Kaylane levantou-se lentamente, beijou a testa do filho e se dirigiu à porta do quarto.

– Vou ligar para ele agora.

– OK. Ah, seu pai não vai com a gente. Você será o líder da viagem!

* * *

Axl, deitado em sua cama após ter concluído seus deveres escolares, olhava absorto para um Filtro dos Sonhos fixado em sua janela. Em uma das fotos de que mais gostava, sua mãe, com ele no colo, brincava utilizando o adorno que acabara de instalar. Segundo o sr. Green, Sophie dizia que o Filtro dos Sonhos, ou *Dreamcatcher*, é um instrumento poderoso utilizado pelos índios americanos. Funcionando como um portal, permite que apenas os bons sonhos retornem quando acordamos. Os sonhos ruins são retidos e se dissipam com a luz do Sol pela manhã.

Sempre que olhava para aquela pequena mandala, Axl revisitava os poucos momentos de carinho que se lembrava de ter vivido junto à sua mãe.

O toque do telefone o tirou do estado contemplativo, quebrando aquele mágico momento de recordação.

– Axl, você não sabe. Vamos para o Havaí.

– Calma aí, Kaleo! Como assim?

– É triste, mas também é legal. Então... Meu avô está doente e tenho de visitar ele. Minha mãe te convidou para ir comigo. Vai ser demais!

– Legal, cara. Mas... preciso ver se meu pai vai deixar. Quando é isso?

– Hoje à noite. Voltamos no domingo.

Capítulo 13

Para Axl aquele era um sonho em realização. Ao sair do Aeroporto de Kona, pequena cidade da Grande Ilha, a qual tem o mesmo nome do estado do Havaí, ficou encantado com a Hula, dança tradicionalmente feita em homenagem à deusa Laka, com a qual os turistas são normalmente recebidos no país.

A quase uma hora do trajeto de táxi até a aldeia natal da sra. Walker pareceu segundos aos olhos vidrados do garoto de Nova York.

A simplicidade da casa de Kala se encaixava perfeitamente naquele ambiente em que a natureza ainda reinava.

– Axl, não repare muito na casa de meu pai. Ela é muito simples, sabe?

– Ah, mãe, que nada. A casa do vovô é muito legal!

– Por que eu repararia, sra. Walker?

– O vovô Kala é muito tradicionalista. Ele ainda vive em outro tempo – o belo sorriso de Kay fez os garotos se entreolharem e iniciarem uma bela gargalhada. – Você vai ver! Ah, e me chame de Kay, prefiro assim!

– Kaleo, como é a casa do seu avô?

– É muito legal! É como se fosse uma cabana. Tem cobertura de palha e tudo mais.

– É, acho que gostei. Sempre quis ter uma casa na árvore.

A descrição de Kaleo, embora sucinta, não deixava muito a desejar. Era mesmo uma casa simples, construída nos moldes das tradicionais casas havaianas. Entretanto, o que mais encantou Axl foi a paisagem que emoldurava aquela casinha. Ao fundo, uma bela montanha pintada de verde pela copa das árvores. Ao redor, um imenso campo com flores, salpicado por umas dez cabanas parecidas com a do avô Kala, que formavam a vila que ele morava. Mas o melhor era a vista para o mar que, no silêncio daquele retiro, mostrava a força de seu abraço potente nas duras pedras que resistiam há milhares de anos à investida das águas.

– Kaleo, vá dar uma volta com o Axl. Vou conversar um pouco com seu avô assim que ele acordar. Quando voltar você fala com ele.
– OK. Vamos, Axl, tem um lugar muito legal que eu preciso te mostrar.

* * *

Era início da tarde e ainda havia bastante tempo para que aproveitassem aquele paraíso. Kaleo, não querendo perder tempo, levou Axl ao seu local favorito. Era uma praia totalmente deserta, com uma faixa de areia não muito grande. Como em um anfiteatro, duas grandes montanhas criavam uma piscina natural em formato circular, quase se tocando a uns 200 metros do limite entre terra e água.
– Kaleo, isso é demais!
– Não falei? Veja aquelas montanhas que quase se tocam. Elas criam uma garganta que não deixa o mar entrar aqui com muita força.
– Muito legal! Demos sorte por estar vazia. Deve vir muita gente aqui.
– Vem nada! Esse lugar só é conhecido pelo povo local. É um segredinho que eles só contam "pras" pessoas especiais.

* * *

O soco no ombro de Axl, com o usual sorriso maroto de Kaleo, indicava ao garoto nova-iorquino que ele tinha um lugar privilegiado no coração do amigo.
Enquanto se dirigiam para o mar, Kaleo continuava sua apresentação.
– E amanhã vai ser melhor.
– Vamos voltar aqui amanhã? Só tem isso pra ver?
– É a parte de que mais gosto. Quando o Sol nasce, em uma determinada época do ano, ele fica bem no meio das montanhas, refletindo sua luz bem aqui na piscina.
– Uau!
– Meu avô diz que é um presente dos deuses. Mas não tenho certeza se estamos nessa época. De qualquer modo, vou te acordar bem cedo para virmos para cá. Vamos até ali na ponta?
– Vai lá, Kaleo. Acho que vou ficar sentado aqui um pouco.
Enquanto Kaleo se afastava, Axl se estirou no chão com braços e pernas abertos. A água, levemente mais fria que o ambiente, acariciava seus pés.
No terceiro ou quarto piscar de olhos, que se tornavam mais demorados a cada novo ciclo, escuridão total. Um novo capítulo do sonho sem fim se desenhava na mente de Axl.

* * *

Aquele lugar era alto. O alto de uma árvore. Ao longe, o Sol nascente pintava o céu em tons laranja e azulados, mas a noite ainda não havia abandonado seu turno. Desta vez, a luz da Lua não ajudara muito. Parecia estar em uma floresta bastante densa, na qual os raios do Sol refletidos na grande dama-da-noite eram filtrados. Mesmo sendo privado de luz, não havia dificuldade para conseguir enxergar o que estava à sua volta.

O vento soprava forte, fazendo com que ele se incomodasse com a sensação de instabilidade do galho em que repousava. Um rangido repentino fez com que ele se virasse para ver o que acontecia ao seu redor. Devia ser alguma árvore, vergando à força do vento. Sem entender como fazia aquilo, manteve seu corpo parado, girando apenas a cabeça para um ponto totalmente oposto ao seu peito. Certamente contorcionismo não fazia parte de suas habilidades, e o susto pela proeza o fez perder o equilíbrio e iniciar uma viagem acelerada rumo ao solo.

Por alguns segundos, sem que alguma reação pudesse ser esboçada, Axl apenas via galhos e folhas passando por ele em grande velocidade. Quando se deu conta do que realmente estava para acontecer, instintivamente tentou algum movimento que pudesse lhe salvar a vida. Duas grandes asas marrons ladearam seu corpo, fazendo com que sua velocidade diminuísse.

* * *

– Axl, tudo bem, cara? – retornando de sua caminhada, Kaleo interrompeu o sonho do amigo bem no momento em que ele começara a planar.

– Ah! O que aconteceu?

– Não sei. Você tava deitado aí, se contorcendo.

– Acho que eu dormi. Estava tendo um pesadelo.

– Bom, vamos voltar. Acho que já podemos falar com meu avô. Amanhã voltamos pra cá.

Capítulo 14

O Sol já se punha quando Kaleo e Axl chegaram à vila onde morava Kala. Preguiçosamente os dois caminhavam em direção à cabana do velho ancião, enquanto brincavam feito irmãos. Antes de entrar, Kaleo foi tentado a dar uma última olhada nos raios de sol que ainda persistiam em quebrar a escuridão que se aproximava. Mais uma pintura a ser registrada em sua mente. O Sol refletido sobre o mar azul-turquesa se espalhava pela superfície como se houvesse derretido e se fundido com o precioso líquido da vida.

– Vovô, estamos entrando!

– Kaleo, não faça muito barulho. Seu avô está descansando.

– Ops! Achei que vocês estavam conversando – agora, quase sussurrando, Kaleo buscava se redimir do susto que acabara de dar em Kay, que estava sentada ao lado da cama do pai.

– Vem, Axl, chegue mais perto.

– Ah, já estou indo!

Axl mapeava aquele local totalmente diverso de sua realidade. Por dentro, a cabana parecia mais rústica ainda. Alguns lampiões iluminavam os quatro cômodos que compunham aquela residência. Além do quarto de dormir, uma sala de estar, um banheiro e uma pequena sala onde se preparava a comida.

* * *

– Sra. Walker, por que seu pai não usa lâmpadas como a gente?

– Não te falei que o vovô Kala era tradicionalista? – Kaylane mostrava mais uma vez seu belo sorriso, divertindo-se com o espanto do menino acostumado com jogos de alta tecnologia e cidades altamente desenvolvidas. – Ele diz que perdemos muito tempo desejando coisas fúteis que não preenchem nossa alma. A simplicidade deste local faz com que ele possa se manter conectado com nossas tradições.

– Estou vendo que você se torna mais sábia a cada dia! – a voz do sr. Kala era quase inaudível. Com os olhos ainda cerrados, esboçava um sorriso de canto de boca demonstrando a felicidade por estar próximo à sua família.

– Vovô! – Kaleo, externando sua usual afetividade, deu um longo abraço no avô, que mal conseguia retribuir o carinho ao neto.

– Kaleo, você não para de crescer!? Acho que já está pronto para vir morar na ilha.

– É... Acho que não, vovô! Acho que não iria conseguir ficar sem meu videogame... Ah, esse é o meu amigo Axl. Trouxe ele para conhecer a ilha. Era um sonho de criança vir para o Havaí.

– Boa-noite, sr. Kala. Gostei muito de sua casa.

– Olá, rapazinho. Axl, não é? Acho que você também já atingiu a idade para assumir seu compromisso com o Grande Espírito! – não fosse pela súbita mudança no semblante, Kay teria entendido essa afirmação como mais uma das maluquices de seu pai.

– Papai, acho que o senhor se confundiu. O Axl é amigo do Kaleo, lá de Nova York. Ele não é daqui da ilha não.

– Não, minha filha, eu sei muito bem quem ele é. Esperamos há alguns anos por este momento.

Capítulo 15

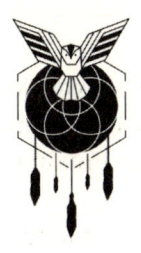

– Papai, assim você vai assustar os meninos! – percebendo que Axl e Kaleo demonstravam certa apreensão em função da declaração de Kala, Kay interveio tentando amenizar o clima de tensão que tomou conta do ambiente.

– Kay, eu já estou velho e a cada dia mais fraco. Preciso dar a minha contribuição para a evolução desse garoto. Não posso fugir à minha responsabilidade. Ajude-me a sentar.

– Está bem – apesar de ter se afastado do convívio e da cultura de seus ancestrais, Kaylane mantinha em seu íntimo o respeito pela sabedoria que acompanhava aquele homem.

Enquanto a mãe de Kaleo ajudava Kala a se colocar em uma posição confortável em sua cama, Axl e seu amigo se entreolhavam em busca de alguma resposta. Percebendo a determinação com que o velho homem daria prosseguimento àquela conversa, não ousaram emitir nenhuma palavra de dúvida.

A chama do lampião dançando ao sabor da leve brisa que invadia o quarto contribuía para acentuar a atmosfera mística que já tomava conta daquele momento.

– Meninos, vocês acham que se conhecem por acaso? – os breves segundos que separavam essa pergunta da próxima intervenção de Kala pareceram muito mais longos às mentes confusas de ambos. – Nada que acontece é obra do acaso. Há coisas que não podem ser explicadas pela mente, usando-se apenas a razão. Vamos dizer que vocês precisavam se conhecer para estarmos hoje aqui, juntos tendo esta conversa.

A cada nova colocação de Kala, Axl sentia seu coração pulsar com mais força. Era como se expandisse e fosse tomando conta de todo seu peito.

– Axl, você não sabe disso, mas tem uma importante missão para que seja possível restaurar o equilíbrio energético deste nosso planeta –

enquanto proferia palavras carregadas de extrema responsabilidade ao jovem, Kala o fitava com um olhar penetrante. – Algum tempo atrás, quando você era apenas um garotinho, diversos líderes de grupos que carregam até hoje as tradições ancestrais foram convocados para um encontro. Abençoados pela energia dessas ondas que escutamos agora, reuniram-se aqui para combinar forças contra uma ameaça que a cada dia ceifava os poderes naturais que todos os seres humanos possuem.

– Onde foi esse encontro, vovô?

– Ah, boa pergunta. Esse encontro ocorreu em uma das praias mais sagradas para o nosso povo. Acho que você sabe qual é.

– Sei sim! Estive lá com o Axl agora há pouco.

– Muito bom. Vejo que você já começou seu trabalho de ajuda ao seu amigo – esboçando mais uma vez um leve sorriso, pegou, com certa dificuldade, um copo de água que descansava sobre uma pequena mesa feita com madeira de árvores nativas, instalada ao lado de sua cama.

Sedento por saber mais detalhes daquela história na qual parecia ser protagonista, Axl se recusava inconscientemente até a piscar. Cada detalhe do primeiro encontro com Kala, sonoro ou visual, precisava ser absorvido com intensidade.

– Como eu estava dizendo, vieram para cá lideres de algumas tribos indígenas americanas. Estavam representados os lakotas da Grande Nação Sioux, cheyennes, cherokees, apaches, os navajos e os comanches.

– Mas, por que se reuniram aqui no Havaí? – buscando ir um pouco mais fundo na história, Kay questionou.

– Nosso povo foi o anfitrião. Além dos chefes que acabei de citar, havia também um ancião... Kahuna – foi um pouco estranho falar tão abertamente desse assunto, mas Kala precisava transmitir seus conhecimentos.

– Mas os kahunas não são apenas uma lenda?

– Deixe seu avô continuar, Kaleo! – cochichou Axl, tentando não perder a concentração.

– Não, Kaleo, os kahunas não são uma lenda. E, antes que você me pergunte, eles também não são feiticeiros do mal.

– Mas... E a Oração da Morte? – ansioso como de costume, agora Kaleo roía as unhas.

– Infelizmente, nossa tradição kahuna aos poucos fica mais restrita. Grande parte disso acontece por conta desse tipo de mal-entendido. A tal Oração da Morte até existe, de uma forma um pouco diferente do que costuma contar a lenda, e é usada pelos Ana-Ana para punir inimigos ou prejudicar algumas outras pessoas.

– Ana-Ana!? – totalmente envolvido com o que se passava na cabana de Kala, Axl, pela primeira vez, não conseguiu se conter.

– Podemos dizer que os Ana-Ana são feiticeiros e que utilizam muito mal o grande poder que a eles foi revelado. O problema é que se atribuem seus feitos a todos os kahunas.

– Sr. Kala, o senhor pode explicar melhor? É que tá ficando meio confuso!

– Então, Axl... No passado, antes da colonização de nossa ilha, existiam entre nosso povo algumas pessoas que eram treinadas para exercer funções especiais. Essas pessoas se tornavam guardiões e transmissores de conhecimento e poder. Como se costuma falar hoje em dia, algo como sacerdotes, magos ou curandeiros. Essas palavras não refletem bem o verdadeiro espírito da coisa, mas servem para vocês começarem a entender.

– Uau! – falaram os meninos a uma só voz.

– Eles eram também treinados para serem especialistas em coisas que, atualmente, são profissões comuns, como engenheiros, navegadores ou médicos. A diferença é que usavam suas outras habilidades para desempenhar as tarefas de maneira mais integrada com as energias que regem o Universo.

– Deve ter sido um privilégio ser escolhido para nascer com esses poderes – em um misto de curiosidade e frustração, Kaleo se sentou ao lado ao avô e, voltado para a única janela do quarto, fixou um olhar vago nas estrelas que decoravam o céu.

– Kaleo, o privilégio foi poder ter nascido num tempo em que isso era algo natural e conhecido pela grande maioria das pessoas – segurando a mão do neto, Kala continuou. – Os kahunas não eram seres especiais. Eram apenas homens e mulheres treinados para desenvolver e aplicar conscientemente habilidades psíquicas que todos os seres humanos já possuem. Mas vamos voltar ao assunto principal.

– Isso – apoiou a sra. Walker, que demonstrava certo desconforto com o rumo da conversa. – O senhor não explicou o porquê de terem se reunido aqui no Havaí.

– Ah, sim – respirou profundamente e cerrou os olhos por alguns instantes, antes de continuar. – As sagradas ilhas do Havaí foram escolhidas por dois motivos. O primeiro é pela grande energia que nos envolve, e que foi canalizada para impedir que a tal ameaça pudesse sentir que um movimento de defesa estava em curso. O segundo é pela diferença de costumes que possuímos em relação aos índios americanos. O responsável por tudo que estava acontecendo não poderia imaginar que trabalharíamos em conjunto.

– Se... Sr. Kala – com voz agora trêmula, Axl deu alguns passos em direção à cabeceira da cama. – Quando o senhor disse que eu tenho uma missão importante, o senhor não quis realmente dizer que EU tenho. Todos temos, né?

– Não, Axl, eu realmente quis dizer você! Mas não entenda isso como um fardo, uma coisa pesada. Essa é apenas a sua missão de alma.

O silêncio tomou conta da morada de Kala. Axl encarou Kaleo, mas, sem saber exatamente o que fazer, se colocou em uma posição inconsciente de defesa, cruzando seus braços e olhando para o chão. Aquela situação só foi quebrada quando um pequeno morcego adentrou no quarto pela janela aberta. O grito de Kaleo desconcertou o pobre animal que, assustado, descobriu que aquele não era o melhor lugar para seu pouso e se retirou.

– Calma, Kaleo, é apenas um morcego. Não precisa ter medo. Ele só se aproximou porque devia ter algo a nos dizer – Kala deu uma bela gargalhada que contaminou a todos, quebrando o clima tenso do ambiente.

– Mas, senhor, eu sou apenas um menino de 14 anos – retomou Axl. – Como eu posso ter uma responsabilidade que parece tão grande? O senhor está falando de poder, energia, chefes indígenas. Eu não entendo nada disso!

– Axl, todos temos dentro de nós o que chamamos de Eu Superior, ou Kane, para o povo do Havaí. Digamos que esse Eu é parte da sua alma. Ele é como um professor e fonte de todo o conhecimento que você possa desejar ou do qual precisar.

Kaleo, um pouco mais distante nesse momento, apenas observava a situação. Diferentemente de seu usual comportamento, estava compenetrado buscando entender as palavras do avô.

– A cada passo que evoluímos em nossa vida e as necessidades e problemas vão aparecendo, conseguimos, por meio desse sábio que há dentro de nós, acessar o conhecimento para saber o que fazer para alcançar nosso objetivo. Além disso, você encontrará em sua jornada vários amigos que vão te ajudar. Não é mesmo, Kaleo?

– É... É sim, claro!

– Bom, meninos, hora de dormir. O vovô Kala precisa descansar e amanhã voltaremos para casa.

– Vocês encontrarão um amigo meu em breve – concluiu Kala. – Ele vai ajudá-los a dar o primeiro passo. Prestem muita atenção em suas palavras. Afinal de contas, não há mais tantos kahunas nesta ilha e, os que existem, mantêm essa condição oculta para a maioria das pessoas.

Enquanto saíam de seu quarto, Kala deixou seu último recado.

– Axl, apesar de sabermos quem era o responsável por todo esse mal, nunca conseguimos entregá-lo às autoridades. Esse tipo de crime não está previsto nas leis do Homem e ele é uma pessoa muito poderosa.

– E vocês acham que eu vou dar conta dele? Posso ao menos saber quem é? – Axl emendou uma pergunta na outra, antes que Kala tivesse tempo de processá-las.

– Parece que faz parte de sua missão resolver esse enigma também. As energias, depois de movimentadas, fazem seu trabalho. Porém, quando esse momento chegar, lembre-se: aja com sabedoria, não deixe a emoção dominar seu desejo!

Capítulo 16

Aquela noite estava sendo longa. Axl e Kaleo, deitados em colchonetes espalhados na sala de estar da casa de Kala, eram tocados pelos primeiros raios de sol que adentravam pelas frestas da velha janela de madeira. Mesmo sabendo que o companheiro estava acordado durante boa parte da noite, nenhum dos dois ousou quebrar a monotonia do silêncio que ali imperava. As palavras de Kala ainda reverberavam nas mentes dos garotos.

Kaleo foi o primeiro a se levantar. Axl, querendo ficar mais um pouco sozinho, fechou seus olhos fingindo dormir. Após uma rápida passada pelo banheiro, o descendente havaiano abria a porta delicadamente, enquanto terminava de vestir sua camiseta.

Aquele lugar era realmente mágico. Com seus olhos cerrados, sentia o toque cálido da energia emanada pelo astro-rei, que começava a romper no horizonte. Seus pés descalços se banhavam na umidade do verde gramado que cobria o campo onde se encontrava a vila. O som emitido pelas gaivotas atuava em perfeita harmonia com a base musical gerada pelas águas agitadas do imenso oceano que emoldurava a ilha. Kaleo, imerso na mais pura energia da Mãe Natureza, se encontrava em estado de contemplação.

– E aí, Kaleo, querendo se bronzear mais um pouquinho? – questionou Axl, esfregando os olhos ainda sonolento.

– Até que enfim a bela adormecida acordou! – seu natural espírito de alegria fazia com que Kaleo saltasse de um estado de pura introspecção para a euforia em segundos. – Vamos pegar alguma coisa para comer e vamos para a praia. Quero ver se ainda dá tempo de vermos o Sol nascendo, como te falei.

Sem querer perder o precioso tempo que tinham, coletaram algumas frutas na casa de Kala e seguiram novamente para o local onde fora realizado o tal encontro dos chefes indígenas. Após alguns minutos de caminhada sem muitas palavras, chegaram a uma pequena mata que dava acesso à trilha que levava à praia. Mesmo sem visitar muito a ilha nos últimos tempos, Kaleo ainda demonstrava total intimidade com o caminho, esgueirando-se entre as árvores e arbustos que pareciam proteger e ocultar a rota àquele santuário.

Chegaram, enfim, a um aglomerado de grandes pedras sob as quais deveriam passar. A pequena passagem, com não mais que um metro de diâmetro, exigia que todos os que quisessem seguir adiante fossem obrigados a se ajoelhar. Esse era o portal criado pela natureza para a trilha descendente, que levava à praia que se descortinaria ao final do pequeno túnel. O preço: a forma de transpor aquela barreira colocava a todos em postura que lembrava um ritual de veneração.

– Venha, Axl! Não demore muito ou vamos perder o Sol nascendo.

– Não enche! Você está acostumado com isso aqui, eu... Uau!!! – boca aberta, olhos negros arregalados. Não havia mais nada que pudesse ser falado que expressasse melhor o impacto daquela visão, que a interjeição espontânea de Axl.

– Viu só? Te falei que isso aqui seria mais bonito no início da manhã!

Empurrado por Kaleo, Axl avançava pela trilha escavada nas rochas da encosta, que era a única forma de se acessar a praia por terra. Chegaram à areia a tempo de vivenciar um momento mágico. Uma pequena parte do Sol ainda restava mergulhada no oceano e seu reflexo se espalhava sobre as águas calmas daquela baía, ofuscando por alguns instantes os dois aventureiros.

– Kaleo, o que aquele surfista está fazendo aqui neste lugar?

– Sei lá. Aqui nem onda tem.

– E o que será que ele está fazendo com os braços levantados para o céu?

– Chii!!! Fique quieto, deve ser algum ritual – sussurrando, Kaleo puxou o amigo pelo braço, buscando chegar mais perto do visitante inesperado.

Vagarosamente, caminharam até uma prancha fincada na areia, parando a uns dez metros do rapaz que vestia apenas bermudas com comprimento abaixo do joelho, bem típica dos praticantes do surf. Cabelos negros como os de Kaleo desciam até o meio de suas costas. Dessa distância, Axl podia ouvir o rapaz recitando palavras estranhas, que se repetiam como um mantra.

– O que ele está falando? – mais cauteloso, Axl cochichou criando com suas mãos uma concha próxima ao ouvido de Kaleo.

– Não entendi tudo, mas parece que ele está dizendo algumas palavras sagradas na língua havaiana. *Ike, Kala, Aloha, Pono...* Tem algumas que não entendi direito.

– E o que significam?

– Sei uma ou outra. O restante, não faço ideia. Depois perguntamos ao meu avô.

Aquela cena nunca mais sairia da memória de Axl. O Sol acabara de se descolar do oceano. Por mero acaso, se é que existe acaso, era 21 de junho. Solstício de Verão no Hemisfério Norte.

– Cara, que sorte! Acho que hoje é o dia que meu avô fala. Olha lá, o Sol está exatamente no meio das rochas.

– Uau!!!

Uma preciosidade da Natureza. Por alguns instantes, o Sol se posicionou de uma forma tão peculiar, que parecia estar sendo seguro pelas rochas irmãs. Era como uma grande pérola presa nas garras de uma joia. Sua luz intensa banhava toda a piscina formada naquela praia e, refletida em suas mansas águas, irradiava energia a tudo que estava ao seu redor.

Com os olhos fechados, Kaleo e Axl entraram em um estado de quietude interior. Era como estar flutuando no espaço, envoltos apenas pela forte luz do Sol. Ninguém ao redor, nenhum som, apenas paz interior.

* * *

Axl foi o primeiro a retomar a consciência. O Sol continuava sua jornada e já se libertava do receptáculo que o envolvia. Percebendo que o surfista estava em silêncio e, aparentemente com as mãos em posição de prece, tocou Kaleo no ombro, trazendo-o de volta à realidade. Com um leve aceno de cabeça, indicou ao amigo a nova condição do rapaz.

O havaiano agora direcionava as palmas de suas mãos em direção ao mar. Girou seus pulsos como um maestro e, lentamente, iniciou um movimento com os braços em direção ao céu. As águas começaram a se agitar. Uma forte brisa intensificava a maresia e o característico perfume exalado pela água salgada se fazia presente no ar.

Kaleo, com os cabelos esvoaçantes, mantinha seus olhos em constante alerta, não querendo perder nenhum segundo do show que se revelava.

O surfista tinha agora suas mãos na altura dos olhos. Uma grande onda começou a ser formar no vazio há pouco deixado pelo Sol. O nível do mar parecida subir e a onda lentamente avançava contra a praia.

Mais alto, cada vez mais alto. A massa de água começou a tomar forma... Cabeça, corpo, patas, um enorme animal ganhava vida.

Assustado com o que via, Axl segurou no braço do amigo e ambos deram um ou dois passos para trás, antes de a tensão os paralisar. Um felino, um grande tigre com uns dez metros de altura caminhava em sua direção. De repente, ele parou. Não havia como fugir. O imenso animal preparou seu bote e saltou sobre o surfista, indo em direção aos dois garotos que, amedrontados, caíram ao chão gritando com toda a energia que seus pulmões pudessem fornecer.

As garras do felino se aproximando cada vez mais. Tomados pelo medo, deitaram na areia cobrindo o rosto em busca de um refúgio psicológico. Não conseguiram ver o momento em que foram engolidos pela onda, que se desfez imediatamente ao se chocar contra o solo.

Ainda recobrando o fôlego, Axl tentava cuspir a areia que tomava conta de sua boca. Kaleo, respirando fundo, sentia que a tranquilidade e a paz daquele lugar haviam retornado. O calor do Sol aquecia sua pele, o leve som da marola, pássaros a cantar...

Capítulo 17

– Galera, tudo bem com vocês?

– Aaaacho que sim! – Kaleo segurou a mão estendida pelo surfista, para ajudá-lo a se levantar.

– Kaleo, não é?

– Como você sabe? A gente se conhece?

– E você deve ser o Axl. É um prazer te conhecer.

– Ah, legal – ainda tentando limpar sua boca, Axl acabava de se levantar.

– E você, quem é? – franzindo a testa e estranhando aquela situação, Kaleo continuava seus questionamentos.

– Claro! Meu nome é Moikeha. Espero que vocês não tenham se assustado – seu sorriso largo e a serenidade de seu semblante faziam com que Axl se sentisse à vontade em sua companhia. – Achei que vocês não fossem chegar a tempo. Esse momento acontece apenas uma vez ao ano.

– Peraí! – exprimindo sua incompreensão com as mãos voltadas para o céu, cotovelos colados junto ao corpo, Kaleo interrompeu Moikeha mais uma vez. – Como assim, achava que não chegaríamos a tempo? Você não poderia estar nos esperando, se ninguém sabia que viríamos até aqui.

– Seu avô me avisou ontem à noite e, antes que você me pergunte como, telepatia é um pequeno truque que nós, kahunas, utilizamos de vez em quando.

– Kahunas!!! – Unidos em um jogral, Axl e Kaleo nem perceberam o tom elevado de suas vozes.

– Como assim, kahuna? – com seu tradicional "como assim", Kaleo não desistia do interrogatório. – Mas você não deve passar dos 30 anos!

– Vinte e seis, para ser mais exato. Por quê? Imaginou que um kahuna tinha de ser velho? Achou que meu abdômen tanquinho é incompatível? – Moikeha se divertia com a reação de Kaleo, enquanto segurava em seu ombro com sua mão direita.

– Não, é que... – Kaleo estava desconcertado, e nem sua presença de espírito, que permitia sair bem de qualquer situação embaraçosa, conseguia ajudá-lo naquele momento.

– Como seu avô deve ter falado, nós, kahunas, somos um grupo pequeno neste momento. São poucos jovens que abraçaram a tradição. É um tesouro passado de pai para filho, mas a falta de conexão dos mais novos com a espiritualidade faz com que as famílias não consigam transmitir esse tesouro às futuras gerações.

– Molequeah ...

– Moikeha, Axl.

– OK. O que foi aquilo que aconteceu com o mar?

– Ah, pensei que você não tinha notado! – ajoelhando-se na areia molhada, Moikeha foi seguido pelos meninos.

Com semblante mais sério, continuou:

– Aquilo foi apenas reflexo de meu pensamento.

– Dá para voltar um pouquinho? Acho que perdi alguma coisa! – Arrastando-se e chegando mais próximo ao kahuna, Kaleo o interrompeu.

– Essa é uma das habilidades que nós desenvolvemos, chamada Psicocinesia ou *Kalakupua*, na nossa língua mãe. Ao pé da letra, significa "liberar os poderes pessoais e transformar desejos em ação completa". Ao unirmos vontade e imaginação, conseguimos gerar uma energia que nos permite interagir com a matéria e, de certa forma, controlá-la.

– Então, aquilo foi você quem fez? – incrédulo, Kaleo dobrou o corpo ficando cara a cara com Moikeha. Em seguida, virou-se para Axl com olhar inquisitivo, como querendo dizer: "Do que esse cara está falando?".

– Sim, Kaleo, fui eu que interagi com as águas do mar e gerei aquele animal. Mas tenho de confessar uma coisa. Não faço a mínima ideia sobre por que apareceu aquele tigre e a energia que ele liberou quando avançou sobre nós. Na verdade, eu tinha pensado em um unicórnio caminhando lentamente ao nosso encontro.

Essa foi a deixa para que os três caíssem na gargalhada. Axl e Kaleo estavam tão encantados com o que haviam acabado de presenciar que nem se deram conta de quão profunda era aquela experiência.

– Mas, sabe, não fazemos isso por brincadeira. Nossa interação com as forças da Natureza exige respeito e seriedade.

– E aquelas palavras que você estava falando? Fazem parte desse ritual?

— Na verdade, não... Eu estava recitando os sete princípios kahunas. Uso como um mantra quando quero me concentrar. Ike, Kala, Makia, Manawa, Aloha, Mana, Pono.

— E o que significam?

— Vamos deixar isso para outra hora. Agora, vocês não vão me perguntar o porquê de eu estar aqui esperando por vocês?

— É, por quê? — Axl, desta vez, tirou as palavras da boca do amigo.

— Axl, você já deve saber que tem uma importante missão. E eu estou aqui para te falar um pouquinho dela.

— Lá vem... — passando ambas as mãos na cabeça, escorregando-as até o pescoço, Axl sabia que não teria como fugir.

— Sei que já ficou sabendo do Conselho que se reuniu aqui nesta praia para iniciar o confronto com uma força que queria nos destruir. Ou melhor, ainda quer. Você foi o escolhido para ser, vamos dizer assim, nossa arma secreta, o último bastião.

— Que história é essa de Sebastião, Axl?

— Bastião, Kaleo — interveio Moikeha. — Quer dizer fortaleza ou algo parecido.

— Ah, tá...

— Mas por que eu? Ainda não entendi o que tenho de especial.

— Não é só você. Kaleo também faz parte dessa história. Mas, por ora, não vamos avançar nos porquês. No momento certo vocês saberão.

Kaleo se sentiu um pouco mais feliz com aquela revelação, mesmo sem saber do que exatamente se tratava.

— Você, Axl, deve iniciar sua caminhada, seguir a trilha do guerreiro. Se lembra do que o sr. Kala te disse sobre os chefes de algumas tribos de índios americanos?

— Sim.

— Você deve procurar o chefe dos lakota em uma pequena cidade, na Dakota do Sul. O nome dele é Flecha Lançada. Ele vai te ajudar a dar os primeiros passos.

— Certo... Então eu tenho de ir para a Dakota do Sul encontrar um chefe indígena que vai me ajudar nessa minha missão. E eu consigo fazer tudo isso sozinho... — Axl, meio desanimado, arremessou uma pedra vulcânica que segurava.

— Se alguém te dissesse, há uma semana, que descobriria sua missão de vida em um encontro com um kahuna no Havaí, você acreditaria?

— É... Acho que não!

– Bom, era isso. Agora vou indo. Tenho de encontrar uma onda perfeita para fechar bem minha manhã – enquanto falava, levantou, limpou a areia da parte traseira da bermuda e se despediu dos meninos com um toque de mãos bem à moda dos surfistas.

Colocando sua prancha sob o braço direito, Moikeha iniciou sua caminhada rumo à trilha de acesso à praia. Quando estava a uns dez metros, virou-se para um último recado, com um tom de voz um pouco mais elevado para vencer a distância.

– Ah, Kaleo, mande lembranças para seu avô. Honre seus ensinamentos. Afinal de contas, não são todos por aqui que têm um mestre kahuna na família. Muito menos o único a participar com os nativos americanos do Conselho – após inserir essa frase em um momento calculado, Moikeha seguiu seu caminho sem olhar para trás.

– Meu avô, kahuna?!

Capítulo 18

Já haviam passado mais de seis horas desde que o avião deixara o Havaí. Seis silenciosas horas...

Kaleo dormia com sua cabeça encostada na janela, pés sobre o banco. Não havia falado muito com Axl desde que deixaram a praia onde encontraram Moikeha. Axl sabia respeitar o espaço do amigo e preferiu manter-se distante até as coisas voltarem ao normal. Era certo que, no outro dia, o que quer que seja já estaria superado e a alegria tomaria conta novamente de seu espírito.

Na verdade, essa quietude de Kaleo não era tão ruim para Axl que, em geral, preferia momentos introspectivos. Nesse dia, essa necessidade estava potencializada. Ainda não conseguia entender aonde as experiências dos dois últimos dias o estavam levando.

– Axl, tudo bem com você? – abrindo um sorriso que acalmava o coração, Kaylane, sentada entre os dois meninos, delicadamente quebrou a monotonia provocada pelo constante som das turbinas e de uma ou outra campainha, acionadas por passageiros pedindo ajuda às comissárias de bordo.

– Tudo!

– Kaleo me falou sobre o encontro que tiveram na praia hoje pela manhã, enquanto você nos aguardava do lado de fora da casa de papai.

– É... Foi uma coisa meio diferente. Que bom que ele falou com a senhora, desde manhã parece que eu virei um fantasma.

– Não fique chateado com ele – fez uma pausa enquanto olhava o filho e acariciava seus cabelos. – Ele ficou triste por não ter podido falar com meu pai. Você viu como ele está abatido. Não podia acordá-lo para nos despedirmos.

– Tenho certeza de que irá melhorar – tomado por certo desânimo, não desgrudava o olhar da tela à sua frente.

– Obrigada. É bom ouvir isso de você! Sabe, eu aprendi a duras penas que as ações de Kala são quase sempre calculadas. Tive muitas brigas com ele porque não entendia o motivo pelo qual me deixava passar algumas situações quando era adolescente. Kaleo não consegue engolir o fato de eu ter omitido e por ter sabido por um estranho que o avô é um kahuna.

– E, pelo que entendi, um dos melhores!

– É verdade. Ele é um dos mais antigos guardiões de nossa tradição. Ele é o ancião que contou ter participado do Conselho dos Nativos. Agora... me conte o que você achou de toda essa história. – desta vez, Kay conseguiu capturar a atenção de Axl para valer.

– Desculpe, senhora Walker, mas acho isso tudo uma maluquice – juntando os joelhos contra o peito, Axl buscava refúgio interior.

– Imagino, Axl. Mas acho que deveria pensar um pouco a respeito do que foi dito a você – seu olhar mudara para uma versão penetrante, que fazia com que Axl não conseguisse encará-la. – As mensagens de meu pai e de Moikeha são muito sérias.

– Sérias?! Como podem ser sérias pessoas que falam que um garoto de 14 anos tem a missão de salvar o mundo? Sem contar que tenho de andar por aí procurando um chefe indígena que vai me dizer o que fazer. Tenho certeza de que meu pai vai ser bem compreensivo quando disser que vou até Dakota do Sul fazer um passeio e volto quando salvar o mundo.

* * *

O silêncio novamente se apossou da situação. Kaleo, desconfortável com a posição, agora deitava no colo da mãe.

Axl, tentando fugir daquela conversa, fechou os olhos fingindo dormir. Kay, determinada, sabia que não tinha como recuar e resolveu seguir com o sermão...

– Axl, me escute.

– Sra. Walker, eu não vou largar minha vida para sair por aí brincando de índio. Adoro meu videogame, meu MP3 player e não abro mão do Primordial Power... – Kaylane nunca havia visto essa face de Axl, sempre educado e comedido. Percebeu que deveria mudar a abordagem.

– Quem disse que você precisa abrir mão do que tem para trilhar um caminho diferente? Sei que provavelmente não vai entender o que vou te dizer, mas um dia compreenderá. Todos temos um propósito de vida e, quando andamos por caminhos que não levam a ele, temos a sensação de constante frustração – o olhar de Axl entregava que Kaylane parecia ter razão no que dissera, apesar de ele não fazer a menor ideia do que ela estava falando. – Vou te contar uma história que pouca gente sabe.

– Nem o Kaleo?

– Não, nem o Kaleo! Quando tinha uns 18 anos, mais ou menos uns seis antes de Kaleo nascer, meu pai tentou pela última vez fazer com que eu seguisse seus passos e me iniciasse na tradição kahuna. Eu achava aquilo coisa do passado e queria apenas me divertir com meus amigos e me dedicar à Hula. Ele, com toda sua sabedoria, deixou que eu seguisse o caminho que decidisse trilhar. Sabia que uma pessoa só é feliz quando sonha seu próprio sonho.

– E a senhora nunca voltou atrás?

– Não, conheci o pai de Kaleo algum tempo depois, nos casamos e mudamos para Nova York. Me afastei de vez de minha história e... Hoje me arrependo – a voz embargada e seus olhos marejados denunciavam que aquelas palavras saíam do coração. – Sei que você ainda é muito novo para ter uma responsabilidade dessa sobre seus ombros, mas o caminho se abre para você. Aproveite a chance! Olhe aqui, se resolver seguir em frente com essa história, prometo que te ajudarei a dar os próximos passos. Acompanho você onde quer que seja necessário.

– Oi, mãe – Kaleo acordou de sobressalto. – Tudo bem? Sonhei que você estava dando bronca em alguém. Acho que era em mim.

– Foi sonho ou pesadelo? – o sorriso de Kaylane voltava a tranquilizar o ambiente. Axl aproveitou a deixa para fechar os olhos e tentar dormir um pouco.

* * *

Já era manhã de segunda-feira quando Kaylane orientava o taxista a estacionar em frente a casa de Axl. Enquanto ajudava o garoto a pegar sua mala no porta-malas, tentou novo contato, após algumas horas de distanciamento.

– Axl, pensou em minha oferta?

– Obrigado, sra. Walker, mas não quero essa responsabilidade, não. Tchau, Kaleo, nos vemos amanhã...

Capítulo 19

 Diferentemente do que se poderia imaginar antes da viagem, Kaleo voltou mais abatido. Além da visita ao avô, a quem era emocionalmente muito apegado, os momentos do menino naquela ilha sempre pareciam elevar suas energias. Desta vez, entretanto, a frustração em sentir falta de lealdade dos parentes mais próximos, aliada à derrota pessoal no Primordial Power, deixou o garoto irreconhecível.

 – Kaleo, estamos a uma semana da final. Precisamos de sua ajuda para fechar a estratégia – a abordagem de Axl no corredor da escola trouxe Kaleo à realidade. Fechar com violência a porta do armário pessoal do amigo, enquanto ele de forma melancólica guardava seus materiais, decididamente não combinava com seu estilo.

 – O que você quer de mim? Eu nem estou mais jogando! – o tom de voz elevado e a testa franzida traduziam bem a mensagem que desejava passar.

 – Ah, tá! Então você vai desistir! Esqueceu que somos um time? – o soco no armário tinha tom de desafio. – Você sabe que precisamos de você. Você sempre foi o líder desse grupo e não pode deixar a... Tal da Lara, dos celtas, ganhar de nós! – a Terra parece ter dado umas três voltas em torno do Sol, antes que o silêncio fosse quebrado.

 – Eu tinha certeza, você tá gostando dela! – o sarcasmo voltava à tona! Alternando entre as duas famosas personas do teatro grego, Kaleo ia da tragédia à comédia em questão de segundos.

 – Droga, Kaleo, estou falando sério e você me vem com essa história sem noção? Cara, só temos uma semana. Você vem, ou não?

 O chamado foi irresistível. Kaleo não conseguia ficar longe daquele mundo virtual.

 A semana foi intensa e a rotina dos guerreiros-múmia tinha um *script* que parecia se repetir diariamente. Era impossível prestar atenção ao que os professores tentavam transmitir. Os cinco só conseguiam ocupar suas mentes com as estratégias do jogo. Kaleo e Jason, que estavam fora da próxima partida, forneciam dicas aos amigos que deveriam se ocupar de parte das tarefas que o general e o curandeiro dos Mummies não desempenhariam na derradeira batalha.

Após a aula e um rápido lanche na hamburgueria do senhor James, a Lord's Burgers, que fazia o melhor cheese-bacon da cidade, ficavam por lá mesmo para fazer as tarefas escolares em conjunto.

– Meninos, já não falei que essas mesas são para os clientes, enquanto estão se alimentando?

– Já entendemos, *sir* James, e já falamos que é só durante essa semana. Não vai querer perder clientes tão fiéis, vai? – retrucou Ryan, irônico, demonstrando estar sem paciência.

Tradicionalista, o senhor James não se adaptava à forma como "aquelas crianças", como costumava chamá-los, interagiam com os adultos. Mas nem sua implicância com a "falta de respeito desses pirralhos", afastava a garotada de seu estabelecimento. Vindo da Inglaterra quando tinha seus 20 anos, os mais de 50 na América não fizeram com que deixasse as tradições de lado. Como se estivesse vivendo na era vitoriana, cultivava um belo bigode, costeletas e os quilos que faziam sucesso naquela época. Isso sem contar as roupas um tanto quanto ultrapassadas e inadequadas para uma lanchonete do mundo moderno.

Dan Green não estava gostando muito daquela rotina, mas confiava na responsabilidade do filho. Acreditava que a confiança era um dos mais importantes elos para que a amizade entre pais e filhos fosse mantida. Depois da perda de Sophie, não suportaria se afastar de Axl e Kate.

Além do mais, era só uma semana. Aquela história de ficar até as 10 horas da noite treinando para um jogo de videogame passaria muito rápido.

Capítulo 20

Mais uma vez, o sucesso daquele empreendimento se traduzia em casa lotada. O Ancient Hall era o templo máximo, o Olimpo para os aficionados no jogo, que a cada dia arrebanhava uma legião de novos adeptos. Inspiração para as pequenas Arenas criadas pelas Stellar Rhodium nas principais cidades americanas, o local imergia guerreiros e espectadores em um mundo alternativo, uma realidade paralela.

Cada um dos seis portões de acesso levava os visitantes a um hall com temática própria, inspirada nos legados de representantes dos maiores povos que habitaram a Terra: gregos, egípcios, celtas, incas, atlantis e maias. Ao adentrar esses espaços, todos são inevitavelmente transportados para outras eras. Florestas, templos, deuses… Tudo representado nos mínimos detalhes, com um único objetivo: encantar.

Outro detalhe que chamava a atenção era o público que podia lotar a Arena. Nada menos que 10 mil pessoas ao mesmo tempo, um número que rivalizava com parte das arenas dedicadas ao basquete americano. Não que Fidellius não desejasse fazê-la superar as maiores concorrentes, que podem receber mais de 20 mil participantes. Foi um trabalho árduo aos seus assessores demovê-lo dessa ideia, que faria com que o público perdesse parte da magia da imersão no espaço mais importante daquele megaempreendimento. Ali, a tecnologia de ponta se faz presente em hologramas, projeções que transmitem sensação de tridimensionalidade e cenários especiais, capazes de atingir cada um dos espectadores sentados nas arquibancadas em forma de ferradura, inspirada na perfeita técnica das arenas gregas.

* * *

A magia havia começado. Uma simples figura **pairando no ar**, no centro da arena, fez com que o espaço tomasse as **propriedades do** vácuo, fazendo desaparecer todos os sons daquele local.

Desta vez mais sombrio, o Mestre de Cerimônias tinha o rosto completamente coberto. Apenas os dois olhos luminosos faziam com que se tivesse a sensação de que realmente havia vida sob a capa negra. Em cada uma de suas mãos, uma esfera representando um dos clãs finalistas girava em torno de seu próprio eixo.

As areias do deserto egípcio, base do cenário sobre o qual flutuava, pareciam confrontar a lei da gravidade. Guiadas por um redemoinho, já envolviam o anfitrião até a cintura. Tudo era breu! Apenas uma luz similar à do luar destacava o espectro negro que, com os braços abertos, agora começava a girar em velocidade elevada.

Um estrondo, um raio cortando o espaço, de repente atingia o protagonista daquela performance. Os espectadores, atônitos, viam aparecer em seu lugar ninguém menos que Fidellius Shaw.

– Acharam que eu perderia a festa? – seu sorriso iluminado por canhões de luz parecia reverberar a exaltação de seus admiradores. – Muito obrigado pela presença, muito obrigado a todos.

Enquanto proferia essa última frase, seu olhar se dirigia à ala VIP da arena. Junto à cadeira cativa de Fidellius, o secretário de Defesa americano e graduados oficiais do Exército, Marinha, Aeronáutica e dos fuzileiros navais. Além de representarem o presidente dos Estados Unidos no evento, convidado especial em razão da imensa influência de Fidellius junto aos meios políticos, tinham interesse em saber um pouco mais sobre aquele jogo que poderia ser utilizado como ferramenta de treinamento para seus soldados e, em especial, nas aplicações do Motor Temporal.

Para ele era mais que uma honra ter homens tão importantes ali, sob o domínio de sua *performance*. Fidellius se vangloriava de seu poder de atração. Tudo isso graças ao poderio e abrangência de sua corporação.

* * *

Fundada há dez anos, quando o sr. Shaw tinha apenas 30 anos, teve um crescimento meteórico. Nascida de seu sonho em atuar no ramo da metalurgia, rapidamente ganhou o mundo quando Fidellius decidiu investir boa parte da fortuna amealhada nos primeiros anos de vida da empresa na fabricação e lançamento de um satélite próprio. Gênio precoce da informática, física e eletrônica, criou um equipamento com o intuito de se identificar o tipo de minério encravado na crosta terrestre nas áreas de interesse da empresa, buscando reduzir os investimentos na mineração.

Era o dia do lançamento. Com toda sua equipe de cientistas reunida na Base de Cabo Canaveral, Fidellius mal conseguia controlar suas emoções. Como uma barragem prestes a romper com o volume excessivo de água, aguardava o momento exato para extravasar o orgulho e contentamento armazenado na caminhada que o levou até aquele instante.

A tradicional contagem regressiva começara. "Dez, nove, oito..." Seus olhos não despregavam dos monitores e sua mente habituada à tecnologia processava e compreendia boa parte do que se passava... "Sete, seis, cinco, quatro, três..." Confiante olhava para o cientista-chefe, como se buscasse por uma confirmação de que tudo daria certo... "Dois, um, ignição...".

O momento de maior risco já havia passado. O foguete lançador já tinha se separado dos *boosters* e, há algum tempo, não mais podia ser visualizado a olho nu. Pelos sistemas de monitoramento, todos acompanhavam a trajetória da nave rumo ao ponto final de separação e injeção em órbita. Papéis lançados ao ar. Grita e festejo geral no centro de lançamento. Missão cumprida.

Duas horas após a confirmação de que o satélite estava estabilizado na órbita terrestre, Fidellius reunia sua equipe para iniciar a análise dos dados enviados pelo equipamento.

Como resultado, frustração e quase 72 horas de trabalho incessante. Ninguém da equipe abandonou seus postos, nem mesmo para descansar. Às 9 horas da noite do terceiro dia, o cientista-chefe adentrava a sala de reuniões transformada em base operacional onde, impaciente, Fidellius aguardava um desfecho daquela situação.

– Senhor, chegamos ao nosso limite. Revisei pessoalmente todo o processo e modelos matemáticos. O sistema está operando exatamente como projetado. O sistema de telemetria nos informa que todos os equipamentos respondem adequadamente – a gravata frouxa e a camisa para fora da calça externavam o estado de espírito do descendente de japoneses, usualmente metódico e organizado.

– E como você me explica que não temos o resultado esperado? – sua voz era firme, porém contida.

– Senhor, acho que superestimamos a capacidade do sonar óptico.

– Você está me dizendo que minha invenção e meus milhões lá em cima não servem para nada?

Segundos eternos...

– Você está me dizendo que não temos alternativas? – saindo de sua confortável cadeira, terno impecável, deu a volta em torno da mesa de trabalho e, delicadamente, repousou sua mão direita sobre o ombro do pobre cientista.

— Senhor Fidellius, me desculpe.

— E se eu te disser que você... Está errado? — curvado ao lado do amigo, seus olhos inquisidores tinham o poder de desconcertar qualquer argumento ou subterfúgio.

— Impossível!

— Impossível é uma palavra que não faz parte do meu dicionário.

Focado na solução que deveria dar àquela situação, Fidellius percebera que sua invenção poderia ter outra utilidade. Era capaz de identificar objetos metálicos portados pelas pessoas que trafegam nas ruas. Em menos de um mês sua equipe desenvolveu um poderoso *software* de análise que, em conjunto com as informações obtidas pelo satélite, retornava com precisão extrema o modelo de qualquer arma ou artefato bélico em circulação.

Os favores que alguns senadores que ajudou a financiar lhe deviam o colocaram em contato com o secretário de Defesa. Não foi difícil convencê-lo de que seu produto era crucial na batalha contra o terrorismo que assola a tranquilidade do mundo moderno.

Apesar do contrato firmado lhe proporcionar rápido retorno financeiro do investimento realizado, o que mais lhe contentava era a importância que passou a ter daquele momento em diante.

A Stellar Rhodium fora alçada a uma megacorporação multinacional, atuando nos ramos de segurança, mineração, telecomunicações, redes sociais e a divisão caçula dos games.

* * *

— Estou tão ansioso quanto vocês para ver o início desta batalha. Mas, antes de mais nada, gostaria de parabenizar os sete finalistas. Não se esqueçam, são apenas cinco vagas dentre os melhores! Que comece a luta!

Capítulo 21

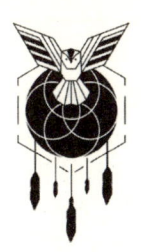

Apesar de não estar presencialmente naquela batalha, Kaleo era o pai da estratégia que o time adotaria naquela noite.

Como de costume, os Mummies alternavam mais uma vez sua base. Desta vez, com seu revestimento original de alabastro, a Grande Pirâmide de Quéops abrigaria Axl e seus magos. Incrustada no coração da majestosa estrutura de granito, a Câmara do Rei era o local perfeito para protegê-los da invasão dos inimigos, além de ser o ambiente que permitia potencializar ao máximo a magia que utilizariam na batalha.

Adicionalmente, sua posição no meio do deserto, a mais de oito quilômetros do Rio Nilo, faria com que seus adversários sofressem na travessia, deixando-os vulneráveis ao contra-ataque.

Os celtas, por sua vez, mantinham Stonehenge como ponto central de seu império. Diferentemente dos egípcios, o povo celta não construía templos dedicados a seus deuses, e utilizava a Natureza para esse fim. Viviam em pequenas vilas e aldeias espalhadas pela floresta.

A aparente fraqueza e falta de estrutura fazem com que os adversários subestimem a capacidade de defesa do time celta. Essa foi exatamente a aposta feita pelos integrantes dos Mummies, liderados por Kaleo.

Com uma estratégia muito focada, os guerreiros celtas, liderados por Lara, iniciavam seu avanço em busca do Portal. Com seu pelotão, o curandeiro e seus seguidores acompanhavam a investida. Protegendo Stonehenge, o mago e o intendente monitoravam a evolução da equipe e orientavam parte de seus discípulos que davam suporte ao time do *front* de batalha. Mal sabiam ambos os times que o encontro do portal seria um grande desafio. Se bem direcionados por seus magos, os times demorariam pelo menos um dia para chegar à passagem que conectava as duas civilizações.

Obstinada, Lara avançava a passos rápidos e, em pouco menos de 26 horas, chegava ao portal. Sabia que sua tropa precisava descansar. Decidiu montar acampamento em meio à floresta em que se encontravam. Estrategicamente, era mais seguro e confortável manterem-se abrigados sob as bênçãos da Natureza da qual fazem parte. Deveriam partir por volta de 1 hora da manhã, que correspondia às 3 horas no Egito, o que lhes daria umas quatro horas de descanso.

Ryan havia assumido a tarefa de coordenar o grupo de ataque, seguindo o plano elaborado pelo general Kaleo. Confiantes de que seria muito fácil dominar o grupo adversário, definiram enviar quase todos os integrantes do exército egípcio para a invasão, incluindo-se o intendente Bruce. Junto de Axl, apenas duas centenas de soldados formando uma barreira logo à frente da Esfinge e os magos distribuídos entre as pirâmides de Queóps, Quefren e Mikerinos.

A hora havia chegado. Lara agora cruzava o portal com sua equipe, deixando para trás cerca de 300 soldados e armadilhas no entorno da passagem. Visionária e habilidosa na arte da guerra, fez uma derivação no caminho para o seu alvo, buscando não encontrar seus inimigos durante a travessia do deserto. Seria mais eficaz chegar ao destino com um batalhão numeroso e em condições de duelar em alto nível.

A estratégia havia dado certo. Somente cinco horas após os celtas cruzarem o portal, os Mummies chegariam ao mesmo ponto e, até ali, nenhum embate. Como já haviam descansado na noite que recém abandonava seu turno, seguiram em frente se embrenhando na selva que os rodeava.

– Bruce, apresse todos os soldados, não podemos perder a vantagem de ter chegado aqui primeiro. Deixe a Tropa de Seth protegendo o portal. No mínimo 300 homens.

– Certo! Homens, avancem! – correndo em meio aos guerreiros, em sentido oposto ao fluxo de avanço, Bruce cumpria com maestria a tarefa a ele designada.

Seguindo as orientações de Axl, rumaram a leste através de uma trilha próxima à clareira. Em menos de cinco minutos de caminhada, descobriram que a missão não seria tão simples quanto o imaginado. A floresta já era densa e o Sol que os guiava não mais podia ser observado. Os observados agora eram eles.

Escondidos em meio à vegetação, soldados celtas espreitavam nas sombras aguardando o melhor momento para atacar. De certo modo, divertiam-se com a inabilidade daquele povo em interagir com a exuberante natureza que os rodeava.

– Abaixem-se! – Surpreso com a investida, Ryan tentava proteger seus liderados da chuva de lanças que se abatia sobre suas cabeças.

Havia começado uma grande batalha. Armados de lanças, espadas e machados, os soldados celtas, vestidos apenas com calças, sandálias e elmos de bronze, partiram para o duelo corpo a corpo. Sabendo utilizar a natureza a seu favor, inevitavelmente surpreendiam os adversários, levando-os facilmente à derrocada.

O grande número de combatentes dos egípcios em um campo fechado de batalha ficou rapidamente sem a coordenação de seus líderes. Começaram a avançar em diversas direções em meio à floresta. Divididos e sem rumo, tornaram-se alvo fácil para um grupo muito menor de soldados inimigos.

* * *

Os celtas continuavam sua travessia no deserto. Preocupada com o estado físico de seus homens, Lara resolveu diminuir um pouco o passo. O Sol havia nascido há mais de uma hora e começava a castigá-los. Um erro de estratégia que poderia ser fatal. Esqueceram-se de providenciar roupas adequadas para enfrentar o calor escaldante daquela região.

* * *

O problema de Ryan era outro. Havia perdido completamente o controle da situação. Bruce, correndo com parte dos guerreiros, procurava em vão seu comandante. Em vão porque, sem saber, caminhavam em direções diametralmente opostas. O grupo havia se dividido em pelo menos cinco blocos distintos e, naquele momento, apenas dois duelavam com os guerreiros celtas.

Nem mesmo os poderosos magos egípcios conseguiam obter uma vantagem na batalha. Parte da força de resistência era composta por Druidas, designação dada aos magos celtas no estágio mais avançado.

Um alento ao grupo de Lara. Enfim, haviam encontrado o Rio Nilo. Sabia que margeando o Grande Rio, como os antigos egípcios o chamavam, teriam melhores condições de enfrentar o calor. Além disso, seu serpentear certamente os levaria à base do inimigo. Mesmo assim, algumas horas depois, Lara e seus dois companheiros de viagem definiram ser mais prudente parar para descansar. Aproveitaram um templo que haviam encontrado no caminho. Mesmo correndo o risco de Stonehenge ser atacado com antecedência, preferiram poupar as energias de seus homens para confrontar os inimigos durante a noite.

* * *

Nas florestas da Bretanha, o número de baixas egípcias era enorme. Os dois grupos que continuaram duelando com os guerreiros haviam sido dizimados. Dos três restantes, apenas um tinha chances de cumprir sua tarefa, justamente o liderado por Bruce. Os outros dois, sem referências quanto ao rumo a ser tomado, afastavam-se de Stonehenge a cada novo passo dado.

Bruce, o mais jovem integrante dos Mummies, aparentemente não tinha experiência para chegar sozinho até o seu alvo. Mas, após vagar durante horas com seus homens, vislumbrou ao longe a estrutura circular de Stonehenge. Cansados, não se deram conta de que o caminho estava, estranhamente, livre demais. Um forte estalo. Pareciam galhos sendo quebrados. Ao perceberem o que acontecia, já estavam cercados.

Manipuladas pelos magos de Stonehenge, enormes árvores ganharam vida e cercavam os mais de 500 guerreiros. Os que não eram acertados por galhos em alta velocidade, eram lançados ao ar por raízes que se enrolavam por suas pernas. Bruce foi uma dessas baixas, golpeado por uma grande pedra lançada pelos guerreiros verdes. Pouco a pouco, um a um, todos foram eliminados.

* * *

O grupo de Lara já podia avistar a Grande Pirâmide refletindo, ao longe, a luz do luar. Axl era a última esperança e, tão logo percebeu a aproximação do grupo adversário, ordenou a todos que tomassem posição de defesa. No *front* da batalha, ladeando a Grande Esfinge, os arqueiros e lanceiros eram o primeiro elemento de retenção dos inimigos. Diferentemente do que conhecemos, a Esfinge tinha o rosto de um chacal – na verdade era Anúbis, o deus egípcio do submundo.

Concentrando todas suas forças, os magos egípcios criaram uma grande tempestade de areia, gerada por ventos que sopravam fortemente na direção dos atacantes celtas. Mentalmente, Axl ordenou o início do ataque a um de seus magos, que era seu elo com os guerreiros que estavam em campo. Uma chuva de flechas se abateu sobre os soldados celtas. Boa parte delas não teve efeito, graças à formação de carapaça rapidamente arranjada pelos escudeiros. O embate se encaminhava para ser travado corpo a corpo.

Mesmo em meio à tempestade de areia, os Celtas obtinham larga vantagem na batalha. Sua proporção era de dez integrantes para cada soldado egípcio. Acuado dentro da pirâmide-fortaleza e percebendo que a batalha estava chegando ao fim, Axl coordenou mais uma vez a união de forças de todos os magos.

Sua magia, potencializada pelos poderes mágicos das três pirâmides, foi emanada através de um raio de cor azulada, vindo do topo de Quéops em direção à cabeça do Anúbis de Pedra. De tão intensa, cegou por alguns instantes todos que estavam guerreando em campo aberto. Mal voltavam a enxergar o seu entorno e novamente eram castigados. Desta vez, o uivo de uma fera que, quando deitada, tinha mais de 20 metros de altura. Mais que o incômodo nos tímpanos, aquelas ondas sonoras atingiam as regiões do cérebro responsáveis pela sensação de medo e colocavam em estado de terror até os mais bravos guerreiros. Movendo-se com agilidade em busca de suas presas, parecia ser uma barreira intransponível.

Lara só tinha uma chance. Concentrada, alheia ao que se passava ao seu redor, recitava palavras em língua antiga. Um relâmpago cortou os céus límpidos daquela noite. Ao longe, algo parecia cair. Estava cada vez mais próximo. A uns 20 metros do solo, a beleza de um cavalo alado se revelava à luz da Lua. Correndo e puxando Kevin pelo braço, o belo curandeiro celta que acelerava os corações das fãs de Primordial Power, Lara se dirigia ao ponto onde o alvo animal havia pousado.

Enfrentar os Mummies na final fez com que Lara se preparasse à altura da tarefa que a ela seria designada. Sabedora das propriedades energéticas das Pirâmides, essa foi uma das 12 estruturas meticulosamente estudadas pela brava guerreira. Fora do alcance da fera de pedra, voando a uns 70 metros de altura, circundava o conjunto formado pelo trio de pirâmides. Ao chegar à parte posterior da mesma, deparou-se com uma figura estranha. O deus Anúbis de pedra! Esse, por sua vez, jazia deitado nas frias areias noturnas do deserto enquanto seu gêmeo devorava, por assim dizer, os guerreiros celtas que bravamente não arredavam pé.

Guiando seu cavalo para um ponto no meio do paredão de pedra da Grande Pirâmide, a guerreira instruía seu companheiro quanto ao que deveria ser feito.

Sua aposta estava correta. Ignorando essa vulnerabilidade e convicto de que aquele monumento não poderia ser facilmente invadido, Axl não protegeu o "canal de ventilação" que liga a Câmara do Rei ao exterior. Apesar do nome, era, na verdade, um pequeno túnel perfeitamente alinhado ao Cinturão de Órion com propósitos energéticos. Preparado para aquele momento, Kevin lançou uma pedra envolta em ervas e raízes que, em contato com o oxigênio, exalava um gás venenoso. Concentrado na tarefa de guiar o gigante chacal, Axl nem percebeu que sua consciência se esvaía, até desfalecer.

Silêncio no deserto. A fera havia sido abatida! Vitória dos celtas.

Capítulo 22

– Papai, o que aconteceu? – agarrada ao braço do sr. Green, Kate buscava um pouco de segurança em resposta ao ambiente que a cercava. Seu vestidinho verde-água e os cabelos presos em dois rabos nas laterais da cabeça faziam-na parecer ter um pouco menos do que os 11 anos que havia completado.

– Não é nada, filha. Apenas uma noite de TERRROOORRRR! – Como de costume, Dan se divertia brincando de assustar Kate e Axl. Não que suas caretas de monstro causassem pânico. Na verdade, de tão cômicas, faziam com que seus medos se dissipassem.

– E por que tem essa fumaça toda?

– Deve ser mais uma surpresa. Veja que eles deixaram tudo escuro, apenas com aquelas luzinhas roxas, essa fumaça no meio da Arena e nenhum barulho.

– Pena que o Axl perdeu! Ia ser muito mais legal se ele tivesse ganhado esse jogo.

* * *

Aos poucos, a névoa que encobria a Arena se dissolvia, sugada por potentes exaustores instalados no teto. Como um véu que deixa transparecer um pouco do que guarda segredo, dava aos espectadores breves vislumbres de uma estrutura envolta pela escuridão. Raio e trovão simultâneos tiraram todos de um estado quase hipnótico e acionaram a iluminação que revelou a todos a beleza minimalista de uma gigante réplica de Stonehenge.

Sobre um dos grandes pórticos e embalado por uma canção celta, Fidellius com seus dentes reluzentes mirava o infinito, deixando todos os espectadores com a sensação de que seu olhar havia sido para eles direcionado. Voltando-se de costas à plateia, curvou-se levemente e, com um gesto de reverência, deu a deixa para que duas grandes pedras deslizassem e permitissem o retorno dos jogadores. Lara, ovacionada pelos presentes, foi a primeira a sair, puxando a fila dos demais Celtas. Saltos e socos no ar, mãos cerradas ou em posição de prece demonstrando agradecimento. Contentamento supremo, transformado em lágrimas de alívio e glória.

Explosão de aplausos e luzes piscando criavam efeito estroboscópico em toda a Arena. Poucos notavam que o time dos Mummies, cabisbaixo, também retornava ao mundo real.

O foco do holofote principal colocou a atenção de todos novamente no eterno protagonista do game, Fidellius, agora junto aos campeões. Aos poucos, com seus gestos calculados, foi acalmando a euforia de todos até que obtivesse completo silêncio.

– Meus amigos, que prazer enorme. Como é bom ver que a cada ano vocês ficam melhores. Olhem, fiquei tentado a apenas mudar o nome do time de vocês para Primordial Power Master Warriors. Mestre na arte de conduzir seu público, fez com que 10 mil pessoas se levantassem instantaneamente e aplaudissem o time tricampeão. – Mas, vamos ver. Vamos ver quem serão os escolhidos para formar esse time de mestres.

Fã declarado das habilidades de Lara, Fidellius começou a premiação dos campeões por ela. Agradeceu a cada um com um cheque simbólico, um troféu de cristal que também tinha a forma de Stonehenge e um abraço paternal. Diferentemente do usual em qualquer competição, o sr. Shaw definira que em seu jogo apenas os campeões seriam premiados, denotando suas características mais profundas quanto à forma de encarar os desafios da vida.

Auxiliado por seu *staff*, perfilou os integrantes dos quatro times semifinalistas diante da colossal estrutura de pedra. Andando vagarosamente em frente aos 20 jogadores, Fidellius fez questão de olhar um por um nos olhos.

O silêncio era denso e de tal sorte sepulcral, que os mais concentrados espectadores poderiam jurar conseguir ouvir o ressoar dos corações, embalados pela respiração ofegante de cada um dos jogadores.

– Minha primeira escolha, o primeiro integrante dos Master Worriors será o construtor. Para essa posição, escolhi um jogador que demonstrou habilidades e estratégia simplesmente geniais – enquanto falava, as luzes da Arena foram quase que totalmente apagadas, restando apenas a iluminação cênica da estrutura de pedra e cinco holofotes focando Fidellius e os quatro construtores. – Meus parabéns, senhor... Ryan!

Nesse momento, apenas o holofote do construtor dos Mummies e o de Fidellius se mantiveram acesos. A plateia gritava o nome de Ryan, enquanto ele era abraçado pelos quatro companheiros. Eles só se contiveram no momento em que o sr. Shaw se aproximou para cumprimentá-lo. A expressão no rosto de Ryan denotava uma mescla de satisfação, apreensão e incerteza quanto ao que ocorreria daquele momento em diante. Buscando quebrar um pouco a tensão que envolvia o garoto, Fidellius o saudou com um toque de mãos bem típico dos adolescentes – mãos espalmadas em choque e, depois, um leve soco de punho contra punho para selar a amizade.

– Parabéns, garoto, você foi realmente fenomenal! Sua estratégia foi tão boa, que tenho certeza de que nem meus engenheiros de *software* projetaram uma saída para seus ataques, no módulo de treinamento – Fidellius se referia à ferramenta que os jogadores utilizam para treinar suas habilidades, quando não podem enfrentar outro time real.

– Obrigado, sr. Fidellius – com um sorriso no rosto e voz controlada, Ryan demonstrava que a abordagem havia funcionado.

Enquanto o Mestre de Cerimônias, que apareceu após a entrada triunfante de Fidellius Shaw no início da partida, conduzia Ryan para o topo de um dos totens de Stonehenge, o anfitrião dava início à próxima escolha.

– Embora seu time tenha sido um dos derrotados, minha escolha para a posição do intendente foi feita com base na habilidade logística que o eleito mostrou ter – eliminado pela declaração, o intendente dos celtas foi o único a não ter o holofote direcionado para si. – Senhor Devi, time Incas, vem pra cá!

Ovacionado, o filho de imigrantes indianos nascido há 17 anos em uma pequena cidade de Ohio inflamou a plateia enquanto gesticulava pedindo mais apoio. Popular jogador do time de basquete de seu colégio, estava acostumado à interação com o público.

– Acho que já encontramos o relações-públicas do nosso time! – adorador de holofotes, Fidellius sabe valorizar aqueles que, como ele, têm no sangue a habilidade de dominar o palco.

Após um abraço caloroso em seu novo chefe, Janardan foi levado ao encontro de Ryan.

– Agora só faltam três, e as escolhas ficam mais difíceis. Vocês querem terminar ou é melhor marcarmos outra data? – seu questionamento provocativo desencadeou uma avalanche de protestos bem-humorados.
– Tá certo, tá certo! Vamos seguir, então. Foco nos curandeiros!

Ao comando do chefe, a equipe de iluminação destacou os responsáveis pelos cuidados com a saúde e energia dos jogadores no campo de batalha.

– Meninos, todos vocês fizeram um bom trabalho. Mas... Kevin, você foi essencial na vitória do seu time – como já estava circulando ao lado do jogador celta, Fidellius abraçou o rapaz e o conduziu para um ponto mais próximo das primeiras fileiras da plateia.

Apesar de dizer que a escolha dos jogadores foi realizada apenas com base em critérios técnicos, é muito provável que o rapaz tenha sido designado pela atração que desperta nas fãs do game. Não que suas habilidades fiquem a desejar, mas a histeria causada com sua proximidade reforçou essa tese.

– Estou vendo que o meu sorriso não é o mais brilhante neste espetáculo – elevando ainda mais a aura de galã do escolhido, a frase de Fidellius foi como álcool lançado em uma fogueira. – Calma, meninas, vocês ainda vão acompanhar muito os passos do sr. Mason.

Um pouco tímido e avesso a tantas exaltações, Kevin saiu de cena de certa forma constrangido. Ao passar por Lara, pegou na mão da amiga e agradeceu com um simples "obrigado". Esse gesto, singelo na forma, mas profundamente verdadeiro, fez com que continuasse a ser aplaudido até que desaparecesse na escuridão do palco, rumo ao pódio dos verdadeiros campeões.

– Vamos de mago ou general?

A pergunta retórica foi respondida pela equipe de iluminação. Em menos de cinco segundos, apenas os magos se destacavam em meio à penumbra.

Kaleo pousou sua mão esquerda no ombro de Axl e, com o outro punho cerrado, tentava transmitir a certeza de que o amigo seria o escolhido. Seria perfeito se ambos integrassem o time dos sonhos.

– Confesso que essa escolha foi uma das mais difíceis. Ou melhor, foi a mais difícil – seu semblante agora sereno e a voz suave criavam um ambiente propício para a revelação. Braços cruzados em frente a um dos magos, tomou fôlego e continuou. – Axl...

A pausa depois do nome de Axl fez com que boa parte da torcida levantasse para aplaudir de pé. Kate agora pulava em frente ao pai, extravasando a alegria que acabara de sobrepujar a frustração.

– Axl, suas ações foram excepcionais. O poder que você concentrou em seus atos e a habilidade com que dominou a magia foram impressionantes.

– Obrigado, senhor Fidellius.

– É raro e inesperado ter um novato em nível tão avançado – assim como Kevin, Axl apenas desejava desaparecer nas sombras para sair de foco. – Mas... Para você, infelizmente, outro competidor foi levemente superior.

Os espectadores pareciam não entender o que estava acontecendo. Imediatamente uma onda de cochichos tomou conta da Arena. Incrédulo, Kaleo indagava Axl apenas com o olhar. Pelo entrosamento que possuíam, Axl tinha certeza de que o amigo deveria estar perguntando algo do tipo: "O que é que esse cara está fazendo?".

– Dylan, você é o escolhido! – elevando o tom de voz para colocar todos novamente sob seu controle, o sr. Shaw anunciava o ganhador daquela batalha particular.

– Yes! – vibrou fortemente o mago atlantis.

– A bravura com que conduziu sua equipe em um momento de grande conflito e a perspicácia para duelar com os magos inimigos me encantaram. Mas a nobre atitude de se entregar para não ter as vidas de todos os seus homens ceifadas na batalha contra os magos de Axl me tornou seu fã – a carícia bagunçando o cabelo do jogador e o abraço caloroso deram o toque final àquela breve homenagem.

Não se sabe se essa era a intenção de Fidellius, mas sua reverência ante à nobreza do ato de Dylan fez com que todos os presentes se esquecessem da dúvida quanto à não escolha de Axl, e se transformasse em apoio incondicional emoldurado por aplausos efusivos.

– O cara se entrega e ainda vira ídolo do chefe?! – incrédulo, Kaleo deixou Axl mais confuso com essa demanda.

Faltava apenas uma posição. A torcida, dividida, gritava efusivamente o nome dos concorrentes. Desconsiderando-se os amigos e parentes que, obviamente, torciam para os seus conhecidos, os fãs do game que participavam daquela festa tinham certa preferência por Lara. Levando-se em conta que era a terceira vez que o time Celta vencia, era natural que o seu líder em campo de batalha estivesse em uma posição de destaque.

De olhos fechados, mirando os céus, Kaleo era concentração pura. Totalmente imerso num caldeirão de emoções em ebulição, tinha todas as suas percepções sensoriais direcionadas para o íntimo de sua alma. Era como se estivesse envolto por uma redoma de vidro que anulava qualquer som do seu entorno. Algo familiar o tirou daquele transe. A voz de sua mãe, que sentava na primeira fila, podia ser distinguida dentre os milhares que se misturavam e confundiam. Encontrar seu sorriso naquela multidão era um presságio de que aquela noite tinha tudo para ser gloriosa.

— E, enfim, chegamos ao final desta disputa. Quem será que vai comandar esse time de notáveis? Senhores, deem um passo à frente — enquanto reunia todos os generais lado a lado, luzes vermelhas destacavam o grupo no centro da Arena.

* * *

— Meu escolhido foi alguém que teve a capacidade de conduzir seu time de forma primorosa. Sua estratégia e sagacidade em campo mostraram que esse general tem nata habilidade para reunir devotos em torno de si. Vou contar um segredinho...

Seu dedo indicador em riste, levemente balançando para cima e para baixo, depois repousado sob seu queixo, colocou todos em um estado de ansiedade. Era como se cada um ali fizesse parte de sua intimidade.

— A meu pedido, meus engenheiros conseguiram reproduzir nos jogadores virtuais uma característica bem nossa, dos seres humanos. Só nos dedicamos em profundidade àquelas pessoas em quem confiamos, temos empatia. Não se dá a vida por qualquer um. Só vale a pena ver nosso sangue escorrer por alguém que realmente mereça, alguém que tenha uma causa que se alinhe com nossos propósitos pessoais — cada palavra era metodicamente pronunciada e em uma cadência que permitia ser absorvida e interiorizada. — Como todos sabem, buscamos ter no Primordial Power a perfeição e, por isso, as complexas reações humanas não poderiam ser ignoradas — voltado para os postulantes à vaga, com um olhar que transmitia a sensação de poder ouvir a divagação de suas mentes, continuou. — Pensem! Se por um acaso suas tropas não foram tão obedientes como deveriam, se fraquejaram ou amoleceram em campo, é porque seu líder ainda não está preparado.

As luzes da Arena se apagaram e uma cortina de fumaça de uns dois metros se formou a partir do chão. Durante mais ou menos um minuto, os espectadores se entreolhavam buscando entender qual seria o próximo passo.

— Amigos! — gritou o iluminado sr. Shaw do alto da estrutura monumental de Stonehenge. Ao seu lado, os quatro campeões previamente escolhidos. — Apresento-lhes nosso general, ou melhor, nossa general!

Mais festejada que a vitória dos Celtas, a escolha de Lara, agora abraçada por Fidellius, lado a lado com os demais eleitos, fez a torcida explodir em unanimidade. Mesmo os que, como Kaylane, tinham seu filho na disputa, festejaram a escolha da menina guerreira.

– Eis aqui o time dos sonhos. Eis aqui o Primordial Power Master Warriors!

Capítulo 23

A sede da Stellar Rhodium fica em Nova York. Na Quinta Avenida, com vista privilegiada para o grande Lago dedicado a Jacqueline Kennedy Onassis, o edifício de 30 andares construído na década de 1930 foi o eleito pelo sr. Shaw para ser o coração de seu império. A grande construção, que ocupa um quarteirão inteiro, mantém os traços arquitetônicos neogóticos originais em sua fachada. Seu interior, entretanto, foi totalmente modernizado e não fica para trás nem mesmo quando comparado com os mais modernos prédios do Vale do Silício.

Haviam se passado 15 dias desde que Kaleo fora subjugado, como ele gostava de dizer, por outro competidor. Mesmo que não admitisse, o fato de ter sido derrotado por aquela que considerava sua maior rival o deixava mais consternado. Entretanto, aquele era um dia especial e, em dias especiais, não há espaço para a tristeza.

Ao final da eleição do Master Warriors, Fidellius entregou a cada um dos escolhidos um convite especial. Produzido em autêntico papiro egípcio, o cartão continha as seguintes palavras grafadas manualmente em um dourado reluzente:

"Bravo campeão,
Parabenizo-o novamente por sua belíssima jornada! Agora você é parte integrante de um time especial.
E, para comemorar, convido-o para um coquetel que será realizado em sua homenagem. Estenda esse carinho a seus pais e irmãos, além dos amigos que estiveram ao seu lado nas batalhas do Primordial Power.
Nossa equipe entrará em contato com você para definir os detalhes.
Saudações!
Fidellius Shaw".

A escolha de Ryan para integrar o time dos sonhos garantiu o passe de Kaleo para a festa mais desejada de Nova York. Além dos campeões e seus convidados, havia muita gente importante do governo, empresários e a cobertura da imprensa americana.

Por volta das 9 horas da noite, após cruzar o saguão principal, de cujo teto a mais de nove metros de altura pendia um imenso lustre de cristal, as famílias Green e Walker acessaram por meio de escada rolante o pavimento no qual se encontrava o centro de convenções da corporação. Como se tratava de um evento noturno, o convite também havia sido estendido aos pais de todos os jogadores menores de idade.

– Vocês perceberam que o piso de mármore do *hall* de acesso tem desenhos que lembram pedras preciosas? – sempre atenta aos detalhes, Kay quebrou o silêncio provocado pela opulência que aquela construção apresentava. Seu vestido longo e o contraste do tecido branco com sua pele morena e cabelos negros destacavam a beleza havaiana, provocando olhares invejosos de outras convidadas.

– Esse prédio é fenomenal! Como vocês devem saber, o sr. Shaw iniciou sua vida empresarial na mineração. Certamente ele quis retratar na base do centro nervoso de suas empresas o que deu sustentação a todos os seus sonhos – mantendo certa formalidade, comum à sua profissão de advogado, Dan Green buscava criar um relacionamento mais próximo com os pais do melhor amigo de Axl.

– Vejam! Parece que esse luxo todo também está presente no local da festa – sorrindo e abraçando o filho enquanto andavam, Matthew Walker, diferentemente de Dan que era acostumado às vestimentas sociais, buscava não demonstrar o incômodo provocado pelo smoking recém-alugado. Mesmo desconfortável naqueles trajes, sua elegância era garantida por um corpo esguio e barba por fazer. – Hei, aquele não é o sr. Fidellius na entrada do salão?

– É! Já gostei mais dele! Nem preciso dizer que foi antes de ele escolher a princesinha Lara para fazer parte do time – os braços cruzados ante o peito e a careta enquanto pronunciava o nome de Lara mostravam quanto Kaleo ainda se ressentia.

Depois de serem recebidos gentilmente por Fidellius, foram acomodados em uma mesa pré-reservada pela equipe de apoio. Em meio a taças de vinho e canapés, a noite foi passando. Para as crianças, havia uma estação na qual se preparavam sucos naturais com frutas exóticas, com destaque às provenientes do nordeste do Brasil.

Como era de se esperar, os jogadores deixaram seus pais de lado e se reuniram em uma sala contígua ao salão de recepções. Nesse local, havia sido preparada uma estrutura para entretê-los durante todo o evento. Ali, os diversos jogos produzidos pela Stellar Rhodium estavam à disposição. Os preferidos eram os que utilizam a tecnologia da realidade virtual. Apesar de haver uma Arena disponível no prédio, achou-se por bem não permitir o seu uso. Além da inconveniência em exigir que os jogadores se paramentassem, certamente não se lembrariam de que estavam em uma festa de confraternização.

Esse encontro foi uma excelente oportunidade para que os jogadores dos melhores times se conhecessem. A rivalidade das disputas recém-ultrapassadas aos poucos se dissipava. A animação permeava aquele ambiente, mas, por alguns instantes, se congelou. Acompanhados por Fidellius – que certamente os via como seus principais garotos-propaganda –, Kevin, em um smoking de belo corte ressaltando o brilho de seus olhos azuis e cabelo loiro encaracolado que, como que por magnetismo, atraíam naturalmente os olhares femininos do entorno, abria alas para o desfile triunfal de Lara. A simplicidade de seu vestido tubinho preto só exaltava a beleza daquela jovem.

– Bem, seus amigos estão todos aqui – sorridente, o anfitrião os introduzia ao grupo.

– Obrigada, sr. Shaw. O senhor foi muito gentil em nos acompanhar.

– Foi um prazer, querida. Espero ainda vê-la até o final da noite.

* * *

– Lá vêm os pombinhos do Shaw – desdenhoso, o incomodado Kaleo não se continha.

– Pombinhos? Quer dizer que eles são namorados? – quase que em tom de cochicho, Axl, que sentia nesse momento seu coração aumentar de velocidade provocando o aquecimento de seu rosto, surpreso indagava Kaleo.

– Que nada! Ouvi dizer que eles são como irmãos. Amigos desde que nasceram – sem se dar conta de que havia exagerado, Jason elevou seu tom de voz para ultrapassar o volume da música que preenchia o ambiente.

– Fala baixo, cabeção!

– Não enche, Kaleo. Vocês é que ficam aí se preocupando com a vida dos outros e eu é que levo a culpa?

* * *

Axl, acostumado a acordar cedo, já não conseguia mais conter os sinais que seu corpo disparava para alertá-lo de que era hora de descansar.

Ainda era meia-noite e a programação previa que o encontro se estendesse até as 2 horas da manhã.

Como não ficaria nada bem se despedir no meio da festa, decidiu ir ao banheiro para molhar o rosto e tentar uma sobrevida até a hora de partir. Sonolento, andava meio cambaleante e nem se deu conta que havia saído pela porta errada. Após duas curvas e alguns metros em um corredor comprido e silencioso, parou e olhou a seu redor, buscando relembrar se já havia passado por aquele local. Como já havia ido ao banheiro ao menos duas vezes antes, questionava-se o porquê de não reconhecer as paredes que o ladeavam.

"Acho que é o sono!", – pensou antes de prosseguir.

A cada passo, Axl sentia seus pés mergulharem em um espesso carpete que lhe transmitia a sensação de estar pisando em areia fofa, além de absorver qualquer ruído gerado na caminhada. Com seus pensamentos na sala da qual havia saído, caminhava com o indicador da mão direita tocando o papel de parede azul, como se necessitasse se manter conectado com alguma matéria para não ser transportado para outra dimensão.

O final do corredor levava a outro. Decidiu dobrar à direita, pois vira que havia uma entrada a uns cinco metros de onde estava. Pela primeira vez ouviu algum ruído. Era a campainha de um elevador indicando ter parado no próximo corredor. Ao se abrir a porta, um inesperado grito o colocou em estado de alerta. Paralisado com a surpresa daquele encontro, recuou lentamente, mantendo a atenção ao que se passava.

* * *

– Não me venha com desculpas! – exaltado, um homem demonstrava não conter a raiva dentro de si.

– Ma… mas, senhor… – quase inaudível, o seu interlocutor tentava retrucar.

– Chega! Há anos que eu aguento essa sua inutilidade. Eu preciso saber onde ele está!

– Mas, senhor, como o senhor sabe que ele ainda existe?

– Eu senti, droga! Eu já disse que eu senti há alguns dias uma grande energia ser liberada. Será que não deixei para trás nada além da lealdade para guiar sua vida?

– Me desculpe, senhor, mas há dias que estamos tentando localizar essa energia e não encontramos nada.

– Quantas vezes vou ter de dizer que eu senti?! Não só senti, como vi. Foi como se um tigre gigante avançasse sobre mim e me engolisse.

Imediatamente, a mente de Axl o transportou para o Havaí. A cena do tigre nascido das águas avançando sobre ele e Kaleo parecia estar sendo descrita por aquela voz arrogante e carregada de rancor.

– Eu vou acabar com ele, Thomas! Assim como eu fiz com a mãe dele, mesmo com a proteção daquele bando de índios poderosos... Vou fazer o filho dela desaparecer.

– Certo, sr. Shaw, deixe comigo. Vou encontrá-lo.

– Agora vá. Vá para a central de pesquisa. Preciso voltar à festa e aguentar aquele bando de imbecis até as 2 horas da manhã.

Axl não conseguia concatenar tudo o que se passava em sua mente. Comandado agora pela porção reptiliana de seu cérebro, partiu na direção de onde veio. Como não sabia se Fidellius estava indo em seu encontro, corria o mais rápido que podia. Tinha de chegar logo à sala tecnológica antes de ser visto. A cada curva que fazia, sentia o alívio de ter mais uma chance de escapar. Sentindo-se seguro, já próximo à porta e calculando que seu algoz deveria estar ainda longe, resolveu diminuir a velocidade e entrar no salão com calma para não chamar a atenção.

* * *

– Cara, onde é que você estava? Tava com dor de barriga, é?

– Kaleo, me deixa em paz. Finja que não estou aqui – transtornado, deixou o amigo falando sozinho e se dirigiu à mesa onde Dan conversava descontraidamente com Kay e Matt, tendo Kate adormecida em seu colo.

– Filho, tudo bem com você?

– Ah... tudo – seus olhos imóveis e a expressão fria em seu rosto contrapunham sua afirmação.

– Axl, você não parece nada bem – insistiu o sr. Green, sabedor da usual indisposição de seu filho em compartilhar o que sentia.

– Pai, já disse que não é nada. Acho que comi alguma coisa que não me fez bem. É só isso.

A angústia o estava aprisionando. A luta com um grito desesperado que queria a qualquer custo revelar-se ao mundo, transformou as quase duas horas restantes daquela festa em um tempo sem fim.

* * *

Kate já havia prendido seu cinto de segurança e Dan se despedia de Matt quando Axl, ainda fora do carro, dirigiu-se a Kaylane com voz embargada e lágrimas que vertiam preguiçosas.

– Sra. Walker, eu aceito. Eu aceito minha missão! Vou descobrir o que houve com a minha mãe e revelar ao mundo quem ele realmente é!

Parte II
Animal de Poder – Conexão Primordial

Capítulo 24

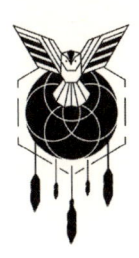

Três leves batidas na porta do quarto. Era dessa forma que o sr. Green mostrava que gostaria de conversar com Axl, mas respeitaria se o filho não estivesse muito a fim de falar. Costumava esperar uns 30 segundos antes de desistir e ir embora. Agia desta maneira quando sabia que o filho estava chateado ou com algum problema. Seu quarto era seu refúgio e Dan entendia ser importante respeitar seu espaço.

Dessa vez, entretanto, resolveu quebrar o protocolo. Estava bastante preocupado com o estado emocional do filho que, após aquelas estranhas palavras dirigidas à mãe de Kaleo na noite anterior, isolara-se em completo silêncio.

* * *

– Axl, você está acordado? – sua voz saiu forçadamente suave. – Axl?
– Oi.
– Filho, podemos conversar?
– Sim – respondeu secamente, após deixar o pai eternos cinco segundos em espera.

* * *

Apesar de introspectivo, Axl tinha a alegria comumente estampada em seu semblante. No entanto, não foi assim que Dan o percebeu ao adentrar em seu quarto. Seus olhos inchados e vermelhos eram a característica mais marcante daquele rosto mergulhado em tristeza.

Seu lado racional imediatamente tentou conectar suas últimas palavras a Kay, o profundo pesar e o objeto que ele segurava em suas mãos.

Um aro, dentro do qual uma teia formada por um entrelaçado de fios sustentava uma pequena pedra cor de rosa locada no centro da mandala, além de quatro pedras coloridas ao seu redor. Amarelo, vermelho, preto e um cristal incolor. Era adornado, ainda, por sete conjuntos de penas brancas que vertiam de sua "base".

Dan sabia que aquele Filtro dos Sonhos tinha um significado especial para Axl e o ligava emocionalmente à mãe.

Com passos cautelosos, aproximou-se da cama e se sentou junto aos pés de Axl. Vestia camiseta e boné dos Reds, como costumava fazer quando saía com os filhos para brincar de futebol americano no parque do bairro em que moravam. Sabia que essa roupagem seria um elo para ligá-los aos bons momentos que tinham em sua vida.

* * *

– Axl, aconteceu alguma coisa ontem, no evento? – sua voz firme e amorosa buscava transmitir segurança.

– Pai, o que aconteceu com a mamãe? – Axl ainda olhava para o Filtro dos Sonhos como se fosse um portal que pudesse transportá-lo a outra realidade. – Me fale a verdade, desta vez.

– É por isso que está triste? Tem a ver com sua mãe?

– Dá pra parar de me enrolar, como você sempre fez? – como uma fera acuada que se impõe sobre seu algoz como última tentativa de reação, Axl liberou sua dor em forma de grito. Cobrindo o rosto, começou a chorar.

– Espere aqui, eu já volto.

* * *

Alguns segundos mais tarde, Dan voltava com uma caixa em suas mãos. Com cuidado, abriu o pacote e de lá tirou um porta-retratos.

– Esta é a última foto que tiramos juntos. Apesar de ela me trazer a recordação de um dos nossos últimos momentos em família, também me lembra do pior dia de minha vida – compenetrado, começou a desmontar a moldura da foto.

– Pai, o que está fazendo?

– Veja... – murmurou Dan, estendendo ao filho o bilhete que há pouco estava escondido. – Foi como eu já tinha te falado. Sua mãe simplesmente se foi...

– Você sabe por que ela fez isso? – perguntou Axl depois de ler o bilhete.

– Não faço a menor ideia. Tudo estava tão bem! Ela estava muito feliz naquele momento. Sua irmã tinha acabado de nascer. Depois que eu a procurei nas casas de nossos parentes e amigos e não consegui resposta, tive de ir à polícia. Lá, também não puderam me ajudar. Eles encerraram o caso após alguns meses, pois não havia evidência de nenhum crime ou coisa assim. O psicólogo da polícia tinha uma tese de que ela estava sendo afetada por uma crise de depressão pós-parto. Sinceramente, isso nunca me convenceu.

– E se eu te disser que sei o que aconteceu?

– Hein??

Axl narrou a experiência ao pai. O que passou foi psicologicamente tão intenso que, diferentemente de sua postura usual, expunha detalhes vívidos e sentimentos que experimentara na noite anterior.

– Axl, você tem certeza do que está me falando? O sr. Shaw é um homem muito poderoso. Tenho de estar seguro quando for denunciá-lo.

– Pai, tem mais uma coisa. Você se lembra do dia em que fui com Kaleo para o Havaí? Então...

Parece que aquela situação toda estava aproximando pai e filho cada vez mais. Foram mais de duas horas de conversa. Dan ficou sabendo da história de Kala, Kaylane e Moykeha. Viveu, em sua imaginação, os sustos e surpresas do episódio com o Tigre vindo das ondas na bela praia secreta. A essa altura já estavam sentados no chão, encostados na cama de Axl, divertindo-se com aquelas histórias um tanto quanto extraordinárias. Foi quando ficou sabendo da tal missão do filho. Agora a frase dita a Kay na noite anterior fazia sentido.

– Pai, você não vê que a história toda se fecha? É ele! Fidellius é o tal homem que ameaçou a todos e fez com que os líderes indígenas se reunissem no Havaí.

– Se isso for verdade, ele, além de poderoso, é também muito perigoso.

– Por isso eu me decidi. Vou procurar o tal chefe lakota para encarar essa missão!

– Axl, você não entende. Não é assim que lidamos com esses problemas na sociedade moderna. Não podemos simplesmente agir como nossos antepassados agiam há 500 anos.

– Eu quero tentar. Se houver alguma chance de descobrir o que aconteceu com a mamãe, eu quero tentar. Vamos falar com a mãe do Kaleo, ela parece saber o que fazer...

Capítulo 25

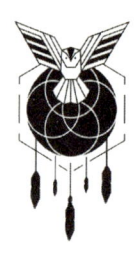

Naquele mesmo dia a família Green faria uma visita aos Walker. Enquanto os adultos, acompanhados pelos garotos, se aprofundavam na questão na sala de estar, Kate jogava videogame no quarto de Kaleo. O ambiente, com diversos elementos decorativos vindos do Havaí, criava uma atmosfera propícia para o mergulho num mundo em que se fala em energias cósmicas e habilidades ditas sobrenaturais.

Repassaram passo a passo o episódio da noite anterior. Kay expôs, sob um olhar mais preparado, as experiências da viagem ao Havaí. Conseguiu convencer Dan sobre a importância de deixar Axl iniciar sua jornada, que denominou espiritual. Estava determinada em seguir com aquela missão, atuando como guardiã e guia do garoto em uma tentativa genuína de se redimir. Sabia que as responsabilidades que havia deixado pelo caminho, exercendo seu livre-arbítrio, deveriam ser imediatamente abraçadas.

– Kay, você entende a responsabilidade que está assumindo? – indagou Dan num tom sóbrio. – Além de guiar os passos de Axl por esses caminhos que nem sei como denominar, estará lidando com um possível criminoso.

– Dan, fique tranquilo. Eu cresci vendo meu pai enfrentar os desafios que uma vida espiritualizada, vamos colocar assim, nos impõe – sua voz serena e sua determinação inspiravam segurança. – Essa jornada não é só dele. Eu também preciso retomar a minha – terminou essa frase segurando delicadamente as mãos de Dan.

– Querida... – interveio Matthew caminhando pensativo, em círculos, pela sala. – Você não vai sair sozinha por aí com esses dois garotos. Eu vou com você!

– Meu amor, deixe essa responsabilidade comigo. Sei que está preocupado, mas os primeiros passos sou eu quem precisa dar. Vocês podem ter certeza de que serão chamados no momento certo para colaborar.

– Kaylane, minha esposa simplesmente desapareceu há 11 anos. Vivíamos uma vida tranquila, e a chegada de Kate nos colocou em uma condição de felicidade muito grande – em pé, com os braços cruzados sobre o peito, Dan se expressava contendo uma ansiedade enorme. – Essa descoberta de Axl abre novamente uma porta que eu havia selado há muito tempo.

– Pai, já sei onde você quer chegar. Eu também quero saber o que aconteceu com a mamãe e fazer o Shaw pagar pelo que fez. Eu tenho certeza de que nós vamos conseguir descobrir um monte de coisas que poderão ser usadas pela polícia para acabar com ele.

Apesar de tudo, Dan sentia-se feliz. Estava evidente que toda aquela situação elevava a maturidade de Axl alguns degraus acima.

– Vamos tomar um café! – levantando-se e puxando Kaleo pelas mãos, tentando animar o filho que se calara depois de ter narrado com entusiasmo a cena com o surfista kahuna, guiou todos em direção à cozinha.

Kay sabia como agir em situações delicadas. A pausa forçada para o café serviu como ótima solução para tirá-los do denso ambiente, criado no entorno de um assunto que traz à tona sentimentos tão profundos.

A descontração na presença de Kaleo era sempre garantida. Para provocar a mãe, encenava personagens fictícios enquanto ela contava a todos como era a vida no Havaí, suas tradições e costumes.

– Dan, me diga uma coisa – o tom de seriedade retornara à voz de Kaylane. – Você não me falou nada sobre a forma com que a Sophie tratava essas questões espirituais.

O silêncio retomara seu lugar e o assunto voltou a ser o centro das atenções de todos.

– Como ela lidava com isso?

– Bem... na verdade eu não sei bem o que dizer – meio desconcertado, parecendo envergonhado, Dan continuou. – Quando nos conhecemos, ela costumava frequentar um grupo formado por amigas, que se reuniam a cada 15 dias. Pelo que ela dizia, elas iam para o Parque de Sterling Forest ou para o Harriman e passavam horas "se integrando com a Natureza". Ela tentou me explicar um pouco sobre o que faziam. Mas, aos meus 18 anos, eu só queria saber de futebol. Além do mais, minha formação religiosa me impedia de compreender o que falava.

– Pai, você nunca me falou disso.

– Eu sei. Na verdade, é um assunto ao qual eu nunca dei muita bola. Como não me demonstrava aberto para falar sobre isso, ela também não insistiu. Agora percebo que não queria invadir meu espaço.

– Ela continuou em contato com essas amigas mesmo depois que se casaram? – curioso, questionou Matthew.

– Não. Nós namoramos por quase sete anos. Mesmo durante esse tempo, ela já não se dedicava tanto a esses relacionamentos. Nosso grupo de amigos em comum se reunia quase todos os fins de semana para fazer diversas coisas. Tudo menos "se integrar com a natureza"… Pensando bem, acho que ela continuava nessa integração, mas de outra forma.

– Continue – incentivou uma radiante Kaylane.

– Quando acampávamos, íamos a algum parque, ou mesmo no jardim de casa, ela demonstrava ter um carinho especial com a Natureza. Ainda temos alguns cristais que ela usava para decorar nossa casa.

– Nunca vi! – desapontado, Axl encarou o pai.

– É… eu guardei no sótão. Mas tem mais. Eu costumava brincar que estava na hora de ela ter filhos para parar de conversar com as árvores e plantas. Ela mostrava um respeito e carinho acima da média com esses seres. Até abraçar árvores ela abraçava! – essa frase saiu meio constrangida.

– Não pense que isso é coisa de doido! – Kaylane sorrindo entrou para ajudar. – Os povos nativos têm muito respeito por esses seres, sim. E tem mais, hoje há estudos que comprovam benefícios reais quando temos esse tipo de interação. Mas continue…

– Acho que é isso. Ah, tem também os filtros dos sonhos. Ela gostava muito desses objetos. O Axl tem um até hoje em seu quarto – concluiu Dan, com um olhar amoroso ao filho.

A hora avançada cobrava das crianças sua necessidade de descanso. O relógio batia 11 horas da noite e Kate já estava espalhada pelo sofá da sala, alheia a tudo o que acontecia ao seu redor. Na verdade, nem mesmo os demais tinham noção de tudo pelo que iriam passar.

Capítulo 26

Como acontece com todos os que ansiosamente esperam um dia importante chegar, Axl monitorava as incontáveis horas para que a noite de sexta-feira se aproximasse.

Para aproveitar ao máximo os momentos que poderiam ter junto à tribo de Flecha Lançada, Kay e os garotos tomariam um voo naquela noite, logo após a escola. No sábado de manhã planejavam ir até o Museu Lakota, um centro de cultura indígena daquele povo, em busca do líder dos nativos.

Havia tentado, sem sucesso, contatar o chefe através de chamadas telefônicas. Seguiu essa rotina entre o domingo e a terça-feira. Como parecia estar sendo ignorada, resolveu tratar do problema pessoalmente. Chegaria ao local e faria de tudo para falar com o indicado de seu pai.

Naquela semana, a rotina de Axl e Kaleo junto aos amigos ainda girava em torno do Primordial Power. Ryan se tornara uma celebridade instantânea. Axl não parecia estar muito conectado com todo aquele frenesi. Kaleo, entretanto, divertia os amigos imitando de forma sensacional cada uma das meninas que passavam próximo ao construtor do Primordial Power Warriors.

– Olá, Ryan! – andando nas pontas dos pés, rebolando e jogando seu cabelo imaginário, Kaleo era insaciável. – Parabéns pela sua atuação. Estávamos lá torcendo por você...

– Oi, *Ryanzinho*... Já que você é o melhor construtor, que tal construirmos alguma coisa juntos?

Como sempre, risadas garantidas.

Se fosse possível penetrar profundamente no cérebro de Axl, seria encontrado um *serial killer* tentando liquidar qualquer elemento que pudesse ter conexão com Fidellius Shaw. Nunca imaginou sentir aversão e repulsa ao apenas ouvir o nome Primordial Power. Era como ter de lutar até a morte com algo que amava incondicionalmente há até poucos dias.

Entretanto, sua determinação o deixava centrado. Sabia que o elemento surpresa é de suma importância em uma guerra, e não podia transparecer que alguma coisa estava errada.

Seguiu a vida, dia após dia, entre as aulas da professora Katherine e os lanches no Lord's Burgers.

Aquele sino nunca havia sido tão aguardado. Soava como melodia aos ouvidos atentos de Axl, que o tinha como símbolo derradeiro daquela espera interminável.

– Vamos, Kaleo. Sua mãe está nos esperando.

– Vai na frente – disse com voz baixa, quase que se arrastando. – Não estou me sentindo muito bem. Encontro você lá em casa.

– OK. Vou me despedir do meu pai e da Kate e encontro você.

Vinte minutos depois, Axl tocava a campainha da casa dos Walker. Entrando mas querendo sair, deixou sua mochila junto à porta, procurando Kay para não se atrasarem.

– Sr. Walker, o Kaleo já está pronto? – indagou Axl.

– Na verdade, não sei dizer, Axl. Assim que ele chegou, me disse que não estava muito bem. Acho que foi se deitar.

– Vou subir lá para ver como estão as coisas.

* * *

– Kaleo? – falou com voz mais elevada, enquanto se aproximava do quarto. – Kaleo, tudo bem por aí?

– Axl... – murmurou Kaylane saindo do quarto do filho. – Kaleo está dormindo. Acho que desta vez somos só nos dois.

– Mas o que aconteceu?

– Não sei. Ele chegou da escola dizendo que estava com muita dor de cabeça e com a garganta doendo. Deve ser apenas uma gripe. Melhor ele ficar por aqui. Não queremos que ele contamine a tribo inteira, não acha?!

E assim se foram. Algumas horas depois, entre saguões de aeroporto e cochilos nas desconfortáveis poltronas do avião, chegavam em uma caminhonete alugada num hotel próximo ao seu destino final.

Capítulo 27

Faltavam 20 minutos para o museu abrir e eles já estavam aguardando junto à entrada. Era interessante ver a interação entre passado e presente ali representada.

O prédio principal do museu é uma construção moderna, com sua fachada revestida por vidros e cerâmica terracota. Em certos pontos, podiam-se notar elementos tradicionais utilizados como adorno. Dois deles chamaram a atenção de Axl. O primeiro foi um conjunto de telas feitas de couro animal, sobre as quais foram pintados símbolos da cultura lakota. Eram peças de quase dois metros de altura, provenientes do dorso do animal. Seu tom claro, parecido com areia, permitia que os desenhos tribais se destacassem em belas cores. Cada um possuía um símbolo: uma águia, o crânio de um búfalo, uma tartaruga, um cervo e outro que lembrava um cristal de gelo. Essas telas estavam fixadas aos pilares de madeira de um pergolado, voltado para a rua. No centro dessa estrutura, havia um grande círculo pintado no chão, dividido em quatro partes iguais, cada uma em uma cor distinta: amarela, branca, preta e vermelha.

* * *

A outra estrutura era mais interessante. Instalado no jardim junto à entrada principal, havia um Tipi. O Tipi era a casa dos índios nativos do povo lakota. Em formato piramidal, pode-se dizer que era uma barraca construída com longas peças de madeira e coberta por pele animal. Essa em especial, por ser apenas uma representação, tinha sua cobertura produzida em algum tecido industrializado, com algumas pinturas em azul e amarelo.

Axl não resistiu e resolveu entrar. Quando era pequeno e brincava de Velho Oeste, ele e seus amigos tentavam em vão reproduzir aquele tipo de cabana. Sentou-se no centro do Tipi, tendo o vão de entrada às suas costas. Ficou pensando como deveria ser difícil viver em uma época em que tudo o que os índios possuíam de material eram uma barraca e alguns objetos feitos de madeira e pele animal.

Estava meio zonzo, os olhos cansados. Um novo apagão...

* * *

Sentia-se no céu, sobrevoando uma mata densa. À sua frente, uma montanha de onde um rio que não tinha mais que cinco metros de largura desabava numa bela cachoeira. Foi interessante notar a mutação pela qual passava a água. Límpida e tranquila, era acometida por uma brusca mudança de direção. Atraída pela força da gravidade e lançada ferozmente sobre pedras, misturava-se com a areia do leito daquele novo caminho que se iniciava. Alguns metros depois, a mansidão se apoderava daquela força, e a água, transparente, continuava tranquilamente sua jornada.

Aproximava-se agora do topo da cachoeira e resolveu experimentar um voo rasante sobre aquela inflexão. Agora, de olhos fechados, sentia o vento passar por seu corpo, planando rente à lâmina d'água que se esgueirava por pedras avermelhadas. Olhou para o horizonte. Deveria estar indo para o leste, pois o Sol nascia exatamente à sua frente e era refletido com o azul-celeste. Voltou seus olhos para baixo e uma bela coruja era reproduzida naquele espelho natural. Era quase totalmente branca, exceção feita às asas e topo da cabeça, que mesclavam tons de marrom. Seu rosto em forma de coração destacava seus olhos negros...

* * *

– Axl – com a mão em seu ombro, Kay o tirou repentinamente daquele sonho. – Vamos, o museu já vai abrir.

Eram certamente os primeiros visitantes do dia. O museu estava completamente vazio.

– Olá, gostaríamos de falar com o chefe Flecha Lançada.

– Flecha Lançada? – seu tom de voz demonstrava estranhamento.

– Sim, gostaríamos de falar com ele. É realmente muito importante – Kaylane insistiu sorridente.

– Só um momento – replicou o jovem, enquanto saía do balcão de atendimento e se dirigia a alguma área reservada.

* * *

Alguns minutos depois, o rapaz retornava com outro índio. Esse, por sua vez, com idade próxima dos 40 anos, rosto e corpo entregando que seu peso estava um pouco acima do ideal. Trajava uma camiseta marrom, com uma grande estampa de um crânio de búfalo envolto pelo círculo colorido que Axl havia visto na área externa do prédio. Um chapéu de couro cobria parte de seu longo cabelo negro.

– Bom dia, moça. Ouvi dizer que você procura o chefe Flecha Lançada.

– Sim. Isso mesmo. Você é o Flecha Lançada? – a pergunta de Kay tinha um quê de hesitação.

– Não – sorriu o índio de meia-idade. – Não sou eu não. Mas... O que a senhorita gostaria de falar com ele? Acho que eu mesmo posso ajudar.

– Desculpe-me, mas acho que não com esse assunto. Você pode falar para ele que eu venho em nome de Kala, do Havaí. Eu acho que ele vai me atender.

– Kala... Certo... Só um momento.

Realmente, parece que o nome do sr. Kala era a chave para passar pela tropa que circundava o chefe Flecha Lançada. Kaylane tinha vindo preparada para lidar com esse tipo de situação, com base no atendimento que recebera por telefone.

Mal tiveram tempo para começar a ver os interessantes artesanatos expostos na pequena loja de suvenires e já estavam sendo conduzidos a bordo de uma pick-up com seus vidros totalmente escurecidos.

Não tinham ideia de para onde estavam sendo levados, mas, sem dúvida nenhuma, a paisagem valia a pena. Em menos de 15 minutos haviam deixado a área urbanizada da cidade e agora trafegavam por uma estrada de terra, ladeada por árvores que compunham uma mata bastante fechada. Podiam ver à frente uma grande montanha. Parecia que o caminho os levava a ela.

– Desculpe, senhorita, se a tratei de forma rude – quebrou o silêncio o índio com a camiseta retratando o crânio de búfalo.

– Tudo bem! Imagino como devem ser essas coisas – parecendo falar em código, Kaylane rebateu. – Como é seu nome mesmo?

– Corvo da Noite. Mas pode me chamar de Jack.

O restante da viagem, que durou aproximadamente uma hora e meia, transcorreu quase em completo silêncio. Às vezes, Axl indicava uma paisagem ou animal para Kaylane, que se divertia em ver a felicidade do garoto.

Enfim, haviam chegado ao seu destino. Kay tentava conter a ansiedade, mas estava difícil controlar o turbilhão de emoções que pareciam se remexer em seu peito. Nunca havia se imaginado à frente de uma jornada como a que estava prestes a iniciar, e seguir a obra de seu pai não estava em seus planos.

"É, pai... Parece que o destino ou missão de vida é que escolhem o caminho por onde daremos nossos passos", riu consigo mesma.

Capítulo 28

– Bem, chegamos, sra. Kaylane – gentilmente, Corvo da Noite retomou a conversa.

– Mas que lugar maravilhoso! – respondeu Kay, deslumbrada com o que via.

– Vocês moram aqui? – curioso, Axl interveio.

– Não, Axl, aqui é um local sagrado para o nosso povo. Hoje, moramos nesta mesma reserva, mas em um lugar mais próximo ao museu.

Enquanto conversavam, seguiam em direção a um dos sete Tipis que, em círculo, abraçavam uma fogueira. Estavam em uma clareira próxima a um rio que mansamente seguia seu curso, trazendo vida e frescor por onde passava. Ao fundo, podia-se ver mais de perto a grande montanha, que parecia guiá-los pela estrada que levava à reserva.

* * *

– Sei que pode parecer estranho, mas convivemos entre esses dois mundos – continuou Jack. – Nossas casas são iguais às de vocês. Temos o conforto e a praticidade que a vida moderna nos oferece, mas nossas tradições não são abandonadas. Para a realização de nossos rituais e outras rotinas sagradas, temos espaços como este aqui, que a força do Grande Espírito nos oferece.

– Grande Espírito? – perguntou Axl confuso.

– Sim – achando engraçada a forma com que a pergunta foi feita, respondeu sorrindo Corvo da Noite. – É quem vocês chamam de Deus. Mas fique tranquilo. Você ouvirá falar um pouco mais sobre nossa cultura e crenças.

Caminhando por um tapete natural, formado pela grama viçosa e pequenas flores silvestres, chegaram junto à fogueira, onde cinco índios os aguardavam. Suas roupas tradicionais eram feitas basicamente de couro animal. Das calças pendiam franjas, e faixas coloridas quebravam a monotonia dos tons sóbrios. Suas blusas, cada uma com diferentes símbolos pintados, também continham franjas nas mangas. Cabelos negros, arrumados em longas tranças, eram emoldurados por algumas penas. Colares e outros adereços produzidos de materiais naturais fechavam a vestimenta.

– Vou deixá-los aqui por um momento. Este é Pena de Águia. Ficará com vocês até meu retorno.

Durante uns 15 minutos Kay e Axl aguardaram, trocando algumas poucas palavras com os nativos. O ambiente tinha tantos elementos novos aos olhos dos visitantes da cidade grande, que ambos nem se incomodaram com aquela situação um pouco constrangedora, de estarem praticamente em silêncio com pessoas que não conheciam. Cada detalhe era captado e interiorizado, fazendo-os imergir em um mundo novo.

Agora, vestido com o mesmo tipo de roupa que os demais, Corvo da Noite retornava acompanhado por um velho índio, saído do maior dos sete Tipis. O ancião, que aparentava uns 80 anos, tinha roupas um pouco mais adornadas e sua cabeça era emoldurada por um grande cocar feito de penas brancas, que se estendia lateralmente quase tocando o chão.

– Sra. Kaylane. Axl... É um prazer enorme conhecer vocês. Sou Flecha Lançada.

– Olá, sr. Flecha Lançada – gentilmente replicou Kaylane.

– Bom dia, senhor – de forma mais tímida respondeu Axl.

– Como está meu velho amigo Kala? – dirigindo-se a Kaylane, indagou o velho índio.

– Meu pai está bem, senhor. E... Este aqui é...

– Eu sei quem ele é – interrompeu Flecha Lançada, sorrindo. – Há tempos esperamos por este momento. Venham, tirem seus sapatos e me acompanhem.

Capítulo 29

Seguindo Flecha Lançada, todos os presentes se aproximaram mais da fogueira. Um dos índios pegou um objeto que parecia um charuto feito de folhas esbranquiçadas, que descansava sobre uma pedra. Lentamente, aproximou o objeto da base da fogueira e, em poucos instantes, a ponta do pequeno bastão transformava-se em brasa.

Durante umas três vezes repetiu a ação de soprar com vigor a ponteira ardente e recolocá-la junto ao fogo. Finalmente, parece ter conseguido o que desejava. A ponta do bastão vegetal ardia e emanava uma densa fumaça branca.

Como estava exatamente na direção do vento, Axl recebia boa parte daquele vapor. Surpreendeu-se, entretanto, com o odor emanado. Diferentemente do que pensava, não tinha cheiro de folha queimada.

Flecha Lançada agradeceu e tomou o bastão das mãos do outro nativo.

– Feche seus olhos, Axl – quase sussurrando, pediu Flecha Lançada. – Esse é um procedimento de limpeza.

O velho índio iniciou, então, uma série de movimentos com as folhas ardentes, que pareciam sincronizados. A mais ou menos um palmo do corpo do garoto, girava o bastão ao seu redor. Em seguida, estando ambos frente a frente, continuou os movimentos partindo do topo da cabeça até chegar à linha dos joelhos. Parou e posicionou-se às costas de Axl, repetindo o mesmo procedimento no eixo de seu corpo. Novamente à sua frente, abaixou-se para fazer um trabalho focado em cada um dos joelhos.

– Agora, levante seu pé direito.

Servido também como apoio, defumou a planta do pé direito de Axl. Em seguida, o mesmo foi feito no outro pé.

Terminou, girando mais uma vez o bastão ao redor de Axl.

Após soprar mais algumas vezes para que a brasa não arrefecesse, estendeu o trabalho de limpeza também a Kaylane. Sentindo o cheiro da fumaça daquela erva impregnada em suas roupas, Axl olhava atento a tudo o que se passava.

– Esta é uma erva sagrada – segurando o bastão após apagá-lo sobre uma pedra e erguendo-o com as duas mãos em direção ao céu, o semblante de Flecha Lançada denotava reverência. – Se chama sálvia branca, e é utilizada pelo nosso povo para promover a limpeza energética do espírito, dos pensamentos e do coração. Com ela, também honramos o Grande Espírito. Agora estamos prontos para começar.

Todos seguiram em direção à margem do rio. O silêncio e a paz que aquele local transmitia fizeram com que os sentidos de Axl e Kay se ampliassem. A cada passo, o som do dobrar ou do quebrar das folhas de grama ressoava em seus ouvidos. O vento parecia sussurrar. O perfume da sálvia agora se misturava ao das flores que encontravam no caminho. Por fim, sentaram-se em círculo a uns três metros da margem.

– Axl, o que o traz aqui? – de forma bem objetiva, Flecha Lançada quebrou o silêncio.

– Ah... – hesitante, Axl não conseguia verbalizar nem ao menos uma palavra.

– Menino, relaxe e deixe seu coração falar por você. Diga realmente o que veio buscar.

– Vim em busca de vingança. Preciso saber o que ele fez com a minha mãe! – deixando suas lágrimas umedecerem a relva, extravasou a dor que tomava conta de seu coração.

– Entendo... Veja, temos um antigo ditado que nos ajuda muito quando esse sentimento está à nossa volta – após uma breve pausa, continuou. – Mantenha sua face voltada para o Sol e você não verá as sombras.

– Acho que não entendi.

– A Luz é o caminho, Axl. É por ela que devemos lutar.

– O senhor Kala me contou uma história. Disse que o senhor, ele e outros chefes se reuniram para tentar impedir um maluco de acabar com o mundo. Me disse, ainda, que eu tinha um papel importante nessa história. Acho que sei qual papel é esse. Eu descobri quem é esse cara – seus sentimentos não o deixavam perceber sua aspereza.

– Acalme-se, meu filho. Veja, todos nós temos quatro aspectos que guiam nossas ações. O Visionário, o Curador, o Guerreiro e o Ancião. Não podemos deixar o guerreiro à frente de todos nossos atos. E, antes que você me pergunte, não é por isso que deixaremos de ir para as batalhas.

Acostumada às parábolas e psicologia aplicada pelo pai, Kaylane entendia perfeitamente aonde o ancião queria chegar.

– Como Kala te disse, você tem um papel muito importante nessa história toda. E esse papel não é descobrir quem fez tudo isso acontecer. Para essa tarefa temos a polícia.

– Senhor, não sei aonde quer chegar. Pensei que minha missão era vir até aqui e confirmar quem era o responsável. Pensei que o senhor saberia o que fazer.

– Axl, você veio até aqui para ser preparado. Este é só o primeiro passo para você se fortalecer e poder enfrentar aquele que nos ameaça – breve pausa. – O nome dele é Fidellius, não é?

– Quer dizer que você também não tinha dúvida?

– Sim, mas isso não muda nada. Você está destinado a contrapor essa energia. Eu, em te ajudar a trilhar o Belo Caminho Vermelho.

Aquilo tudo parecia grego aos ouvidos de Axl. Caminho Vermelho, Grande Espírito, Visionário, Curador... A essa altura, perguntava-se o que estava fazendo ali. Flecha Lançada, percebendo ter chegado ao limite do garoto, resolveu avançar.

– Para você, isso tudo não parece fazer sentido, não é? Axl, essa é nossa tradição. Nossos ancestrais desenvolveram uma filosofia de vida que tem como base a integração com as energias da natureza. Aprenderam como obter tudo de que necessitavam, a partir do momento em que entenderam que eram parte do todo. Para nós, tudo isso é apenas viver, está em nossas entranhas. Seu povo nomeia essa nossa experiência de Xamanismo.

– Xamanismo... – pensando alto, Axl parecia ter sido fisgado.

– Isso, vamos utilizar esse nome para facilitar para você. De forma resumida, gosto de dizer que Xamanismo é estar em lua de mel com a Natureza. Tudo na Natureza é tão familiar ao nosso povo, que os tratamos com aproximação sem igual. Temos a Mãe Terra, o Pai Céu, o Avô Sol, a Avó Lua, e assim vai. Aos poucos você vai entender.

– E onde entra a Trilha Vermelha que o senhor comentou?

– Caminho Vermelho, Axl – divertiu-se Flecha Lançada. – O Caminho Vermelho é esse trilhado junto às energias cósmicas, integrado com a Natureza. O Caminho Vermelho é o Caminho do Xamanismo! E... sua missão de vida passa por ele. Por isso, preciso te preparar. Mas, antes, vamos nos alimentar, pois essa integração também significa corpo saudável.

Capítulo 30

Já passava de uma hora da tarde. Os sete índios, Kaylane e Axl caminhavam em direção ao maior Tipi, que ficava em posição centralizada em relação aos demais.

Ao entrar, Axl ficou maravilhado. Visto por dentro, parecia muito maior do que se tinha a impressão pelo lado de fora. Havia uma fogueira ao centro e, junto a ela, alguns objetos que deviam ser cerimoniais, pensou o garoto nova-iorquino, incluindo-se alguns potes com ervas e até um cachimbo que parecia quebrado. Pelas suas contas, aquele local poderia abrigar umas 40 pessoas, sentadas em círculo.

O topo do Tipi era aberto e servia para deixar sair a fumaça da fogueira. Por ele alguns raios de sol ainda passavam, por causa do horário, mostrando sua presença em uma mancha que se movimentava lentamente, da fogueira para a porta.

Como estavam em apenas nove pessoas, sentaram-se no chão em forma de arco, tendo Flecha Lançada ao centro e voltado para o vão de acesso. Axl estava à sua esquerda e Kay, à sua direita, seguidos pelos demais.

– Preciso explicar a vocês um pouco sobre o Xamanismo – com seriedade em seu tom de voz, iniciou Flecha Lançada. – O Xamanismo não é algo novo. Segundo estudos recentes, dizem que se iniciou há mais de 30 mil anos na região onde hoje é a Sibéria. Naquela época o homem precisava e entendia que deveria ser mais integrado com o Cosmo e, principalmente, com a Mãe Terra. Era uma questão de sobrevivência. Toda essa tradição e conhecimento, que muitos erroneamente chamam de esotérico, foram transmitidos e aprimorados até chegarem a nós. Minha filha, você é uma kahuna, não é? – indagou a Kay.

– Acho que deveria ser... – desconfortável, desviando o olhar para a fogueira, respondeu.

– Não se sinta culpada ou envergonhada. Podemos estar vendados para a verdade, mas ela sempre estará dentro de nós. Você já deve ter percebido que está de volta ao caminho...

– Sim.

– Falo dos kahunas, pois vocês também vivem o Xamanismo – enquanto olhava para Kay, uma pausa proposital para que aquilo pudesse ser absorvido e trabalhado nas mentes dos presentes. – O Xamanismo não é restrito a nós, conhecidos como índios americanos. Desde a Antiguidade diversos povos e culturas vivem essa realidade. Os celtas, incas, maias... os egípcios, além de outros povos, vivem e viveram essa tradição. Cada um adaptado à sua realidade e às suas crenças, mas todos unidos pelo fio universal da grande verdade, tecido pelo Grande Espírito.

Tudo aquilo era realmente muito estranho para Axl. As questões espirituais nunca fizeram parte da vida do sr. Green e, consequentemente, de seus filhos. Relembrando a conversa da semana anterior, na qual seu pai trouxe à tona esse lado desconhecido de Sophie, uma constatação veio à sua mente: "Tá aí mais uma coisa em que minha mãe fez falta!".

Kaylane, por sua vez, sentia-se feliz por poder retomar o caminho que havia abandonado. Entretanto, seu coração chorava por ter perdido a oportunidade de seguir os passos do pai durante tanto tempo.

– Axl, o Xamanismo é muito poderoso e complexo. Todos nós, seres humanos, somos capazes de muitos feitos. Existe magia de verdade dentro de cada um. Infelizmente, ao longo do tempo, o dito mundo civilizado fechou as portas de acesso a todo esse poder, talvez por medo ou manipulação. São poucos os que estão abertos a essa verdade, conectados às forças universais. Incompreendidos e perseguidos, são tidos como bruxos, paranormais e, muitas vezes, loucos.

– Bruxaria também existe no Xamanismo? – mais à vontade, Axl não conteve a curiosidade.

– Se quiser dar esse nome, sim. Na verdade, as chamadas Bruxas, dentro de sua tradição, apenas interagem com a força da Natureza. Assim como nós, os curadores.

– Curadores? – indagou Kaylane

– Essa é a forma que prefiro utilizar. Muitos nos chamam de xamãs, mas para mim há apenas um Xamã – olhando e apontando para o alto, Flecha Lançada silenciou por um instante.

– O Grande Espírito – falou Axl consigo mesmo.

– Isso, Axl. Parece que você está entendendo. Como eu estava dizendo, nós temos muitas... ferramentas para nos auxiliar em nossa caminhada – tentando encontrar palavras que facilitassem o entendimento de Axl, prosseguiu. – Neste nosso primeiro encontro, gostaria de te explicar três delas. Mas, antes, preciso que você conheça alguém que é elemento central em nossa crença. Uma irmã de Luz poderosíssima que nos abençoou com seu conhecimento e orientação espiritual. A Mulher Novilho Búfalo Branco!

Axl e Kaylane se entreolharam. Aquele nome era realmente estranho. Uma Mulher-Búfalo... Axl, imediatamente, começou a imaginar como seriam suas características físicas. Logo vieram à sua mente as figuras do Minotauro e do Centauro. Mas como conhecia esses dois seres mitológicos de outros povos e ignorava completamente uma lenda viva na memória de um povo do país em que nasceu? Antes que Axl continuasse com seus devaneios, o sábio índio prosseguiu:

– Assim como Cristo ou Buda, outros seres iluminados vieram à Terra. Sua conexão com o Divino era tão grande e seus ensinamentos tão avançados para os povos com os quais entraram em contato, que até os dias de hoje são seguidos e venerados. A Mulher Novilho é um desses seres, e escolheu o povo lakota para guiar.

Capítulo 31

Muito tempo atrás, passávamos por um período de fome. Para tentar resolver esse problema, o chefe lakota enviou dois de seus melhores guerreiros para caçar nas pradarias da atual Dakota do Sul.

Enquanto caminhavam por uma colina, eles avistaram algo muito ao longe, vindo em sua direção. Pela distância, eles conseguiam ver apenas uma mancha que se assemelhava a um novilho de búfalo. Estranhamente, a figura flutuava em vez de andar.

Quando se aproximou, para surpresa dos dois guerreiros, era uma linda jovem índia. Ela vestia roupas feitas de couro de corça branca, bordadas com desenhos sagrados. A bela índia carregava uma bolsa feita de pele, uma pele de búfalo em uma das mãos e na outra um leque de folhas de sálvia. Tinha seus cabelos negros soltos, exceto por uma trança no lado esquerdo. Nessa trança havia uma pena de águia.

Os dois jovens olhavam para ela deslumbrados. Um deles a desejou e se aproximou dela, dizendo ao amigo que tentaria abraçá-la. Caso ela se mostrasse satisfeita, ele a tomaria como esposa. O outro guerreiro o alertou, pedindo para se afastar, dizendo que ela parecia ser sagrada e não poderia ser tratada com desrespeito.

Ignorando seu companheiro, o primeiro rapaz esticou seus braços para tocá-la. Enquanto se abraçavam, uma misteriosa nuvem branca surgiu, envolvendo os dois. Depois de um tempo, a nuvem desapareceu e apenas a Mulher estava viva. Do guerreiro sobrou apenas uma pilha de ossos queimados.

Amedrontado, o outro guerreiro sacou seu arco, mas a Mulher acenou-lhe dizendo para não temer, pois nenhum mal a ele seria feito. Disse, ainda, que, se ele fizesse exatamente o que ela pedisse, sua tribo se tornaria mais próspera.

O jovem prometeu que faria exatamente o que ela instruísse e foi orientado a retornar ao seu acampamento, chamar o Conselho e preparar uma festa para sua chegada. Ela era Ptesan Wi, a Mulher Novilho Búfalo Branco. Ela ensinou aos Lakotas os sete Rituais Sagrados e nos presenteou com a Chanupa, o Cachimbo Sagrado.

Em seguida os deixou, prometendo que retornaria. Enquanto ela caminhava, seguindo para a direção de onde tinha chegado, girou quatro vezes. Após o primeiro giro, transformou-se num búfalo negro. No segundo giro, num búfalo vermelho. Girou mais uma vez e se transformou em um búfalo marrom. Por fim, após o último giro, tornou-se um Búfalo Branco e seguiu em direção ao Norte, desaparecendo.

Capítulo 32

– Senhor Flecha Lançada, aquele é o Cachimbo Sagrado? – disse Axl, apontando para o objeto quebrado que estava junto à fogueira.
– Sim, meu filho. Vamos voltar a ele um pouco mais tarde.
Algumas horas se passaram enquanto Flecha Lançada e seus companheiros de tribo contavam algumas histórias e tradições de seu povo. Aquilo tudo estava deixando Axl maravilhado. Não tinha ideia de como era tão rica a cultura dos nativos americanos. E não era para menos: os filmes e livros os mostram como selvagens que apenas caçavam e coletavam para sobreviver, e que atrapalharam por muito tempo a mudança cultural pretendida pelo homem branco na América.
– Como vocês já entenderam, toda nossa vida tem ligação direta com a Natureza – retomou Flecha Lançada enquanto delicadamente arrumava seu cocar, que por um tempo havia sido deixado com outros objetos próximo à entrada do Tipi. – Dela, além dos alimentos que nutrem nosso corpo físico, também obtemos as energias para trabalhar nossos aspectos mental, emocional e espiritual. Uma das maneiras mais poderosas que temos de entrar em contato com essa energia é por intermédio dos Animais de Poder.
– Animais de Poder... – sussurrou Kaylane, enquanto tentava lembrar de onde havia ouvido falar a respeito.
– Sim, os Animais de Poder são arquétipos, manifestações que carregam determinadas energias e poderes especiais. Esse, Axl, é o primeiro presente que gostaria de te dar – apoiando sua mão no ombro do menino, fitou-o por alguns segundos. – Essa energia está presente e disponível a todas as pessoas. Precisamos apenas aprender como acessar essa medicina ancestral, mantendo a honra e respeito que são exigidos.
– Cada animal tem uma medicina, uma energia específica que podemos utilizar para nos auxiliar em nossa caminhada – sentado em uma

das pontas do arco formado pelos presentes no Tipi, Corvo da Noite, que Kay e Axl haviam há pouco descoberto se tratar do filho mais velho de Flecha Lançada, chamou para si a responsabilidade de conduzir aquela explicação. – Os animais ainda mantêm a habilidade de se comunicar diretamente com o Grande Espírito e, por meio deles, podemos acessar toda essa força.

* * *

O Sol se punha e agora a fogueira era mais que fonte de calor no interior do Tipi. Suas labaredas, refletidas na pele animal que servia de cobertura, criava uma nova atmosfera em tons de âmbar. Sombras eram projetadas ao redor de todos, trazendo a sensação de aconchego e pertencimento ancestral. Algo como um *déjà vu* de emoções.

– Os Animais de Poder podem ser divididos em cinco categorias: o Animal Totem, os Animais Aliados, os Animais Remédio, os Animais Mágicos e os Animais Eventuais – continuou Corvo da Noite. – O Animal Totem é o principal deles. Cada um de nós tem um Animal Totem, que é nosso principal conselheiro. Ele nos adotou quando nascemos e nos acompanha mesmo que não saibamos de sua existência.

– E como eu me comunico com esses animais? Eu vejo eles, falo com eles? – ansioso e confuso, Axl interrompeu.

– Boa pergunta – respondeu Jack. – Basicamente há três formas de se comunicar com os animais, independentemente da categoria à qual pertencem. A primeira é pela nossa imaginação. Vou te dar um exemplo. Imagine que você precisa se curar de uma doença. Concentrando-se, você mentaliza um grande urso te abraçando, te trazendo as energias para que seu corpo físico se recupere. Quanto mais você visualizar e formar em sua mente a imagem, mais forte será esse contato e mais poderosa será essa magia. Tente mentalizar tudo nos mínimos detalhes. Veja-se recebendo um banho de energias, que entram em seu corpo e se dirigem ao ponto que necessita de cura. Em seguida, veja esse órgão curado e você fazendo o que gosta, já livre daquele problema.

– Esse então seria um Animal Remédio? – tentou avançar Axl.

– Na verdade não. Esse seria um Animal Eventual. Invocamos os Animais Eventuais quando precisamos de uma determinada energia para um fim específico. Por acaso, dei um exemplo ligado à cura física – pacientemente explicou Corvo da Noite. – Vou dar outro exemplo. Você tem uma festa para preparar com seus amigos. O animal que nos traz a medicina da organização e da comunicação é a abelha. Ela fortalece e harmoniza grupos. Vamos fazer um teste. Fechem seus olhos. Prontos?

– Sim! – sincronizados, responderam Kay e Axl.

– Vejam agora a sala de suas casas, onde a festa vai ocorrer. Pensem em um enxame de abelhas voando pela sala e deixando rastros de uma energia dourada como o mel. Deixem essa energia impregnar todos os móveis, paredes e as pessoas que estarão preparando essa festa. Pensem agora em como estará a mesa. Preparem a mesa mentalmente. Veja! Há bolo, sanduíches, doces... A decoração das paredes também já está colocada. Sinta a alegria que há entre os amigos que preparam a festa. Eles estão trabalhando em harmonia, brincando enquanto fazem suas tarefas. O ambiente agora está pronto para receber os convidados. Pense mais uma vez nas abelhas espalhando a energia dourada em todo o ambiente. Agora agradeça a esses animais e à energia que foi trazida à sua vida. Podem abrir seus olhos.

* * *

Aquilo tinha sido extraordinário. Tanto Kaylane quanto Axl vivenciaram profundamente a experiência. Era como se tivessem realmente estado preparando a tal festa. Uma onda de bem-estar invadia seus corações.

– Sr. Corvo da Noite, digo, Jack, então quer dizer que apenas mentalizando alguma coisa e a energia que necessitamos... basta? – um pouco em dúvida quanto à eficácia, Kaylane questionou.

– Sim, Kaylane. Tudo no Universo é energia. O próprio Einstein chegou a essa conclusão em uma de suas formulações mais importantes. Assim, o pensamento também é energia e tem o poder de interagir com as demais energias do Universo. Você já deve ter ouvido falar de doenças que se originam na mente da própria pessoa. Você é o que pensa!

Aquilo fazia sentido. Kaylane se ajeitou na esteira em que estava sentada, demonstrando estar tranquila e aberta aos conhecimentos que recebia.

– Bem, vamos continuar com a forma de nos comunicarmos com os animais – prosseguiu Corvo da Noite. – Em nosso dia a dia estamos com nossas mentes sempre agitadas, ocupadas com aquilo que ainda está por vir. Em geral, vocês que vivem nas grandes cidades não conseguem aproveitar o que o Universo está proporcionando naquele exato momento em que estão vivendo. Nessas horas, não se percebem os detalhes sutis da vida que acontecem ao seu redor, inclusive os recados que os animais podem estar nos trazendo.

– Recados? – interrompendo um gole da água que bebia, Axl questionou.

– Sim, recados. Os animais costumam nos trazer alguns recados, que só podem ser entendidos se tivermos atentos aos detalhes. Vamos lá... Suponha que sua vizinha tenha um gato que adora se aconchegar no calor do capô do carro de seu pai. Esse gato estar no capô quando você for sair não é algo anormal. Agora, se em um dia específico no seu capô há um esquilo e ele insiste em ficar lá até o momento em que o carro está para partir, essa ação merece uma análise mais profunda da situação. O esquilo nos traz a medicina do planejamento, visando ao futuro. Pense em algo que está trabalhando ou sonhando. Provavelmente chegará à conclusão de que deve se dedicar mais ao planejamento para atingir seu objetivo.

– Simples assim? – sorrindo, emendou Axl.

– Sim. As coisas mais simples são as mais importantes – interveio com bom humor estampado no rosto o velho Flecha Lançada.

– Bom, essa é a segunda forma de nos comunicarmos com a energia dos animais – Corvo da Noite retomou a explicação. – Ah, já ia me esquecendo. Esses recados também podem vir em forma de sonho. Esteja atento aos seus.

"O que será que esses sonhos com uma coruja querem me dizer?", pensou Axl após ouvir a última explicação. Resolveu deixar isso para depois e voltou a se concentrar em Corvo da Noite, que já iniciava o próximo ensinamento.

– A última forma é através de uma viagem. Uma viagem ao Mundo Inferior, o mundo dos arquétipos e símbolos. Quero deixar bem claro que Mundo Inferior não tem nada a ver com o inferno – sorriu tranquilamente Corvo da Noite. – Lembrem-se bem desse local. É um dos principais caminhos que trilharemos nessa sua jornada. Mas vamos falar disso amanhã. No Mundo Inferior, os animais se juntam a nós e são companheiros de viagem. Eles podem nos dar recados, como nos sonhos ou na vida real. Mas lá eles também são protagonistas.

– Eu tenho de decorar tudo o que cada animal tem de especial? Tem algum manual para aprendermos tudo isso?

– Na verdade, Axl, isso não deve ser algo pesado para você. A escola da vida respeita seu tempo – levantando-se e andando em volta da fogueira, Corvo da Noite continuou. – Há alguns livros sérios e confiáveis dedicados a esse tema, que posso indicar a você. Faça aos poucos. Consulte essas fontes quando achar que alguma mensagem a você está sendo dada, ou quando precisar recorrer a uma dessas energias. Conforme for interagindo, naturalmente o conhecimento se instalará em você.

– O senhor falou que também havia os Animais Remédio... Como eles atuam?

– Kaylane – respondeu Corvo da Noite –, os Animais Remédio são como terapeutas particulares. Eles atuam sobre cada um dos nossos sete portais energéticos, também conhecidos como Chacras. Cada um desses portais está ligado a uma glândula de nosso corpo. A medicina de cada animal trabalhará especificamente nesse ponto, trazendo a você o que é necessário para aquele momento. Mas vamos ficar por aqui. Esse assunto vocês aprenderão com o tempo. O importante agora é saber que os Animais Remédio, o Animal Totem e os Aliados são acionados, primeiramente, através de uma jornada ao Mundo Inferior.

Depois de ter ajustado a lenha que dava vida à fogueira, Corvo da Noite sentou-se novamente para continuar a explanação.

– Como eu disse antes, o Animal Totem é nosso principal aliado. É ele que está sempre ao nosso lado e, de certa forma, coordenará o seu clã de animais. O Animal Totem é tão importante em nossa vida que algumas pessoas têm características físicas ou comportamentais similares às de seus animais. Se você conhecer e reparar bem, pessoas que têm felinos como Animais Totem tendem a ser mais corajosas, audaciosas e sempre em movimento. Correm riscos e enfrentam o medo. Quando estão se alimentando, são como os gatos. Seu prato é arrumado e, diferentemente dos caninos, não gostam muito de ter sua comida toda misturada.

Axl riu com essa última frase. Seus músculos totalmente relaxados demonstravam que estavam muito à vontade naquele local e com aquela companhia. Seu riso havia sido deflagrado por conta da associação que acabara de fazer com alguns de seus amigos.

– O Animal Totem pode ser acionado em qualquer situação. Caso você não saiba qual energia deve te apoiar, use a energia do seu Totem e estará protegido. Agora, para terminar, temos os Animais Aliados. Eles, com o Totem, são seus guardiães mais próximos.

"Isso é quase um zoológico!", pensou Axl que, imediatamente, buscou apagar aquele pensamento. "Vai que esses nativos também têm a mesma habilidade dos kahunas e consigam ler mentes."

— Nós temos quatro Animais Aliados. O Animal da Sabedoria, o Animal da Cura, o Animal de Prosperidade e o Animal de Proteção. Vejam... – esfregando uma mão na outra, Corvo da Noite buscava mentalmente a melhor forma de explicar. – Cada um desses animais cuidará de um aspecto importante em nossa vida como seres humanos. Você acionará esse animal quando precisar trabalhar esse aspecto, não sendo necessário acionar um animal com aquela determinada medicina. Vou dar um exemplo. Se você precisa curar-se de uma doença, em vez de acionar o urso, como falamos antes, você pode trabalhar com seu Animal de Cura, que pode ser um castor.

— Interessante! Já começou a ficar mais fácil – Axl sentia-se em casa.

— É verdade, Axl! Ah, e temos ainda nossos Animais Mágicos. Esses Animais não são conhecidos por muitos, mas são extremamente importantes e poderosos. Eles trabalham as energias e forças sutis.

— Agradeço a Corvo de Noite pela explicação – com as mãos em forma de prece, ladeadas pelas tranças grisalhas que caíam junto ao peito, Flecha Lançada retomava suas orientações. – Vamos terminar a explicação sobre os Animais de Poder por hoje. Amanhã, Axl, você entenderá o porquê de termos dedicado tanto tempo a esse tema. É melhor vocês dormirem e deixarem seus espíritos trabalharem essas informações antes de irmos para as demais.

Além de Axl e Kaylane, todos os índios demonstraram consentimento, balançando levemente suas cabeças.

— Espero que não estejam com sono – provocou Flecha Lançada. – Ainda temos algo muito importante a fazer antes de dormirmos.

Capítulo 33

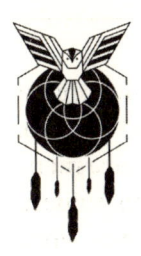

Flecha Lançada se levantou lentamente. Apesar de sua idade avançada, aparentando ter uns 80 anos, o ancião se locomovia sem esforço algum. Parou em frente à fogueira e arrumou delicadamente seu cocar. Ajoelhou-se e pegou as duas partes do Cachimbo Sagrado que estavam acomodadas sobre um tecido vermelho.

Caminhando lentamente, o velho índio circundou a fogueira e se posicionou de costas para a porta. Tendo agora o fogo entre si e o restante do grupo, voltou-se para a direita e ergueu o bojo feito de pedra e a haste de madeira adornada com uma pena branca em direção aos céus. A lenha crepitando e o som do rio correndo ao longe eram os únicos sons que se podiam ouvir. Apenas um corvo ousou quebrar esse mantra, enquanto Flecha Dourada conduzia um ritual no qual as duas partes eram unidas. Ajoelhando-se novamente, pegou um pouco de fumo e o inseriu na Chanupa. Foram necessárias quatro longas tragadas para que o fumo se tornasse brasa e estivesse pronto para ser utilizado.

Ergueu o conjunto novamente aos céus e, com os olhos fechados, tragou três vezes. As baforadas eram lentas e prolongadas. O cheiro do tabaco era agradável e agora perfumava o Tipi. Flecha Lançada circundou novamente a fogueira e se dirigiu ao filho, para quem passou o cachimbo. Após tragar por três vezes, o cachimbo foi girado e entregue ao índio que estava à sua esquerda. À exceção de Axl, esse procedimento foi repetido pelos demais presentes, incluindo-se Kaylane. O último a executar o ritual se levantou e entregou o conjunto a Flecha Lançada que o aguardava próximo à fogueira. Após ser erguida novamente em direção aos céus, a Chanupa foi delicadamente colocada em um suporte de madeira.

Tomando assento junto ao grupo, Flecha Lançada clarificou o que acabara de ocorrer.

– Esse é um dos nossos rituais mais sagrados. Ele nos foi ensinado pela Mulher Novilho como forma de tomarmos contato com o Grande Espírito, em forma de oração. Nossas preces e pensamentos chegam a Ele através da fumaça que exalamos. Esse rito nos acompanha por toda a vida e é feito toda vez que vamos realizar nosso trabalho de curador.

– Quando o vi no chão, pensei que estava quebrado. Ele é assim mesmo... separado? – curioso, Axl questionou.

– A Chanupa é formada por dois elementos. O fornilho, onde colocamos o fumo, representa a terra e é o aspecto feminino. A haste, a parte masculina, é tudo o que nasce sobre a Terra. A união dos dois nos mostra o princípio da Criação Divina.

* * *

– Axl – continuou Flecha Lançada –, vamos iniciar um trabalho muito importante e você precisa estar por inteiro em sua jornada. Para que isso aconteça, vamos ter de buscar alguns fragmentos de sua alma, que se distanciaram de você ao longo de suas vidas.

Axl olhou para Kaylane que, erguendo rapidamente os ombros e franzindo a testa, deixou claro que também não sabia do que se tratava.

– Chamamos esse ritual de Resgate de Alma! – mais uma vez Corvo da Noite entrava em cena para trazer alguma informação mais conceitual. Ele tinha a habilidade de traduzir em palavras inteligíveis aos não nativos, conceitos complexos que são parte da cultura milenar de seu povo. – Vejam! Todos nós passamos por momentos, digamos... ruins em nossas vidas. Quando esses fatos são muito fortes como, por exemplo, um acidente, uma perda material ou de uma pessoa querida, problemas nos relacionamentos... Resumindo, algum trauma físico ou emocional, criamos uma fragmentação energética se não estivermos preparados. Essa perda traz um sentimento de vazio interior, podendo gerar o que vocês chamam de depressão e, muitas vezes, faz com que as pessoas busquem preencher esses espaços com drogas e bebidas alcoólicas. Axl, você acha que sua alma está fragmentada?

– Não sei – respondeu rapidamente.

– Tem algum fato que você lembre de ter ocorrido que te deixou muito triste?

– Minha mãe... – seu semblante havia mudado. Olhando para o chão e agora abraçando os joelhos dobrados junto ao peito, continuou: – Ela se foi quando eu era muito pequeno.

– Obrigado, Axl. Esse é realmente um tipo de fato que pode gerar a fragmentação da alma. Nesse caso, você é consciente do que pode te trazer a sensação de vazio. Entretanto, às vezes nos esquecemos do que nos está fazendo mal ou, em casos muito comuns, são fatores que ocorreram em outras vidas que já tivemos. O ritual do Resgate de Alma nos permite ter contato com o fragmento perdido e fazê-lo retornar ao seu lugar.

Capítulo 34

– Axl, eu vou realizar a jornada do resgate de alma com você – após se levantar e estar de frente com o garoto, Flecha Lançada estendeu a mão para que ele também se levantasse. – Quero que fique muito tranquilo e relaxado. Em nível consciente, você não vai sentir nada. Você terá apenas de ficar deitado ali, com seus olhos fechados – disse apontando um local vazio no Tipi, à sua direita. – É ideal que você tente esvaziar sua mente. Veja-se deitado em algum lugar que gosta de estar, preferencialmente na natureza. Apenas isso.

Confiante, Axl caminhou até o local indicado e deitou-se, tendo a fogueira na direção de seus pés. Antes de se dirigir ao mesmo local, Flecha Lançada pegou no outro extremo da barraca um tambor que estava acondicionado em uma bolsa de couro. Com uns 40 centímetros de diâmetro, tinha sua lateral feita de madeira e couro marrom em apenas uma das faces. No outro lado, tiras do mesmo couro usadas para esticar a pele frontal se entrelaçavam e também serviam para segurar o instrumento.

De costas para a fogueira, Flecha Lançada sentou-se com as pernas cruzadas ao lado de Axl, tendo um de seus joelhos encostados no pé do garoto. De olhos fechados, ficou em silêncio por alguns instantes, da mesma forma que todos os outros presentes no Tipi. Em seguida, começou a golpear o tambor com a baqueta que segurava em sua mão direita.

O ritmo forte e constante fez com que Axl conseguisse entrar em um estado de completo relaxamento e tivesse sua mente esvaziada. O velho índio, por sua vez, utilizava o toque do tambor como instrumento para atingir um nível alterado de consciência, o que permitia que viajasse entre as dimensões e realizasse sua jornada.

* * *

Flecha Lançada estava em seu Espaço Sagrado, um lugar para onde se transportava mentalmente para iniciar suas Jornadas Xamânicas. Um rio corria manso, dobrando-se à vontade da Mãe Terra cada vez que porções exuberantes da flora precisavam se exibir. Ao longe, o Sol nascia entre montanhas com picos nevados, como se sua vida emergisse das águas que banhavam toda a paisagem. Com exceção de uma clareira criada em um dos meandros, todo o entorno era dominado pelas árvores, que os nativos chamam de Povo em Pé. A massa de pinheiros que circundava esse espaço garantia ao lugar a certeza de imersão total na obra do Grande Espírito.

Sentou-se junto à fogueira que existia no centro da clareira e que era circundada por um gramado salpicado por pequenas flores amarelas. Ao seu lado, o topo de um cristal cor-de-rosa destacava-se, tendo sobre si alguns instrumentos de poder utilizados pelo ancião. Vestiu seu cocar que, diferentemente daquele utilizado no mundo real, não era comprido. De uma bandana amarela com símbolos bordados em branco, preto e vermelho, surgiam longas penas de águia que permitiam sua conexão com o sagrado. Suas vestes eram feitas de couro muito claro e, tanto das pernas das calças quanto das mangas da blusa, pendiam franjas do mesmo material. Junto ao ombro apenas uma tira produzida de lã, com alguns desenhos nas mesmas cores da bandana, tendo o vermelho maior destaque. Para complementar sua indumentária, recolheu mais dois objetos que jaziam sobre o altar de cristal. Uma pequena bolsa feita de couro marrom, ou *Medicine Bag*, como é denominada pelos nativos, foi pendurada no pescoço e, dentro dela, um pequeno cristal vermelho. Estava pronto para partir.

Caminhou por alguns minutos mata adentro, até encontrar uma árvore que se destacava das demais. Seu tronco, muito grande, exigiria dez homens para ser abraçado. Ao pé da grande árvore, havia um túnel, uma via de acesso ao Mundo Inferior. Iluminado por tochas fixadas junto às paredes, o estreito corredor descendente conduzia Flecha Lançada pelo útero da Mãe Terra. A cada passo, mesmo depois de ter realizado aquele tipo de trabalho centenas de vezes, a ansiedade pelo que encontraria no outro extremo abarcava seu coração. Enfim, a luz. O grande salão de pedra, que caracteriza o último ponto conhecido do caminho, estava fortemente iluminado pelo Avô Sol.

– Estou à procura de partes de Axl, que queiram retornar ao seu lugar. Que aconteça a cura permitida e necessária – disse Flecha Lançada, em voz baixa, ao cruzar o portal.

* * *

Pela primeira vez, desembarcou em um deserto. A areia muito fina era levada pelo vento e sua cor criava um belo contraste com o céu azul-anil. Flecha caminhou por alguns minutos, tendo de se esforçar para chegar ao topo da duna que havia à sua frente. Do topo daquela elevação, um pequeno ponto vermelho chamou sua atenção. Caminhou por uns 400 metros até chegar a uma tenda, ilhada pelas areias escaldantes. Dirigiu-se à face da tenda onde tecidos sobrepostos funcionavam como porta de acesso. Sem saber o que encontraria no interior, agachou-se e afastou lentamente os tecidos. Aos poucos, um tapete oriental foi se mostrando. Almofadas de seda coloridas estavam espalhadas por todo o espaço, e vasos de cerâmica completavam a decoração. Certo de que estava por obter as respostas para o que veio buscar, entrou lentamente, sentindo a palpitação em seu peito.

Sereno, alheio ao que aquela situação denotava, um bebê aconchegado em tecidos no centro daquele espaço mirava fixamente para mandalas coloridas que pendiam do teto.

– Olá, estou aqui para te ajudar... Você não precisa mais estar nessa condição. Estamos em outros tempos, outras circunstâncias. Vim oferecer minha ajuda para que você se reconecte à sua Alma.

Como era de se esperar, o bebê apenas balbuciou algumas sílabas. Movimentando-se lentamente para não assustá-lo, o índio sentou-se ao seu lado e tocou sua fronte. Arremessado através do tempo-espaço, retornou meio enjoado, como espectador de uma cena ocorrida tempos antes.

Estavam no mesmo local. Era noite e o ambiente estava iluminado por antigas lâmpadas com características orientais. O bebê estava no colo de uma jovem que aparentava ter uns 20 anos. Seus cabelos negros estavam escondidos por um lenço na cor vinho que, da mesma forma que seu vestido, era bordado com arabescos dourados. Tiara e colar também dourados destacavam a delicadeza dos traços de seu rosto. Havia, entretanto, tristeza em seu olhar. Lágrimas contornavam a anatomia de sua face, deixando um rastro negro proveniente da maquiagem que delineava seus olhos.

– Me desculpe pelo que vou fazer – beijando a testa do bebê, entre soluços tentava deixar sua última mensagem ao filho. – Tenho de carregar esse fardo sozinha. Não sei até quando consigo suportar.

Enrolou o bebê em macios tecidos e delicadamente o colocou em um acolchoado no centro da tenda. Deitou-se ao seu lado, ficando com sua face a poucos centímetros do rosto do pequeno. Podia sentir seu calor e seu perfume, que seriam guardados em seu íntimo por toda a eternidade.

– Somos portadores do conhecimento divino e, infelizmente, isso amedronta os fracos de espírito. Não consigo mais abandonar a arte da magia e sei que isso me levará à morte. Longe de mim, você ficará livre dessa sina.

Um beijo na testa do garoto selou aquele momento. Flecha Lançada recobrou sua consciência retornando à tenda, novamente ocupada apenas por ele e pelo bebê. A mensagem era clara. Axl vivia mais uma vez o mesmo trauma.

– Vamos voltar comigo – com ternura, dirigiu-se ao garotinho. – Tenha certeza de que estará mais feliz junto à força que te complementa.

Sorrindo, o bebê levantou um de seus braços e tocou o indicador no joelho do velho índio. Ambos foram ferozmente arrancados do conforto de onde estavam e, como se viajassem à velocidade da luz, foram conduzidos ao portal. No caminho, a paisagem tornou-se apenas um borrão de cores em alta velocidade.

Do grande salão de pedra, tendo o bebê em seu colo, rumou para o túnel que o levaria de volta a seu Espaço Sagrado. Lá, a última etapa da viagem ocorreria.

– Vou ser instrumento para te conduzir ao encontro de sua essência.

Com a mão que estava livre, retirou o cristal da *Medicine Bag* pendurada em seu pescoço. Posicionou a pedra junto ao peito da criança que, após um sorriso de agradecimento, transformou-se em energia e abrigou-se no interior do cristal.

* * *

O último toque do tambor indicava que o Resgate de Alma estava quase completo. Flecha Lançada deixou o instrumento de lado e ajoelhou-se junto a Axl, que permanecia de olhos fechados. Uniu suas mãos junto à boca e soprou três vezes na direção de seu coração. Repetiu o mesmo gesto no topo da cabeça do garoto, antes de gentilmente despertá-lo.

A noite já avançava e o cansaço físico se fazia presente. Antes de fechar o dia, Flecha Lançada contou a Axl, em particular, sobre a experiência que havia vivenciado. Cada cena formada em sua mente, tendo como referência os detalhes passados pelo ancião, fazia-o imergir em um caldeirão de fortes sentimentos. Apesar de parecer apenas uma história envolvendo uma personagem qualquer, a dor que sentia deixava claro se tratar de uma reconexão com o passado.

Pesaroso, porém de coração mais leve, Axl foi descansar em um dos Tipis preparados para seu pernoite junto à Natureza. Adormeceu refletindo sobre a última frase do ancião: "Enquanto não resgatamos o fragmento de Alma perdido, atraímos o mesmo acontecimento vida após vida, repetindo traumas semelhantes!". Parece que desse trauma ele não sofreria mais.

Capítulo 35

Eram quase 8 horas da manhã quando Axl acordou e vagarosamente saiu do Tipi. Suas pálpebras resistiam em ceder à necessidade de enxergar um novo amanhecer, lutando contra a força da luz do Sol. Esticando seus braços e toda a musculatura do tórax, buscava ganhar energia e disposição para continuar com o aprendizado.

Kaylane e os demais estavam junto à margem do rio. Quando a mãe de Kaleo se levantou às 7 horas, os nativos já estavam de prontidão há mais de duas horas. Intrigada com a disposição dos anfitriões, descobriu que é um hábito estar pronto para agradecer ao Avô Sol por mais um dia, quando ele surge no horizonte.

– Bom dia, Axl! – de longe gritou Corvo da Noite, acenando e tendo um belo sorriso no rosto.

– Oi... bom dia! – seu tom de voz denunciava que, apesar de ter se levantado, não estava tão desperto assim.

Um rápido café da manhã com frutas, leite de búfala e um tipo de pão feito de milho e todos já estavam prontos para retomar a conversa. Caminharam margeando o rio por uns cem metros, onde um platô rochoso que se destacava em meio às águas em constante movimento serviria como ponto de encontro daquele dia. Os pés, necessariamente mergulhados por alguns instantes para possibilitar a travessia, transmitiam ao restante do corpo a sensação de resfriamento. Sentados em círculo, meditaram por algum tempo.

– O velho Kala deve ter contado a vocês sobre o encontro que tivemos nas sagradas terras do Havaí. Estou certo? – mirando o céu, concentrado em suas palavras, Flecha quebrou o silêncio.

– Sim – respondeu Kaylane prontamente. – Ele nos falou sobre o encontro e da tal ameaça que pairava sobre nossos povos, mas não nos explicou que tipo de problema estávamos enfrentando.

– Vou contar a história a vocês, a história de Fidellius Shaw – segurando um galho seco em suas mãos, Corvo tomou a palavra.

* * *

"Fidellius era um rapaz comum, mas desde pequeno se mostrava curioso quanto aos temas ligados à espiritualidade. Como o ambiente que o cercava não trazia a oportunidade de se conectar com essa força, o tempo simplesmente passou. Quando tinha por volta dos 25 anos, conheceu um ancião apache em um congresso místico que se realizava em Las Vegas. Era um poderoso homem de Cura, que sonhava em ter os conhecimentos nativos difundidos a todos os homens.

Imediatamente encantado com o que ouvira, passou a frequentar com alguns amigos a aldeia que ficava no Arizona. Shaw era o mais empolgado e ganhou rapidamente a confiança do velho apache que, inebriado com a possibilidade de levar seus conhecimentos ao mundo moderno, não se atentou às mensagens que o Grande Espírito lhe apresentava. Conhecedor e amante da tecnologia ligada à internet, Fidellius alimentava o sonho do amigo nativo, traçando planos em conjunto com o objetivo de usar a rede para espalhar a essência de todo aquele conhecimento pelo mundo.

Às sextas-feiras, em geral a cada duas semanas, já sem a companhia dos amigos, partia diretamente de seu emprego de programador no Vale do Silício para a aldeia, onde ficava até o domingo à noite. Tomou contato com diversos aspectos de nossa cultura, mas o assunto que mais chamava sua atenção eram os Animais de Poder. Passou a utilizar a força de seu Totem e Aliados em sua vida cotidiana e a experimentar o gosto de obter tudo aquilo que desejasse. Em menos de um ano, tornou-se gerente de projetos da empresa, comprou seu próprio apartamento e tinha um esportivo em sua garagem. Seu mentor não via isso como problema, pois se tratava da abundância que o Cosmo proporciona a todos os que compreendem seu funcionamento.

Embriagado pelo poder que a cada dia aprimorava, passou a desejar mais e mais do mundo material. Possuído pela ganância e pelo egoísmo, deu um passo além. Não queria dividir aquela dádiva com mais ninguém e, por isso, arquitetou um plano no qual apenas àqueles que a ele se submetessem seria permitido manter seus Animais de Poder. Conduziu seus amigos mais próximos em jornadas de busca de seus animais Totem. Os seus capangas, como é correto chamar, foram escolhidos a dedo para que cada um contribuísse com uma característica que permitisse a Shaw atingir seu objetivo. Se dois amigos tivessem o Totem que trouxesse a medicina da clarividência, apenas o mais forte dos dois seria mantido no processo. Em verdade, ele não queria ser ameaçado.

Com seu clã formado, iniciou a segunda fase de seu intento. A mais cruel! Pouco a pouco, aprisionou todos os Animais de Poder dos Apaches da tribo que frequentava. Agindo nas sombras, seu grupo – que já tinha mais de cem seguidores – espalhou essa esterilização em massa por toda a costa oeste. Grandes chefes os enfrentaram no mundo inferior. Mas o poder de Fidellius era tanto, que nem mesmo os mais experientes foram páreo para suas investidas. Em menos de um ano, todos os Animais de Poder haviam sido aprisionados.

Durante essas batalhas, apenas uma pessoa conseguiu oferecer resistência. Era uma jovem de Nova York que adorava se integrar com a Mãe Terra. Depois de ter dois de seus comparsas nocauteados pela fera que representava seu Animal de Proteção, ela foi enfrentada pessoalmente por Shaw que, a essa altura, só se dedicava a confrontar os chefes mais poderosos. A jovem de quem estamos falando é sua mãe, Axl, e ela só tinha um ponto fraco... Precisava proteger o filho em seu ventre, que estava prestes a nascer. Temendo por sua segurança, deixou seu clã de animais batalhando e se escondeu. Entre seus animais e seu filho, você, Axl, foi o escolhido.

Com medo de que ela pudesse ameaçar seus planos e ciente de que a força que ela tinha poderia ser transmitida geneticamente a você, tratou de caçá-la impiedosamente. Sinceramente, não sabemos o que aconteceu com ela. Entretanto, a ideia que ela teve antes de desaparecer nos deixou a possibilidade de virar o jogo no futuro. Pela ligação que vocês dois tinham enquanto unidos pelo cordão umbilical, ela conseguiu esconder os seus Animais de Poder no Espaço Sagrado dela. Como as energias são diferentes, Shaw não conseguiria detectá-los. Pouco tempo após seu nascimento, ela procurou um xamã cherokee que, em conjunto com outros irmãos de pele vermelha, se reuniram no Havaí. Após um trabalho extremamente difícil, cada um dos chefes invocou e acolheu um de seus Animais em seus Espaços Sagrados, e lá eles ficariam escondidos até que você estivesse preparado."

* * *

– Veja que essa, meu filho, também é a sua história – retomou Flecha Lançada. – Caberá a nós conduzirmos seus passos por essa jornada, mas é sua a tarefa mais difícil. Se você aceitar, deverá adquirir conhecimento. E conhecimento traz responsabilidades.

– Eu já aceitei! – bradou Axl, em pé, com os dentes cerrados e suas lágrimas se dissolvendo na fria água do rio que corria aos seus pés.

– Essa é a força do Guerreiro! Fico contente em ouvir isso... Você deverá peregrinar pelas cinco tribos, onde será conduzido ao encontro dos animais de seu clã. Mas eu já te alerto: você será caçado!

As sombras que se formavam denunciavam que era próximo de meio-dia. Axl e Kaylane precisavam retornar a Nova York. Antes de partirem, Flecha Lançada presenteou Axl com um tambor lakota e explicou a ele sobre o Espaço Sagrado, além da importância do tambor como condutor das viagens xamânicas. Ele deveria se preparar para o próximo passo, que seria dado numa tribo comanche, onde encontraria seu Animal Totem, meditando diariamente em seu Espaço Sagrado.

– Pensei que seu filho também viria. Esse tambor foi feito especialmente para ele – disse Flecha Lançada, enquanto entregava o presente a Kaylane. – Ensine a ele como tocar e peça para ajudar Axl nessa jornada.

Capítulo 36

– Fidellius, posso entrar?

Com a respiração ofegante e cabelo desgrenhado, Thomas entrara na sala de Shaw sem bater. O rosto fino e comprido, que terminava com um queixo quadrado, nariz proeminente e compridas orelhas, emoldurava os olhos grandes, negros e arredondados que, por causa do incessante trabalho de busca das últimas duas semanas, estavam envoltos por uma pele arroxeada.

– Tenho outra opção?! – largando bruscamente a caneta sobre os papéis que assinava, Fidellius demonstrava estar tremendamente irritado com a situação.

– Encontrei... Encontrei o local onde a energia foi liberada.

– Desembucha! Fale logo – Shaw se levantou da cadeira, partindo na direção de Thomas. Seus olhos estavam arregalados.

– Foi no Havaí. Foi lá que a energia que você sentiu apareceu.

– Interessante... Havaí, nunca imaginaria essa possibilidade.

Thomas, que foi um dos amigos que acompanhou Fidellius em suas primeiras incursões à tribo apache, não ousava interromper o silêncio do chefe. Enquanto divagava, o sr. Shaw andava pela sua sala a esmo. O escritório no topo do edifício tinha mais de 200 metros quadrados. À direita da porta de entrada, a mesa de ébano ficava junto a uma grande janela que permitia uma sensacional visão do Central Park. Decorada em estilo minimalista, possuía sala de estar com sofás e poltronas de couro branco, assinados por um renomado *designer* europeu. A mesa de reuniões para 15 pessoas, produzida da mesma madeira, ficava no outro extremo. Umas poucas esculturas em estilo moderno delimitavam os espaços e três gravuras coloridas se destacavam nas paredes. A tecnologia se fazia presente no sistema de projeção da área de reuniões e do sistema de iluminação que se adequava à luz natural do ambiente.

– Mande imediatamente uma equipe para lá. Temos de descobrir se aquele infeliz foi se esconder junto aos kahunas.

– Certo. Vou acompanhar pessoalmente as buscas. Já deixei o jato de prontidão – um leve sorriso se esboçava em sua face. Thomas sentia-se aliviado por ter conseguido cumprir a primeira parte da tarefa.

Em menos de 30 minutos, Thomas e mais cinco integrantes do time de busca entravam no helicóptero que os aguardava no topo do edifício. Era o mesmo time de sensitivos que havia descoberto a origem da energia emanada.

Escolhidos a dedo por Fidellius, eram iniciados nas artes das antigas escolas de magia. Sua base era uma área extremamente restrita que ficava no andar imediatamente abaixo da sala do líder da Stellar Rhodium.

Capítulo 37

Axl, Kaleo e o restante do time dos Mummies haviam terminado mais um dia de estudo e seguiram juntos para o Lord's Burgers.

Ryan tinha muitas novidades para contar aos parceiros de Primordial Power. O final de semana tinha sido inteiramente dedicado ao primeiro encontro dos Master Warriors...

* * *

No início do encontro, que tomou toda a manhã do sábado, os cinco jogadores estavam acompanhados de seus pais. Em uma pequena sala de reuniões na sede da Stellar Rhodium, os três principais responsáveis pelo grupo tinham a missão de detalhar a parte mais burocrática e operacional do projeto. Como era de se esperar, os pais dos mais novos tinham diversas dúvidas quanto às viagens e os cuidados que a empresa dispensaria aos seus filhos dali por diante. Na presença de um dos advogados do sr. Shaw, foram também discutidas as exigências e contrapartidas que constariam do contrato, o qual regularia a relação entre os envolvidos pelo próximo ano.

Mesmo estando na terceira edição, a competição anual do Primordial Power ainda era um projeto em desenvolvimento e estava restrita a participantes de Nova York e seu entorno. Se não fosse isso, ficaria bastante difícil formar um time com adolescentes, que ainda têm seus compromissos escolares, vindos de diversos pontos do país.

Na visão dos cinco jovens tudo era perfeito. Passariam praticamente todos os finais de semana mergulhados no mundo virtual de que tanto gostavam, tendo à mão o gostinho da independência em relação a seus pais e, o melhor de tudo, com a devida permissão deles. De forma geral, viajariam com o time a cada dois fins de semana e, no final de semana entre esses períodos, se reuniriam com os coordenadores em Nova York para discutir estratégias do jogo, planejar seus próximos eventos e atuar em peças publicitárias. Suas viagens de férias também estavam garantidas, sendo previstos *tours* mais longos e especialmente planejados para cobrir os estados mais afastados de Nova York e viagens internacionais.

Em decorrência dessa exposição, adquiririam fama e uma boa soma em dinheiro. Além de sua óbvia dedicação ao projeto do sr. Shaw, assumiriam a partir dali o compromisso de obter bons resultados no âmbito escolar. Ficaria a cargo dos coordenadores acompanhar sua evolução acadêmica, sendo previsto o afastamento do time em casos de reincidentes notas baixas não recuperadas.

Liderados por Emily Lowe – diretora de projetos especiais e uma das funcionárias mais próximas a Fidellius Shaw –, Amanda Hill e Brian Pearce ficariam responsáveis por acompanhar de perto todos os passos dos integrantes do time. Emy, como fazia questão de ser chamada por todos, havia sido namorada de Shaw até pouco tempo antes de ele iniciar suas incursões à tribo apache. Ao final do relacionamento sobrou uma grande amizade, sendo ela uma das primeiras pessoas chamadas a compor o grupo de dirigentes das Stellar Rhodium, em criação. Com formação na área de tecnologia da informação, especializou-se em gestão de projetos e tinha a habilidade de liderar grandes equipes.

Aos 38 anos de idade, Emy e seus *tailleurs* eram referência em elegância para as mulheres que trabalhavam na sede da empresa. Os cabelos castanhos, lisos e cortados até a altura dos ombros, transmitiam a jovialidade de seu espírito. Sua garra, resistência e prontidão para assumir riscos e desafios ficavam por conta do rosto quadrado, pontuado por olhos arredondados na cor castanho-escuro.

– Senhora Lowe, acho que entendemos todas as nossas obrigações e, digamos... direitos – quebrando o pingue-pongue entre pais e coordenadores, Janardan foi o primeiro a interagir, demonstrando sua impaciência. – Quando começamos para valer?

– Senhor Devi – Emy enfatizou o sobrenome do rapaz –, fique tranquilo. Já chegaremos lá. Antes de mais nada, gostaria de deixar claro que é imprescindível a presença de cada um de vocês em todos os encontros. A não ser por motivos de saúde, faltas serão imperdoáveis. Reincidências farão com que vocês sejam excluídos do grupo.

– Mas, Emy, como ficamos se um de nós faltar... Quer dizer, ficar doente bem no dia de uma apresentação? – Lara, a general do time Celta, já havia captado como deveria agir com a chefe. Tom de voz equilibrado, pouca ou nenhuma formalidade.

– Boa pergunta, Lara. Na falta de algum de vocês, Amanda ou Brian serão os substitutos. Lembrando o que Fidellius sempre diz, esse é o time dos melhores, e dentre os melhores não há banco de reservas, pois eles são os perdedores.

– Ah... Obrigada.

– Voltando ao ponto levantado por Janardan, o primeiro encontro de vocês ocorrerá em duas semanas. Nesse tempo, temos de concluir as formalidades. Exames médicos, contratos, documentações em geral e por aí vai.

Aquele dia tinha sido um pouco entediante. Apesar de ter aguçado as mentes e gerado devaneios aos ansiosos jogadores, o papo de leis, contratos e as dúvidas dos pais eram maçantes. A melhor parte foi reservada para o domingo, dia em que fizeram, acompanhados pelos dois coordenadores, um passeio de reconhecimento pela sede. O ponto alto da visita se deu com a companhia do sr. Shaw, enquanto, boquiabertos, conheciam os laboratórios de criação e aperfeiçoamento do Primordial Power.

* * *

– Bom, resumindo, o lugar é sensacional! Todos aqueles supercomputadores, simuladores em desenvolvimento, laboratório de Inteligência Artificial... Vocês precisam conhecer! – os olhos de Ryan cintilando e seu sorriso largo expunham a humildade com que ele estava passando por aquele momento de glória.

– Legal, Ryan! Você agora é o nosso rei!! – Kaleo esfregou a cabeça do amigo e provocou um abraço coletivo no colega.

– Peraí, peraí... Quase ia esquecendo a melhor parte. Vocês também participarão de algumas partes da festa.

– Ahn?! – depois desse questionamento sucinto, todos se calaram e fixaram a atenção no construtor.

– Então... O time precisa treinar, e quem melhor que os times finalistas para servirem de cobaias?!

– Yes, vou mostrar para aquele senhor Shaw que sou muito melhor que a queridinha dele – levantando-se e batendo as mãos na mesa, Kaleo se exaltou um pouco.

– Acho que está na hora de vocês irem para casa! – gritou o sr. James, já irritado, do outro lado do balcão.

– Só por hoje o senhor tem razão, *sir* James! Essa é por minha conta! – puxando os amigos pelo braço para que se levantassem, enquanto arrecadava o dinheiro de cada um, Kaleo conseguiu fazer o velho homem sorrir.

Capítulo 38

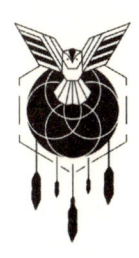

O grupo de buscas de Fidellius já estava em seu segundo dia na Grande Ilha. Na noite anterior, haviam dado algumas voltas para tentar descobrir algo, mas não encontraram nada. Estavam cansados da viagem. Necessitavam de todas as suas forças para se conectar com alguma energia remanescente.

Após o café da manhã no hotel em que se hospedaram, descobriram que nem sempre o dinheiro pode comprar o que se quer. Buscando abreviar seu trabalho, tentaram obter informações acerca dos kahunas. Nem mesmo oferecendo boa soma em dólares, conseguiram tirar do povo local uma mísera pista que os levasse até algum membro do grupo. Era como se estivessem falando de fantasmas. O máximo que conseguiram, na infantil ideia de se utilizar a inocência de uma garotinha, foi chegar até uma lanchonete com o nome Kahunas. Não haveria outra maneira, o grupo deveria utilizar suas habilidades para varrer os 10 mil quilômetros quadrados da ilha.

Thomas era apenas o líder informal do grupo, por conta da missão. A condução verdadeira ficava a cargo de Carmen Salazar. Com 45 anos, a cubana vivia nos Estados Unidos havia 15. Cabelos negros e ondulados, até a altura da cintura, delineavam o rosto longo que terminava em um queixo fino e pontudo. Seus olhos levemente afastados e espessas sobrancelhas, ambos negros, compunham a parte superior do rosto da descendente de colonizadores espanhóis, com sua testa lisa e larga.

– Thomas, temos de procurar algum lugar tranquilo para fazermos nosso trabalho – o tom de voz habitualmente elevado e a seriedade em seu rosto deixavam claro que Carmen já estava incomodada com a situação.

– OK! Daqui para a frente você define o que quer fazer... Já é mais de uma da tarde! Querem almoçar antes?

– Thomas, um lugar calmo para trabalhar...

* * *

Após pegar orientações com pessoas que se encontravam em uma pequena mercearia e aproveitar para comprar algumas frutas e lanches prontos, Thomas conduziu o grupo em uma minivan a uma praia que ficava a uma hora do hotel em que novamente se hospedariam. Um homem que ele "ajudou" com 500 dólares, disse que a tal praia era desconhecida dos turistas e apenas os surfistas locais costumavam visitá-la. Tendo em vista a calmaria do mar naquela semana, provavelmente teriam uma praia privativa para suas tarefas.

O mapa com os rabiscos de orientação era tão confuso quanto as indicações viárias que buscavam seguir para chegar ao seu destino. A pior parte da viagem foi reservada aos 20 minutos finais, nos quais o sexteto se embrenhou por vias não pavimentadas em meio à vegetação fechada da ilha. Já nervosos com seu guia improvisado, os sensitivos só relaxaram quando encontraram um totem de madeira no final da estrada de areia pela qual trafegavam. A figura estranha, com seus três metros de altura, parecia alguma deidade do povo local. Com anatomia disforme para os padrões humanos, tinha braços, pernas e peito de um halterofilista, realçados por uma cintura bastante fina. Olhos grandes, finos e inclinados tomavam quase metade da altura da cabeça da criatura. A outra metade era completada pela boca imensa que, aberta, exibia dentes quadrados e desencontrados. Seu cabelo ou chapéu – não dava para saber exatamente do que se tratava – lembrava tranças rastafári que se estendiam até a altura da cintura.

No vão formado entre a cintura e o braço do guardião daquele local, os bem-humorados surfistas encaixaram uma prancha. Essa particularidade deu a certeza de que haviam chegado ao seu destino.

– Pessoal, chegamos. Agora acho que temos de caminhar pela mata uns dez minutos – anunciou Thomas, inseguro e com voz baixa.

– Mais essa agora! – estapeando o banco à sua frente, o californiano Joe Hudson extravasou sua impaciência. – Por que não falou antes que tínhamos de andar tanto?

– Calma aí, Joe! Não sei se percebeu, mas também não conheço este lugar.

A caminhada pela mata foi salutar ao grupo. O isolamento e o contato direto com a natureza eram exatamente o que estavam procurando.

Quase no final do percurso, Joe já pregava algumas peças em Thomas, que claramente estava fora de seu hábitat preferido, e fazia os demais se divertirem às custas do "chefinho", como costumava chamá-lo.

* * *

Aos seus 28 anos, Joe era o mais novo do grupo e também o mais divertido. Filho de um dos diretores da Stellar, o até então esqueitista tinha sido descoberto por Fidellius em uma festa promovida pela empresa. À primeira vista aquele rapaz não se encaixava no *smoking* que vestia, com seus cabelos encaracolados até a altura dos ombros e com a barba por fazer. Tudo mudou quanto foi cumprimentar o chefe do pai. Ao apertarem as mãos, o garoto teve um de seus usuais "apagões". Apesar de durarem segundos, Joe tinha visões claras e detalhadas de passagens de vidas anteriores da pessoa com quem estava. Em geral, isso era imperceptível. Mas não aos atentos olhos do sr. Shaw que, daquele momento em diante, passou boa parte da festa junto ao rapaz, ouvindo sobre a visão que Joe havia tido e, em especial, sobre sua habilidade. Em menos de duas semanas estava contratado e integrando o time de sensitivos de Fidellius.

Capítulo 39

Mais um dia de aula tinha terminado. Juntos, os dois amigos caminharam até a casa de Kaleo, onde sua mãe os estava aguardando para o almoço. A experiência de Axl e Kaylane na tribo lakota os havia aproximado ainda mais.

– Mãe, chegamos! – gritou Kaleo enquanto jogava sua mochila sobre o sofá da sala.

– Já estou terminando – vinda da cozinha, vestia avental e tinha luva térmica em uma das mãos. – Andem, lavem as mãos que já vou servir o almoço.

– Venha, Axl, me deixe aproveitar e te mostrar uma coisa – Kaleo sorriu e deu duas leves levantadas de sobrancelha.

A demora dos meninos parecia ter sido cronometrada. Assim que desceram, vindos do quarto, a mesa já estava posta. Kaylane havia preparado um dos pratos que Axl tinha provado e adorado, quando estiveram no Havaí.

Axl se sentia em casa. O peixe com abacaxi e manga, cujo esquisito nome ele não havia decorado, era realmente sensacional. Kaleo, por sua vez, demonstrava estar com um pouco de ciúme pelo fato de ter de dividir a atenção da família.

"Acho que deve ser assim ter um irmão." Foi o que veio em sua cabeça, ao observar a felicidade da mãe enquanto o amigo expressava gratidão pela surpresa.

O almoço transcorreu mesmo como uma reunião familiar. Falaram sobre o dia na escola, notas e sobre as provas que se aproximavam. Não perdendo a oportunidade, Kaleo encerrou o almoço de forma divertida, imitando o sr. James como no dia anterior.

– Kaylane, o almoço estava delicioso. Obrigado!

– Fiz com muito prazer, Axl. Sei que, além de te agradar, também é o prato favorito do Kaleo. É igual a pizza em festa de criança. Sucesso garantido! – seus olhos brilhavam.

– Mãe, o que é mesmo que você havia programado para hoje?

– Já vamos conversar – respondeu sorrindo ao filho, enquanto se levantava. – Vamos, me ajudem a colocar tudo isso na lava-louças primeiro.

Reunidos na sala de estar, Axl na ponta do sofá e Kaleo deitado na outra, aguardavam ansiosos para que Kay falasse logo sobre o que os reunia naquele dia. Sentada em uma poltrona florida, junto da qual havia um pequeno totem havaiano com uma flor afixada na cabeça, Kaylane, sorrindo, iniciou a conversa.

– Por que estão tão curiosos para saber do que vou falar? Já deveriam saber.

– Sobre... o fim de semana? – Kaleo arriscou.

– Sim, Kaleo, sobre o fim de semana. Imagino que o Axl esteja ansioso para que chegue logo. Estou certa?

– Não vejo a hora, Kay – a expressão de seu rosto se alterou, como em todas as vezes em que esse assunto vinha à baila. Olhos semicerrados, mandíbula tensa, testa franzida...

– Me digam, vocês andam praticando a meditação no Espaço Sagrado, como o Chefe Flecha Lançada nos ensinou?

– Então... – após alguns segundos de silêncio, Kaleo, com tom de culpa, tentou se explicar.

– Já sei, Kaleo, você não se esforçou muito, não é? Eu quase não ouço o seu tambor tocando.

– É que... eu não consigo me concentrar muito bem – sua voz baixa, olhar desviado para o chão e braços cruzados sobre o peito mostravam o seu desconforto. – Eu até tento fazer como você me explicou, mas eu não consigo ver muita coisa no meu Espaço Sagrado.

– Tudo bem, filho. O Flecha Lançada nos disse que isso pode acontecer. É só você não desistir que, aos poucos, o seu Espaço vai ganhando vida... E você, Axl, o que me diz? – o olhar desafiador de Kay trouxe o garoto de volta à realidade.

– Tudo certo, Kay. Quase todas as noites eu me tranco em meu quarto e, acho que por uns 15 minutos, medito tocando o tambor.

– Legal! – sorriu empolgada. – E você já conseguiu visualizar bem o seu Espaço Sagrado?

– No começo foi igual ao que aconteceu com o Kaleo. Era como se eu estivesse em um local escuro, com tudo meio borrado. Mas, depois, tudo foi ficando mais bonito. Hoje consigo ver detalhes e, às vezes, parece que até sinto algumas... sensações dessa realidade.

– Viu, Kaleo? Como eu falei, é só treinar.

O filho exibiu os dentes, sem demonstrar muito entusiasmo. Além de ele não conseguir fazer o exercício corretamente, sua mãe, ainda por cima, se empolgava com a evolução do amigo.

– Bom, a tarefa de casa para os próximos dias é meditar todas as noites com o tambor. Pelo que eu entendi, meninos, é a partir do Espaço Sagrado que se iniciam todas as Jornadas Xamânicas, aquelas que nos permitem viajar entre as diferentes dimensões, como explicou o Flecha. Então, mãos à obra.

– Certo, mãe!

– Voltando à viagem... Axl, já avisou seu pai?

– Sim, ele já está sabendo. Acho que vai ficar feliz em se livrar do batuque de todas as noites, por alguns dias.

– Ótimo! – sorriu Kaylane, vendo o filho se divertir com a piada do amigo. – Vamos partir na sexta-feira para o Oklahoma, logo depois da escola.

– Detesto ficar muito tempo dentro do avião – apoiando o rosto nas mãos espalmadas, Kaleo era pura empolgação.

– Não me venha com desculpas, Kaleo. Desta vez você vai, mesmo que seja arrastado! – seu tom de brincadeira, conhecido pelo filho, deixava claro o que ela queria que fosse entendido.

Capítulo 40

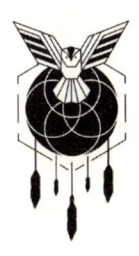

O investimento de Thomas havia trazido os resultados esperados. A dica obtida os levou a uma praia deserta e paradisíaca.

A trilha terminava em uma linha de coqueiros que pareciam se curvar na direção do mar. A faixa de areia e pedras vulcânicas devia ter uns 800 metros de comprimento e, pelo menos, uns 30 de largura. As águas calmas do mar se misturavam, em tons de verde-esmeralda e azul, confundindo-se com o céu límpido no horizonte.

Ali, a salvo de olhares curiosos e de interrupções, poderiam se concentrar e trabalhar junto aos quatro elementos.

– Deixe a fogueira comigo – tirando a camiseta e exibindo seu físico de ex-lutador de MMA, David O'Brien estava sempre à frente quando o assunto envolvia atividades que necessitassem de esforço físico. – Ei, Thomas, não vá pensando que você vai descansar, não! Venha cortar lenha também.

– Tá pensando que esse punhado de músculos e sua careca me metem medo, é?!

– Sua sorte é que você é amigo do chefe. Senão eu te desafiava agora para um duelo ali na areia – rindo, abraçou o amigo enquanto o puxava para se embrenhar na floresta.

* * *

David trabalhava na Stellar Rhodium havia quatro anos. Quando precisou largar a paixão pela luta e trabalhar de forma mais tradicional, por conta de um filho que a namorada estava esperando, um amigo em comum pediu que Thomas desse uma oportunidade ao rapaz, que conhecia desde pequeno. Jason Ward era capitão do exército, servindo no mesmo grupamento que o pai de David desde que iniciaram sua carreira militar. Thomas foi seu orientador interno e um dos poucos que conseguiram domar o estilo temperamental do garoto que, naquela época, tinha 31 anos.

Sempre interessado pelo que chamava de ocultismo, fez amizade com alguns membros do time de sensitivos e conseguiu migrar para aquela área, na qual desenvolveu suas habilidades.

* * *

Os outros membros do time destacado para a missão no Havaí eram Sarah Byrne, neta de irlandeses, nascida na Filadélfia e com a mesma idade de O'Brien; e o último integrante, Oliver Hughes, ex-tenente-coronel dos Marines, com seus 48 anos.

– Saudamos os quatro elementos, Terra, Fogo, Água e Ar – com os olhos fechados, assim como todos os outros cinco ao redor da fogueira, Carmen Salazar iniciava sua invocação. – Pedimos que Gaia nos acompanhe e nos permita interagir com a força de seus elementos.

Durante algumas horas o grupo tentou, em vão, rastrear o foco de emanação da energia que haviam identificado quando estavam em Nova York.

Apesar de compartilharem conhecimentos entre si e todos experimentarem, sem restrição, se aprofundar nas artes místicas que os companheiros dominavam, cada integrante do grupo tinha uma habilidade que se sobressaía. Buscando potencializar sua força, todos se mantinham vibrando na mesma frequência. Se fosse necessário fazer uma viagem astral, por exemplo, aqueles que conseguissem ou fossem necessários seguiam a jornada, enquanto os demais se mantinham conectados com essa energia e apoiando, quando preciso, os companheiros.

– Gente, não consigo entender. A energia que Fidellius sentiu e que conseguimos captar era muito forte. Não entendo como não está sendo possível encontrá-la daqui – coronel Hughes, como gostava de ser chamado, já dava sinais de impaciência. A ordem de seu superior hierárquico era muito clara e, para ele, missão dada era missão cumprida.

– Concordo, Oliver – Carmen, com voz mais macia, buscou abrandar os ânimos do companheiro, sabendo que ele conseguiria deixar o ambiente mais pesado se continuasse estressado. – Tentamos várias opções e, até agora, conseguimos apenas sentir um pequeno foco de energia residual em algum lugar muito longe, que nem temos ideia de onde seja.

– Quero fazer mais uma tentativa! – jogando seus cabelos ruivos encaracolados sobre a capa negra que vestia e com seus olhos verdes refletindo as labaredas da fogueira à sua frente, Sarah era pura confiança e força interior. – Venham comigo.

Todos caminharam em direção ao mar. A alguns metros de onde a maré estava chegando naquele momento, uma poça formada por uma depressão na areia era como um espelho refletindo o céu que começava a escurecer.

– Formem um círculo ao meu redor. Preciso da energia de todos – ajoelhada em frente à poça, Sarah conduzia o grupo.

Enquanto os companheiros, em pé, apontavam suas mãos em direção à água, Sarah desenhava na areia um pentagrama, utilizando um tronco parcialmente em brasa que há pouco retirara da fogueira. Fincou o tronco ao lado da figura e, ao centro, depositou uma esfera de cristal de cor roxa.

Alguns minutos de completo silêncio. Todos com os olhos cerrados. Sarah retirou o bastão da areia e, em seguida, mergulhou vagarosamente a brasa no centro da poça até que o tronco tocasse o solo. Uma leve fumaça foi exalada, fazendo com que a força dos quatro elementos estivesse ali concentrada.

Segurando sua esfera de cristal, focou o olhar no espelho d'água, aguardando enquanto a fumaça se dissipava. Um sopro final e atingiria seu objetivo. A superfície se transformara em uma tela de projeção, na qual uma linda praia era visível apenas aos olhos da praticante da Wicca.

Sarah Byrne se concentrou na imagem, buscando fixar o máximo possível de detalhes. Uma pequena praia semicircular, cercada por uma mata densa e falésias. O mar adentrava naquele santuário por uma fenda formada por duas montanhas que quase se tocavam.

– Acho que consegui uma pista! – mordendo o lábio, sorriso estampado no rosto, a bruxinha os colocava de volta à missão.

Capítulo 41

– Eu não acreditooooooo! – certamente os gritos de Fidellius foram ouvidos por todos os funcionários da sede. Nem mesmo sua sala que possuía proteção acústica deve ter sido capaz de conter tamanha raiva. – Vocês ficaram quase uma semana lá e agora vêm aqui, sem a menor vergonha, me dizer que não conseguiram encontrar nada?!
– É... Fidelli... – seu rosto vermelho era nutrido pelo suor gelado que teimosamente continuava a brotar da testa, apesar da tentativa de estancar o desconforto com um lenço que habitualmente carregava no bolso da calça. Enquanto afrouxava seu colarinho, foi interrompido.
– Espero que tenha uma boa explicação, Thomas!
– Então...
– Thomas, deixe comigo – cabeça em pé, olhos fixos no chefe, um suspiro... Mantendo sua habitual seriedade, agora mais relaxada, Carmen assumiu o comando da equipe. – Senhor Shaw, posso assegurar que tentamos tudo o que era possível. Faço questão de lhe apresentar alguns detalhes do nosso trabalho.
– Prossiga, Carmen... Me convença!
Acostumada à impaciência do superior, a senhora Salazar selecionou trechos e experiências mais importantes da viagem do grupo, começando com a visão de Sarah Byrne.

*   *   *

"Tendo como pista a visão de Sarah e como guia nossa sensibilidade de que a energia emanada estava no lado oposto da ilha, rumamos sem perder tempo para essa outra região. Passamos a quarta-feira inteira buscando descobrir com moradores locais alguma pista que nos levasse até aquela praia.

Antes que o senhor me questione, digo desde já que nossas habilidades pouco ajudavam nesse trabalho. Não conheço como trabalham essa energia kahuna, mas é certo que se dedicam ao máximo em se manterem ocultos. Um grupo de detetives ajudaria e muito nessa missão.

A quinta-feira não estava sendo diferente. Algumas indicações equivocadas nos levavam a locais afastados, nos fazendo perder tempo. Já era fim de tarde quando apareceu uma luz em nosso caminho. David descreveu a um rapaz a visão de Sarah e sua resposta nos trouxe esperança.

'Como você sabe da praia secreta, Haole?'

Uma bela soma em dinheiro, e a maneira como ficamos sabendo do tal local perdeu importância. Nos embrenhamos na mata novamente. Daquela vez, valeu a pena! O sorriso no rosto de Sarah denunciava que havíamos, enfim, encontrado o local de sua visão. Mesmo lá do alto da falésia que nos levaria até a praia, era possível sentir a energia que ainda permeava o lugar.

Não me lembro bem de quanto tempo demoramos e quais obstáculos tínhamos no caminho. Meu foco estava todo voltado a pisar na areia e descobrir o que fazia dali um lugar especial. Fiquei imaginando se encontraríamos alguma caverna, algum local que abrigasse os rituais do povo da ilha. Quem sabe... o tal garoto?!

Para nosso desespero, nada... Nós nos separamos para tentar cobrir aquela área com mais rapidez. Nada além de pedras, areia e o mar...

Oliver, que é mais preparado, voltou ao topo da falésia para ver se não havíamos deixado passar nada despercebido. Talvez não seria a praia o foco da energia. Tivemos um novo desapontamento.

Confesso que estávamos agindo de maneira completamente racional. Nosso desespero por não termos achado nada além de um resquício de energia nos impedia de voltar ao básico, usar nossas habilidades. Foi Thomas quem nos alertou de que estávamos desperdiçando nosso potencial. Reunimos o grupo para uma tentativa, digamos mais... esotérica, e aguardávamos a chegada de Hughes, que já estava terminando sua descida.

Ao se aproximar do grupo, ainda nervoso e alheio ao que iríamos tentar, nosso coronel se abaixou para pegar um pequeno objeto. Era apenas uma pedra. Lembro-me de ter visto ele se posicionar para atirar aquele objeto insignificante ao mar, quando, de olhos fechados, caiu de joelhos ao chão. Pelo que nos contou – e se tiver algo a acrescentar, peço que faça agora –, viu um grande tigre de água saindo do mar e atacando três garotos que estavam na areia. Provavelmente surfistas, pela prancha que viu fincada ao lado deles. Estavam de frente para o mar, impedindo que seus rostos fossem vistos.

Como a cena parecia uma reprise do que o senhor disse ter sentido, voltamos no outro dia, quer dizer, ontem, e tentamos novo contato energético. Mais uma vez sem sucesso! Rodamos as vilas do entorno e também não encontramos nada de especial."

– Bem, Carmen, é pouco, mas já é alguma coisa! – seu dedo indicador levemente curvado sobre os lábios e olhos mirando o alto indicavam que Fidellius encaixava mais uma peça do quebra-cabeça.

– Sr. Shaw, estamos atentos. Ele deve se expor de novo. Quando fizer isso, vamos pegá-lo.

– Espero que sim, Carmen... Vão, estão todos dispensados!

Capítulo 42

– Kaleo, vamos! Acorda logo!
– Que foi, mãe?
– Vai, filho, assim a gente se atrasa!
– Sai dessa cama logo, Kaleo – gritou Axl, enquanto fechava sua mala no quarto do hotel em que estavam hospedados.

Em pouco mais de uma hora os três estavam na estrada, rumo a um ponto de encontro acertado previamente. Com ajuda de Corvo da Noite, Kay havia marcado o encontro com os comanches em uma reserva que ficava em Oklahoma. Dessa vez seria mais fácil. Havia recebido uma coordenada geográfica e o GPS do carro alugado faria o trabalho de levá-los ao lugar certo.

Axl havia, na semana anterior, estudado um pouco da história do povo que visitaria em breve. Enquanto trafegavam por uma estrada que cortava as pradarias das Grandes Planícies, imaginava como seria a vida daquela gente em um passado já distante. Sua mente fornecia imagens de índios cavalgando a terra em seu estado natural, a caça aos búfalos, as batalhas tribais...

Para a alegria de Kaleo, o parque onde se encontrariam ficava a menos de uma hora do hotel. Diferentemente de Axl, o garoto estava achando meio cansativa aquela paisagem. Uma estrada no meio do nada, nem ao menos uma quantidade significativa de árvores para quebrar a monotonia da relva que os cercava. O máximo de entretenimento que sua mente proporcionava era associar a silhueta das montanhas que via ao longe a algum animal ou a alguma outra forma conhecida.

O ambiente foi gradualmente se alterando a cada quilômetro percorrido e, quanto mais próximos estavam do destino, o volume de vida natural ao seu redor se ampliava. "Você chegou ao seu destino!", acabara de dizer a voz feminina sintetizada do GPS.

– Hein? É aqui? – Kaleo, inconformado, abriu o vidro do carro para tentar entender melhor onde estava.

– Eu também imaginava algo diferente – respondeu Axl, que tinha em mente algo mais parecido com a Reserva Lakota. – Será que temos de pegar essa estrada de terra?

– Calma, meninos, vamos encostar o carro nessa estradinha. Ainda estamos cinco minutos adiantados.

Realmente, não havia erro na coordenada fornecida. Pontualmente, uma pick-up vagarosamente trafegava pela estrada de terra, vindo ao seu encontro.

– Bom dia! Vocês estão perdidos? – perguntou uma mulher com características físicas indígenas bem marcadas que, segundo a percepção de Kay, deveria ter no máximo uns 30 anos.

– Não, estamos aguardando alguém.

– Como é seu nome?

– Kaylane, e o seu?

– Olá, Kaylane. Pode me chamar de Grace. Venham, meu avô está esperando por vocês.

Foram mais uns 15 minutos seguindo a moça, que demonstrava ter habilidade e bastante conhecimento das estradas de terra no meio da mata em que se embrenhavam. Aquilo era bastante estranho. Estacionaram o carro no que parecia ser o fim da via e continuavam no meio do nada.

Sua anfitriã não era de muitas palavras, mas a alegria estampada em seu rosto deixava Kay bastante tranquila quanto à aventura que se seguia. A próxima etapa da viagem seria a pé. Em alguns trechos havia trilhas; em outros, apenas o senso de direção de Grace os guiava no rumo desejado. A mata era densa e formada por arbustos e árvores de pequeno porte, o que impedia que se tivesse uma visão mais ampla do espaço que os cercava. A única certeza que tinham os três visitantes é de que estavam descendo.

Haviam enfim chegado ao destino. Estavam em uma clareira que beirava um córrego límpido, onde suas águas calmas delicadamente desviavam de rochas negras pontiagudas, na busca incessante por seguir seu destino. Junto à margem, uma área descampada forrada por um colchão de areia acomodava um único Tipi e, próximo à sua entrada, uma fogueira.

– Aguardem aqui, vou falar com meu avô. Se quiserem, tirem seus sapatos e molhem seus pés no rio. A água está muito gostosa – seus olhos amendoados cheios de vida eram penetrantes e tinham o poder de acalmar os corações de seus interlocutores.

– Legal! Sempre quis entrar numa barraca dessa, de verdade!

– Tipi, Kaleo! – em voz mais elevada pela distância, Axl ajudou o amigo enquanto se dirigia às águas do pequeno córrego.

Em silêncio, com seus olhos fechados, Kay apreciava a canção da natureza que a cercava. O murmurar constante das águas do rio, pássaros cantando ao longe anunciando o dia que há pouco se iniciara, árvores se agitando ao receber o frescor do vento... Um raio de sol vencia a densidade de galhos e folhas que protegiam aquele local sagrado e, com precisão cirúrgica, tocava o rosto da bela descendente kahuna. Sentir-se integrada com os elementos da mãe natureza revigorava a vitalidade de seu espírito.

– Venham, o Chefe Cavalo Prateado aguarda vocês.

Grace tinha em suas mãos um objeto que parecia ser uma cuia feita de pedra. Dentro dela algum tipo de erva queimava, gerando uma fumaça branca e densa. Antes de cada um dos três visitantes adentrar o Tipi, a jovem os submeteu a um ritual de purificação. Imediatamente, a memória olfativa de Axl o transportou mentalmente à reserva Lakota. Estava um pouco diferente, mas, certamente, a fumaça era proveniente da queima da sálvia branca.

Silenciosamente entraram no Tipi que, por sua vez, era bem diferente do utilizado por Flecha Lançada. Externamente, a pele que servia de cobertura tinha diversos desenhos nativos. Desenhada aparentemente com os dedos, a figura de um homem com um cachimbo nas mãos se destacava. Suas dimensões também eram distintas. Não mais que oito pessoas caberiam na área interna.

"Quente e aconchegante." Assim definiu mentalmente o local, um Kaleo vislumbrado com o que vivia. O forte sol filtrado pela pele de búfalo deixava o ambiente levemente amarelado, proporcionando natural relaxamento aos presentes.

– Bem-vindos à sagrada terra do povo comanche! – sentado em uma esteira no lado oposto da entrada do Tipi, Cavalo Prateado cumprimentou seus convidados. – Sentem-se.

– Senhor Cavalo Prateado, muito obrigada pela gentileza de nos receber – com as mãos postas em forma de prece, Kay inclinou a cabeça, demonstrando sua gratidão e reverência.

– Obrigado! – os dois garotos seguiram em uníssono.

– Há muito tempo esperamos por esse momento. Me digam, o velho Flecha Lançada explicou sobre os Animais de Poder a vocês?

– Explicou sim. Falou também da traição por parte de Fidellius Shaw com o povo apache – respondeu Kaylane.

– Ótimo! Temos apenas o dia de hoje. Precisamos avançar em nosso trabalho. Você já sabe o que veio fazer aqui, rapazinho? – olhando para Axl, que estava à sua direita, Cavalo Prateado mesclou um tom de voz brincalhão com o semblante sério.

– Vim conhecer um dos Animais do meu clã. A minha luta precisa começar.

– Você não vai apenas conhecer um dos seus Animais. Você vai ter contato com seu Animal Totem!

– Eu também tenho Animal Totem? Consigo encontrá-lo também? – a voz de Kaleo entregava sua ansiedade.

– Sim, menino. Todos temos um Animal Totem. Melhor, temos a energia de vários animais nos ajudando – Cavalo Prateado respirou profundamente. – Entretanto, você não vai conseguir acessá-lo no momento. Como deve ter explicado Flecha Lançada, todos os Animais de Poder foram sequestrados pelo sr. Shaw.

– Com exceção dos meus! – com semblante triste, Axl se lembrava da mãe.

– Exato! Mas tenho uma tarefa para você, Kaleo. Vamos, pegue seu tambor e me ajude a dirigir Axl em sua jornada.

Capítulo 43

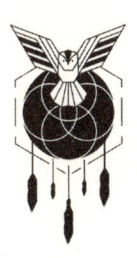

O toque constante dos tambores de Cavalo Prateado e Kaleo haviam colocado Axl em estado meditativo. Seguindo a primeira orientação do Chefe indígena, Axl se dirigiu mentalmente ao seu Espaço Sagrado. O treino das últimas semanas fez com que essa tarefa fosse realizada de forma bastante rápida.

Lá, a cada nova visita, um novo elemento era notado pelo garoto.

* * *

Na primeira vez em que visitou o local, Axl ficou maravilhado com o que vira. Sentado em uma rocha, tinha a seus pés um imenso lago. Suas águas límpidas de tom azulado funcionavam como um espelho, com o poder de capturar e refletir tudo que estava ao seu redor. A impressão que tinha era de que a água se apropriava da imagem de tudo que a circundava, apenas para permitir que a beleza da Mãe Terra ali representada pudesse ser contemplada mais de uma vez.

O grande lago estava aos pés de imensas montanhas, cujos picos exibiam a pureza do branco da neve que, contrastando com o azul-profundo do céu, delimitava o contorno daquelas antigas estruturas naturais. Tendo a visão de Axl como referência, o lago tinha a base da cadeia rochosa à sua esquerda. O restante era abraçado por um arco de mata muito densa, formada por um exército de pinheiros que guardava o local. Grande parte de sua margem era habitada por esses representantes do Povo em Pé, sendo reservados alguns poucos refúgios, onde a rocha ou bancos de areia se sobressaíam, criando pequenas praias naturais.

O lugar em que Axl se encontrava era um platô rochoso que se debruça sobre o ponto onde o lago extravasa sua energia natural, e a vida em forma de água flui para nutrir as veias da Mãe Terra. O som da corredeira que se forma no início da jornada do fluido vital capturava a atenção de Axl, mantendo a sua mente em constante estado de relaxamento. Às suas costas, um tapete de flores amarelas e vermelhas completava a pintura na qual estava imerso.

Apesar de estar aos pés de picos nevados, a temperatura era agradável. Parte por conta do Sol que, em seu nascente, surgia por de trás das montanhas, parte por conta da fogueira que se mantinha acesa próxima àquele ponto onde Axl gostava de meditar.

A vida também se mostrava presente por meio de diversos animais que usualmente o visitavam. Águias, esquilos, cervos, peixes... A harmonia da Criação era bem representada naquele refúgio particular.

* * *

Cavalo Prateado continuou suas orientações enquanto mantinha o ritmo do toque do tambor. Axl seguia à risca o que se pedia. Achou impressionante, e depois comentou sobre isso com o chefe comanche, que elementos que deveria encontrar ou ações que deveria ter se tornavam realidade antes mesmo que o velho índio o orientasse.

Saindo do platô ao lado da fogueira, seguiu seu instinto e se pôs a caminhar pelo seu Espaço Sagrado. Desviando para não ferir as flores que enfeitavam seu caminho, chegou ao limite da clareira, onde encontrou uma pequena trilha até então desconhecida por ele. Após não mais que 200 metros, o caminho tornou-se íngreme. O declive não era muito acentuado, permitindo que o garoto pudesse caminhar tranquilamente e manter todos os seus sentidos abertos para capturar em detalhe tudo o que o envolvia.

Percebera ter chegado a um ponto de transição. As árvores agora tinham uma característica bem diversa daquelas que compunham o cinturão verde que abraçava o lago. Com seus troncos avermelhados, ficavam mais distantes umas das outras, permitindo que mais luz do Sol banhasse o solo coberto por uma vegetação rasteira. Axl sentia-se pequeno aos pés de sequoias milenares que, em sua maioria, tinham altura superior a cem metros. A trilha já não mais existia, fazendo com que seu trajeto fosse decidido a cada novo passo.

Um daqueles maravilhosos seres chamou sua atenção. Era difícil ter certeza, mas parecia ser a maior das árvores daquela floresta. Atraído por uma energia que não conseguia entender, caminhou em sua direção e, ao mesmo tempo em que ouvia a voz de Cavalo Prateado dizer: "Você agora encontrará uma árvore que já é uma velha conhecida. Uma árvore especial, que pulsa na mesma sintonia do seu coração. Essa é sua Árvore Sagrada!", tocou com as mãos e a testa no gigantesco tronco avermelhado.

A conexão foi imediata. Ele sentia a energia fluindo para seu corpo através de seus braços e se alojando em seu coração. Desse ponto, ela se expandia e era irradiada com força tremenda, tomando a forma de uma esfera de luz arroxeada que ultrapassava o topo das árvores gigantes.

O som do tambor continuava, e agora Cavalo Prateado pedia que ele encontrasse uma passagem na base do tronco de sua velha nova amiga. Caminhou lentamente, até que encontrou uma reentrância no ponto oposto àquele onde tomara primeiro contato com aquele ser. "Esse é o seu Portal para o Mundo Inferior", disse seu guia, continuando a orientação.

Alguns passos à frente, começou a descer por um túnel. Podia sentir o frescor do piso de terra que o sustentava. As paredes, misto de terra e raízes, eram fracamente iluminadas pela luz de tochas que indicavam o caminho a ser seguido. Finalmente, a escuridão foi vencida pela luz que Axl encontraria, após cruzar um pesado portão de ferro que delimitava e protegia aquela mágica passagem entre mundos.

Um rangido... Metal contra metal... Ao toque, sentiu na barra de ferro que compunha o portão uma mescla de temperaturas diferentes. Aquele era o ponto onde se chocavam o leve frio do subterrâneo com o calor de um dia ensolarado. O céu azul sem nuvens cobria um campo verde onde a Mãe Natureza mostrava todo seu encanto. Um pouco à frente, uma grande quantidade de girassóis trazia beleza àquela clássica pintura de um campo florido.

Um pouco à sua esquerda, notou um elemento que destoava da paisagem. Era a única árvore que conseguia ver naquele local. Sentia que estava muito próximo de alcançar seu objetivo e seu peito era golpeado por um coração ansioso pelo encontro que teria a seguir. No início não havia percebido, mas, a cada passo que dava, o ambiente se transformava. No meio do caminho entre o portão e a árvore, o dia se transformara em tarde. Ao chegar aos pés do Carvalho, cuja copa parecida com um imenso guarda-chuva possuía diâmetro superior à altura do vegetal, a Avó Lua é quem se encarregava de iluminar o ambiente.

Não entendia o que o atraíra para junto daquela gigantesca árvore de tronco retorcido, se estava em uma jornada para encontrar seu Animal Totem. Sem saber o que fazer, sentou-se no chão coberto de folhas. Recostado ao tronco, apoiou seus braços estendidos sobre os joelhos dobrados, segurando um galho que há pouco jazia ao seu lado. Com olhar fixo mirava o infinito, encantado com o número de estrelas que podiam ser avistadas.

Como um fantasma surgido do nada, um animal, ao qual já estava habituado, majestosamente batia suas asas, controlando o pouso sobre o galho que portava à sua frente. Branca, com seu rosto em forma de coração e olhos negros, a bela coruja agora o fitava profundamente. A sensação de paz promovida por aquele reencontro fez com que ele trouxesse vagarosamente o conjunto Ave-Galho para perto de si, até que o lindo animal estivesse a poucos centímetros de seu rosto. Apesar da escuridão da noite levemente abrandada pelo luar, o jovem podia enxergar detalhes de tudo que o cercava.

Uma lágrima escorreu assim que seu nariz foi tocado levemente, quase que acariciado pelo bico daquele ser. Um pacto estava agora selado. Daquele momento em diante, a ligação entre suas almas não mais precisaria ser oculta.

Capítulo 44

– Saiam todos! – gritou Fidellius Shaw, deixando todos os que estavam em sua sala de reuniões particular sem saber o que havia acontecido. – Thomas, você fica! E me chame aqui a Salazar.

* * *

Enquanto os principais diretores da Stellar Rhodium se retiravam assustados, derrubando papéis e canetas pelo chão, Thomas usava o telefone da mesa de reuniões para contatar a chefe dos sensitivos. Shaw ainda estava na janela, olhando fixamente para o Central Park, quando Carmen chegou.

* * *

– Que diabos está acontecendo? – arrancando o paletó e a gravata vermelha, suas palavras eram lentamente pronunciadas.
– O que aconteceu, Fidellius? – Carmen demonstrava segurança.
– O que aconteceu?! Ninguém aqui é capaz de sentir o que está acontecendo?
– Você voltou a sentir... aquela liberação de energia? – a gota de suor escorrendo pela testa denunciava a aflição de Thomas.
– Antes fosse! Pior que isso! Tenho certeza de que algum Animal de Poder encontrou seu protegido.
– Impossível! – apoiando o queixo sobre a mão esquerda e cotovelo na mesa, Carmen Salazar olhava fixamente para o teto como se buscasse algo invisível. – Nós fizemos a varredura diversas vezes. Há anos que ninguém faz contato com os animais.
– Pois é, parece que deixamos algo para trás. Tenho certeza de que a mesma pessoa que manipulou aquela energia no Havaí tem algo a ver com isso.

– Shaw, deixe comigo. Vou fazer uma jornada agora mesmo para encontrar onde se escondeu.

– Não. Eu mesmo vou, para garantir que desta vez não haverá erro.

Capítulo 45

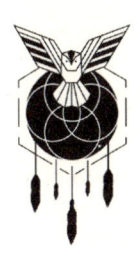

Cavalo Prateado sabia que o encontro de Axl com seu Totem acabaria chamando a atenção de Fidellius Shaw. Era hora de tirar o garoto do Mundo Inferior.

Seguindo as orientações do sábio xamã, Axl corria de volta acompanhado pela coruja, em direção à rocha que abrigava daquela vez o túnel de retorno ao seu Espaço Sagrado. Novamente, a mágica acontecia. A cada passo em meio às belas flores amarelas, o Sol se tornava mais presente até que, ao chegar ao portão, o astro-rei estivesse no ponto mais alto do firmamento.

Axl não tinha ideia do perigo que o espreitava. Focado em adentrar o mais rápido que pudesse no túnel, não percebeu que estava sendo observado por um corvo, pousado no topo de uma das rochas que compunham a montanha. O Animal Totem de Fidellius o havia encontrado e ali estava para indicar a direção ao seu mestre.

Correndo em velocidade extrema, propriedade possível aos humanos no Mundo Inferior, Shaw se aproximava muito rapidamente do ponto onde o garoto estava.

Seus trajes demonstravam suas intenções. Na verdade, toda vez que acessava seu Espaço Sagrado, Fidellius se enxergava vestido como um índio guerreiro. Trajava apenas calças de couro rústicas e mocassins. O restante do visual era complementado por um colar de presas, um bracelete de couro com pinturas nativas no bíceps direito e algumas penas entrelaçadas junto ao cabelo que, nesta realidade, terminava em duas longas tranças. A pintura corporal também era parte do figurino. Uma máscara de tinta vermelha se iniciava no meio da testa e era delimitada na parte inferior por uma linha que se estendia do topo do nariz até o lóbulo das orelhas. Na mesma cor, faixas foram marcadas com os dedos indicador e médio no queixo, abdômen e antebraços. Em cada uma de suas mãos portava um objeto: uma machadinha e um escudo de couro decorado com penas brancas.

Fidellius, sentindo a conexão com seu Animal de Poder, sabia a direção a ser seguida. Mentalmente, ainda recebia a informação de que o tempo estava acabando e que o garoto – agora ele tinha certeza se tratar de um menino – passava pelo portal junto com seu Animal Totem.

Axl fechou o portão e, com a coruja pousada sobre seu ombro direito, se deteve por alguns segundos observando detalhes do mundo que acabara de descobrir. Foi tirado de seu estado de admiração pelo bater de asas da coruja, que pressentia o perigo que os rondava. Nesse momento, notou que junto à base do portão havia um cristal vermelho. Lapidado, tinha uma de suas extremidades pontiaguda. Medindo em torno de dois palmos de comprimento, tinha características de um pequeno bastão.

Sem saber exatamente o porquê de estar fazendo aquilo, pegou o cristal e circundou todo o perímetro do portão que, magicamente, começou a desaparecer das bordas para o centro, até que se tornasse rocha maciça.

Fidellius chegava nesse exato momento e, atirando-se sobre o que sobrara do portal, tocou a rocha quando a passagem já estava completamente selada. Teve tempo apenas de ver o vulto de Axl, já se virando e iniciando sua subida de volta ao seu Espaço Sagrado.

Capítulo 46

A voz de Cavalo Prateado continuava a guiá-lo. O tom mais calmo e compassado transmitia serenidade. Em companhia de sua nova amiga que voava sem pressa à sua frente, avançando e pousando pacientemente em algum galho para esperar que o garoto se aproximasse, Axl sentia seu coração desacelerando. Podia perceber os detalhes e particularidades nos troncos e copas das grandes árvores que o cercavam.

Gradativamente, a paisagem foi se alterando. O som da corredeira já podia ser ouvido e os pinheiros, os guardiões do entorno do lago, já se faziam presentes. Sentou-se à margem do lago, junto à fogueira que ardia eternamente.

Orientado pelo xamã, agradeceu ao Grande Espírito pela oportunidade de ter tido contato com seu Animal Totem. À pequena coruja, agradeceu pela proteção que sempre a ele foi dedicada. A partir daquele momento, suas energias estariam em estreito contato.

– Retorne calmamente, Axl. Sinta seu corpo, a plenitude do seu ser – mantendo a voz suave, o ancião o trazia de volta.

Axl se despedia daquela outra realidade. A imagem de seu Espaço Sagrado aos poucos se esvaía de sua mente. Abriu seus olhos e se sentou tranquilamente.

– Parece ter sido uma bela jornada, garoto!

– Foi sim – ainda tocado pela experiência que passara, seu olhar era vago e o sorriso, contido.

– Esse reencontro é sempre um momento especial. Guarde todos os detalhes em seu coração. Que esse sentimento de união nunca se perca!

– Me conta, Axl, qual animal você encontrou? – Kaleo se sentou ao lado do amigo.

– Foi uma coruja. Uma coruja branca com rosto em forma de coração.

– Legal!

– É um belo Animal Totem! A coruja nos traz a medicina das habilidades ocultas, da sabedoria e da magia – sorridente, Grace compartilhava o conhecimento que vinha adquirindo junto ao avô, em sua jornada de curadora.

– Muito bem, Grace – o avô demonstrava orgulho em sua voz. – Agora, me diga, Axl... Você se recorda de ter passado algum momento de perigo ou ameaça?

– Não!... Estava bem consciente quando você me pediu para sair rapidamente do Mundo Inferior e apenas segui sua orientação. Mas não percebi nada de errado.

– Não imaginei que seria tão rápido, mas ele nos achou – Cavalo Prateado colocou seu tambor em um tecido de couro ao lado da esteira onde se sentava.

– Fidellius Shaw?! – os dois meninos, sintonizados, elevaram a voz ao mesmo tempo.

– Sim. Senti que ele estava lá. Pude sentir a mesma energia negativa que emanava dele e de seus seguidores, quando caçaram sem piedade todos os Animais de Poder.

– E por que nada aconteceu comigo? Se foi tão simples meu retorno em segurança, por que foi diferente com vocês que têm toda essa magia?

– Isso também me deixa intrigado. Ainda não descobrimos como ele consegue, mas Fidellius encontrou uma forma de acessar o Espaço Sagrado de qualquer pessoa. Isso não deveria ser possível, mas ele, de alguma forma, conseguiu...

O silêncio se instalou dentro do Tipi. Apenas o som de alguns pássaros e da água enfrentando a dureza das rochas no riacho ao lado ousavam quebrar aquele estado.

– Foi assim que ele nos enfraqueceu. Com essa habilidade ele abriu os portais, um a um, e seus seguidores acessaram milhares de Espaços Sagrados, sequestrando a pura energia dos Animais de Poder. Quando percebemos, ele estava muito forte e não tivemos tempo de nos organizar para contra-atacar.

– Senhor Cavalo Prateado, ainda não entendi duas coisas. Primeiro: como vocês conseguiram esconder meus Animais de Poder?... Segundo: por que ele não me seguiu quando retornei com minha coruja? Ah, e tenho mais uma dúvida: sabendo que ele poderia me seguir e capturar meu Totem, por que vocês arriscaram?

– Muitas perguntas, Axl! – até então apenas observando, Kaylane brincou com o garoto, tentando colocá-lo novamente em um estado sereno.

– Vamos ver o que consigo explicar. Não sabemos como, mas sua mãe tinha a mesma habilidade que você demonstrou, em bloquear o acesso de Fidellius ao seu Espaço Sagrado. Seus animais ficaram lá, guardados, até que nos foi permitido resgatá-los. Na verdade, eles saíram por vontade própria. Foi uma tarefa difícil, mas os elementais que trabalhavam em conjunto com Sophie deram uma ajudinha. Em outra oportunidade, falaremos mais sobre isso.

– E, depois de tirá-los, como conseguiram esconder? – Kaleo não aguentava tanto suspense.

– Depois de resgatá-los, nós os escondemos em nossos Espaços Sagrados. Cada Curador se responsabilizou por um animal... Como as vibrações energéticas de seus animais e dos nossos Espaços eram distintas, o grupo de Fidellius não conseguiu detectá-los.

– Agora entendi – mais calmo, Axl se ajeitou na esteira para continuar o aprendizado.

– Pulando para a última pergunta, nós confiamos nos desígnios do Grande Espírito. Por intuição, para ficar mais fácil sua compreensão, sabíamos que você seria o responsável pelo reequilíbrio das forças. Pode parecer que expusemos você ao risco, mas tínhamos a certeza de que você venceria esse enfrentamento. Sabendo que Fidellius imaginava ter aprisionado todos os animais, acessei meu espaço sagrado pouco antes de vocês chegarem ao Tipi. Conduzi seu Totem até o mundo inferior para que o encontro entre vocês pudesse acontecer.

– Uau! – Kaleo se mostrava impressionado.

– Agora, acredito que a outra pergunta é você quem vai me responder. Você lembra de ter acontecido alguma coisa logo após o momento em que você entrou no portal, em direção ao seu Espaço Sagrado?

– Não sei bem dizer. Logo que passei pelo portão de ferro que existe no portal, me virei e fiquei um tempo olhando para o Mundo Inferior. Não sei o motivo, mas algo me chamou a atenção. Percebi que havia um bastão de cristal vermelho junto a meus pés. Não me pergunte o motivo, mas, de alguma forma, eu sabia que deveria utilizar aquele cristal passando-o ao redor de todo o portal. Imagino que esse seja um procedimento comum.

Grace olhou para o avô e os dois sorriram. O velho índio fechou os olhos por algum tempo, como se meditasse buscando alguma informação.

– Obrigado, Axl. Acho que essa é a chave.

– Chave? – A declaração deixara Axl confuso.

– Sim. Essa magia é o que permite selar seu Espaço Sagrado. Sinceramente, não sei dizer como fazer, mas, certamente, é a mesma técnica que sua mãe utilizava.

– E como eu consigo fazer isso e você não?

– Nossas almas são muito antigas, meu filho. Os aprendizados nos acompanham através dos tempos. Podem ficar adormecidos até que seja necessário utilizá-los.

– Será que o Shaw usa essa mesma técnica para acessar os Espaços Sagrados? – Kaleo novamente interveio.

– Não exatamente a mesma, mas acho que elas têm origens semelhantes. Enquanto ele usa um determinado poder, que, ao que parece, é de conhecimento apenas dele, para acessar áreas restritas e íntimas de cada ser humano, Axl e sua mãe trouxeram em sua bagagem um poderoso antídoto. Lembrem-se, tudo no Universo tem seu contraponto. O equilíbrio sempre existirá.

Capítulo 47

– Calma, Kaleo, falta menos de uma hora para embarcarmos.

– Mãe, você sabe que não gosto de ficar esperando, sem fazer nada.

– Bom, vamos aproveitar para conversar um pouco sobre o dia de ontem – Kaylane desconversou. Sabia que não devia alimentar as reclamações do filho.

– Gostei! – Axl já não aguentava mais o mau humor do colega.

– Vou comprar mais um refrigerante. Alguém quer? – Kaleo depositou uma moeda na máquina que estava próxima de onde estavam sentados. Apesar das tentativas da mãe de eliminar ou reduzir o consumo desse tipo de bebida, o garoto não parecia dar muita atenção a isso.

– Achei interessante você ter tido todas aquelas experiências com o seu Animal de Poder. É como se ele estivesse se aproximando de você e dando pistas da sua existência.

– É verdade, Kay. Agora fazem sentido aqueles meus apagões. Às vezes eu achava que tinha algum problema – Axl sorriu, meio sem jeito.

– É, devia ter mesmo! Você nunca me falou nada. Acho que eu tinha percebido algumas vezes, mas pensei que você era meio cabeça de vento mesmo – a cada dia e a cada nova experiência juntos, Kaleo o tratava mais como a um irmão.

– Eu nunca falei para ninguém! Nem para o meu pai. Achei que ele pudesse me internar.

– Vou começar a prestar atenção nos meus sonhos. Isto é, se eu não começar a viajar igual a você!

– Kaleo, lembre-se do que o Cavalo Prateado disse. No caso do Axl, a energia da coruja já estava sendo mostrada a ele. Mas nem sempre é assim que funciona. Pelo que eu entendi, a maioria das pessoas só descobre essa relação com o animal durante a jornada de busca.

– Ei, cara, você viu isso? – acessando o aplicativo de mensagens no seu celular, Kaleo parecia feliz com o que lia. – Nosso time foi o primeiro escolhido para treinar com os Master Warriors! Agora me vingo da queridinha do Fidellius.

– Onde você viu is...? Ah, agora eu vi a mensagem do Ryan. Vai ser na semana que vem... Minha vontade é aproveitar e colocar uma bomba embaixo da cadeira do Shawn.

– Menos, Axl! – pela convivência, Kay também começava a interagir como se ele fosse irmão do Kaleo. – Não é assim que vamos resolver as coisas.

– Eu sei. O que não sei é se vou aguentar esperar tanto pra resolver de vez isso tudo. Parece que o plano dos nativos é que eu resgate todos os outros quatro animais do clã, para que possa enfrentar o Shaw. É isso mesmo?

– É isso aí. E sua próxima viagem só será daqui a duas semanas.

– Dele não, Kaleo. A nossa próxima viagem.

– É... Nossa. Sabe, até que foi legal essa coisa toda. Mas, enquanto o Axl se diverte nesse Primordial Power do passado, eu fico lá tocando tambor.

– Cara, não tinha pensado nisso! – o sorriso largo e os olhos arregalados demonstravam que Axl tinha sido tirado do estado de raiva. – O pior é que é verdade. É como se fosse o jogo mesmo. Só que mais legal, e de verdade!

– Filho, não sei se você percebeu, mas você estava fazendo a mesma coisa que a pessoa mais importante da tribo deles. Você estava ajudando o xamã dos comanches a conduzir o Axl na jornada.

– É... – bufando, Kaleo se levantou da poltrona vizinha à mãe e se sentou no conjunto de assentos à frente, ao lado de Axl.

– E tem mais. Quem disse que você não pode começar a viver essa história também? Já se esqueceu de que é o senhor que não está se esforçando como devia pra fazer as jornadas ao seu Espaço Sagrado?

– Toma! – Axl deu um leve soco no braço do amigo.

– Mãe, pra onde é a próxima viagem, mesmo?

– Carolina do Norte. A tribo cherokee fica lá.

* * *

"Atenção passageiros com destino a Nova York. Embarque imediato pelo portão 3."

Parte III
Iniciação ao Sagrado

Capítulo 48

O fato de ter uma reunião agendada para as 7 horas da manhã de segunda-feira mostrava aos convocados que não se tratava de um assunto suave.

Fidellius, sentado à ponta da mesa de reuniões de sua sala, recebeu a todos de forma impassível. Nenhum bom-dia fora respondido e, enquanto Thomas e todos os cinco integrantes do time de sensitivos estivessem presentes, nenhuma palavra seria pronunciada.

Olhos semicerrados, sobrancelhas curvadas em função da testa franzida e mãos imóveis sobre a mesa. Todas essas feições, combinadas com o traje totalmente negro, incluindo-se gravata e camisa, amplificavam o ar soturno daquele encontro.

"Acredito que todos já saibam de nossa situação.

Pela primeira vez, sinto que nosso projeto está ameaçado. E, acho que não preciso dizer, não gosto de me sentir ameaçado por nada e por ninguém.

Antes que vocês me irritem ainda mais, quero esclarecer que não trouxe vocês aqui para falar. Apenas para ouvir.

Não chegamos até aqui, em um ponto onde é claro para todos o nosso poder de influência, por acaso. Trabalhei duro para atingir esse estágio, e a manutenção desse *status* depende, e muito, de um mundo livre de ameaças. Junto com vocês, elegemos os melhores para proteger nossa causa, mas me parece que alguma falha grave passou despercebida."

O tom de voz compassado de Shaw e o olhar não dirigido a ninguém criavam uma terrível sensação de desconforto. As pausas dramáticas que caracterizavam seus discursos se transformavam em eternos momentos de angústia.

"Tenho de assumir que a culpa é minha!... A culpa é minha por ter delegado e confiado a vocês aqui reunidos a tarefa de garantir que ninguém ousaria nos incomodar.

Vou fingir que o tempo parou lá atrás. Vou fazer de conta que estamos na última fase da limpeza que fizemos no Mundo Inferior. Assim, deixo vocês se redimirem e continuarem meus aliados por mais algum tempo. Entendam isso como a única e última chance.

Da mesma forma que o tal garoto encontrou o seu Animal Totem, tenho certeza de que ele buscará completar seu clã para poder nos atacar. Assim como vocês se esqueceram de encontrar aquele animal, provavelmente deixaram que os outros também ficassem livres e soltos por aí.

A partir de agora, quero, no mínimo, 20 guerreiros ativos no Mundo Inferior, além de um de vocês cinco no comando. Criem uma forma de escala que garanta esse contingente e se assegurem que a missão será cumprida. Vocês têm três simples tarefas:

Uma: Descubram quem está ajudando e orientando o pirralho.

Duas: Busquem e encontrem onde estão os animais antes que ele o faça.

Três: Estejam atentos, pois ele voltará. Quando isso acontecer, garantam que ele seja capturado e trazido até mim.

Espero ter sido claro e bastante direto. A reunião acabou. Saiam daqui!"

Fidellius continuou imóvel enquanto todos se retiravam. O medo imposto era tamanho, que eles evitavam arrastar as cadeiras para não agredir os nervos do chefe.

O tempo das sombras, como haviam batizado os momentos em que Fidellius estava em plena caça às bruxas, havia voltado.

Capítulo 49

Mais uma semana havia se passado. Apesar de ter em seu íntimo a vontade de avançar logo sobre Fidellius, a ânsia dos amigos pela batalha que aconteceria no sábado amainou sua ansiedade, deixando-o um pouco mais tranquilo. O momento mais esperado do dia era o término do horário de aula. Antes de voltar para casa, reuniram-se no jardim frontal da escola para traçar o plano que adotariam.

Mesmo sentindo-se feliz por fazer parte dos Master Warriors, Ryan não estava muito confortável em ser afastado dos Mummies e ser substituído temporariamente por Alice Burns. A colega de sala de Axl era entusiasta do game e estava sempre disponível quando os amigos precisavam de um jogador reserva. Só os desatentos garotos não percebiam que ela preparava o terreno para ganhar uma posição definitiva no time dos Mummies, assim que uma oportunidade surgisse.

* * *

Em casa, Axl procurava manter o pai informado sobre os avanços que vinha fazendo na tarefa de enfrentar Fidellius Shaw. Apesar de se esforçar, Dan não conseguia entender muito bem aquela história toda de Animais de Poder, Totem, Mundo Inferior... Entretanto, tinha um plano. Havia combinado com uma amiga de trabalho que cuidasse de Kate no final de semana. Rebecca Walsh tinha uma garotinha um ano mais nova que a irmã de Axl, e as duas já haviam se encontrado e interagido em um passeio que as famílias fizeram em um parque de diversões.

* * *

Voltar ao Ancient Hall naquela manhã de sábado ensolarada não era nada mau. Independentemente de não terem saído vencedores do torneio, boa parte da emoção que sentiram durante as batalhas era trazida à tona. Agora, sem o público e sem os efeitos especiais de iluminação, o espaço ganhava outras proporções. A cenografia ainda impressionava, e os garotos não tinham como resistir às selfies em frente aos grandes monumentos da Antiguidade.

– Vamos, se apressem! Vocês estão aqui para se divertir, mas é de outro jeito – como se estivesse coordenando uma evacuação, Brian Pearce ia puxando alguns, empurrando outros, em direção à Arena.

Alice extravasava encantamento. Estavam agora nos bastidores, na área destinada apenas aos jogadores, e ela era a única que não tinha estado ali. O sorriso largo que mais caracterizava sua beleza adolescente era incontido. Seus cabelos castanhos, sempre bem cuidados, e olhos da mesma cor harmonizavam o belo rosto que terminava em um queixo triangular. A competição agora estava equilibrada entre os times, também no quesito beleza feminina. Quando se fala em beleza, entretanto, os olhares mais atentos ainda dariam vitória ao Master Warriors. Além de Lara, o time também possuía Kevin Mason, cujo atributo congênito era comumente exaltado pela mãe a qualquer um que tecesse elogios ao filho: "... e não só fisicamente", dizia ela, "você sabia que Kevin significa O que Nasceu Bonito, ou Belo de Nascimento?!".

Entre os preparativos para a partida e o tempo de jogo propriamente dito, passaram-se quase quatro horas. A batalha parecia uma reedição da grande final.

O clã dos Master Warriors era composto por jogadores de vários times. Então, qual seria o povo que eles representariam? Essa foi uma das questões levantadas pelo grupo no seu primeiro encontro. A regra definida por Shaw, privilegiando sempre os vencedores, já previa a solução para essa questão. Nada mais justo do que adotar o povo vencedor sendo representado pelo time oficial.

* * *

– É, Ryan, parece que você perdeu novamente! – enquanto retiravam os equipamentos, Kaleo aproveitava para tirar um sarro do amigo adversário.

– Calma, Kaleo, esse foi só nosso primeiro jogo. Estamos nos conhecendo e melhorando nossa estratégia.

– Discurso de perdedor! – emendou Bruce.

– Engraçado... – Dylan respondeu de forma ríspida, antes que Ryan pudesse pensar em alguma resposta – Pensei que quem fizesse parte do time dos campeões fôssemos nós, Ryan.

– Meninos, parabéns pela batalha. Mas, defendendo o time dos Masters, eles ainda estão se entrosando e aprimorando a estratégia de luta – Amanda Hill buscou não deixar que seus protegidos fossem muito desqualificados ou que uma guerra de egos se iniciasse.

– Vamos marcar uma revanche para daqui a uns três meses. Prometo derrubar cada um de vocês SO-ZI-NHA!!! – Apontando o dedo para o rosto dos adversários, em tom de brincadeira, Lara, diferentemente dos demais colegas perdedores, mantinha seu bom astral.

– Quero ver o que vão dizer para o sr. Shaw quando ele descobrir que o precioso time dele perdeu a primeira batalha – Kaleo não desistia, encarando a menina como uma adversária a ser abatida.

– Ei, a batalha já acabou. Vamos, o hambúrguer é por minha conta – Brian percebeu que o rumo da conversa não estava muito adequado.

– Agora você falou a minha língua – Jason, colocando a mochila nas costas, se levantou, puxando a fila.

O ambiente na lanchonete dos funcionários do Ancient Hall já estava mais tranquilo. O lugar decorado em estilo moderno se parecia com uma hamburgueria comercial, o que fez com que a garotada se sentisse em casa.

Propositalmente, Brian e Amanda mesclaram os jogadores dos dois times, buscando melhorar a interação. Para forçar essa mistura, deixaram sobre cada lugar um boné personalizado do Primordial Power, com o nome bordado do jogador. Ryan, Axl e Lara dividiram a mesma mesa com Janardan, mas o descendente de indianos não conseguia se conter e circulava entre todos.

– Então, Axl, fiquei sabendo que você andou viajando com o Kaleo e a mãe dele – inocentemente, Ryan consultou o amigo, enquanto banhava seu hambúrguer com grandes doses de ketchup.

– É... Isso – Axl estava desconfortável. Altamente intimidado pela presença de Lara, o assunto não vinha em boa hora.

– E para onde vocês foram? Se é que posso saber – o olhar penetrante da garota e o sorriso encantador desarmaram no mesmo momento todas as suas defesas.

– Então... Fomos visitar algumas tribos indígenas.

– Índios! Tá bom! – o assunto não parecia nada interessante, e Ryan poderia parar por ali mesmo.

– Legal! Mas o que exatamente se pode fazer numa tribo? – deixando o hambúrguer de lado, Lara parecia realmente interessada.

A menina era muito amigável e Axl se sentia a cada minuto mais tranquilo ao seu lado. Enquanto isso, Kaleo e Janardan davam um show de piadas e brincadeiras, envolvendo a todos que estavam no local. Nem mesmo o pessoal da equipe de serviço conseguia escapar.

Vendo que o amigo estava totalmente alheio e mergulhado na conversa com Lara, resolveu se juntar a eles. Como o som da lanchonete estava um pouquinho mais elevado, conseguiu captar o que conversavam apenas quando se aproximou bem do grupo, chegando a tempo de ouvir uma expressão pela metade: "... imal de Poder".

Nem bem Axl terminou a frase e Kaleo o interrompeu, com o semblante mais sério que o usual.

– Cara, preciso de uma ajuda lá no vestiário. Acho que perdi meu fone de ouvido. Vem, me ajuda! – a pressão exercida por sua mão, no ombro de Axl, demonstrava claramente que o tal fone perdido era apenas uma deixa.

– Ei, pega leve! – reclamou Axl, tirando a mão do amigo de seu ombro.

– Beleza! Vem, preciso da tua ajuda.

Muito a contragosto, Axl se desculpou com Lara e seguiu o amigo rumo aos vestiários. Em verdade, nem conseguiu falar nada. Apenas um gesto com os ombros levantados e as mãos espalmadas para o céu.

– Ei, Kaleo, que negócio foi aquele? Você quase esmagou meu ombro – Axl nem aguardou chegarem ao vestiário.

– Que negócio foi aquele, digo eu! – realmente nervoso, Kaleo parou o amigo e o encostou contra a parede. – Posso não ter tido todas as suas experiências e orientações daqueles velhos índios, mas sei bem que não é nada seguro você sair por aí falando de Animais de Poder para qualquer um que encontra no caminho. Principalmente pra ela, que é a queridinha do Shaw.

– Tudo isso é por causa da Lara? Só porque você não gosta dela, não tem o direito de decidir como ela deve ser tratada.

– E só porque você tá caidinho por ela, não tem o direito de falar o que não deve.

Os dois se entreolharam por alguns segundos em silêncio. Ao fundo, podia se ouvir o som da música que animava a lanchonete.

– Acho que não preciso dizer que estamos mexendo com alguém extremamente perigoso. Sei que é duro ouvir isso, mas você já perdeu sua mãe para ele. Eu não tô a fim de perder a minha.

Os olhos arregalados de Kaleo e sua voz nitidamente alterada fizeram com que Axl caísse em si. Quando percebeu, estava sozinho no corredor. Kaleo era só um vulto entrando novamente na lanchonete, fracamente iluminado pelas poucas luminárias que mantinham aquele corredor livre da escuridão.

Capítulo 50

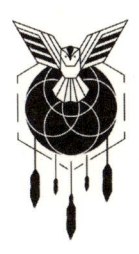

Kaleo já estava arrependido. Durante a semana que antecedeu a viagem à Reserva Cherokee, ele sistematicamente reclamou com Kay sobre o voo que os levaria à Carolina do Norte. Sabendo do incômodo que o garoto sentia, Dan propôs que fossem de carro. Tendo como referência os outros locais visitados, aquele seria o único que permitiria uma viagem desse tipo.

O gosto por esportivos de Dan fez com que ele investisse boa parte de suas economias em um carro que reunisse o conforto de um utilitário e a esportividade de um cupê. Mesmo com a tranquilidade que o veículo proporcionava, Kaleo não conseguia relaxar. Estavam ainda na metade do caminho e as seis horas restantes certamente pareceriam sem fim.

Considerando o tempo a ser despendido no trajeto de ida e volta, o restante disponível seria bastante escasso. Decidiram, então, pegar a estrada assim que os meninos terminassem as aulas daquela sexta-feira.

Faltavam menos de 30 minutos, previa o GPS, e a chuva agora contribuía para deixar a viagem um pouco mais tensa. Os garotos dormiam, largados no banco traseiro, enquanto Kay tentava fazer com que Dan entendesse um pouco mais sobre o assunto que os envolvia. A tarefa não seria tão fácil, ele alertava. Sophie tentara algumas vezes, em vão, e havia desistido.

Passava da meia-noite quando terminaram o *check-in*. Agora era só descansar para não perder a hora marcada com os cherokees.

– Boa noite, Dan. Boa noite, Axl.

– Ah, até amanhã, Kay! Tchau, Kaleo!

Realmente exausto, Axl se lembrava no dia seguinte apenas de relances das tarefas de tomar um rápido banho, escovar os dentes, vestir o pijama e de ter desabado na cama. A última imagem gravada em sua retina foi a do filtro dos sonhos pendurado à janela do quarto do hotel.

* * *

Era manhã de sábado. O dia começava chuvoso. Enquanto comia seu *waffle*, Kaleo, disperso em seus pensamentos, focado nas gotas que escorriam pela janela do restaurante, buscava projetar como seria a aventura daquele dia.

– Axl, tô achando que vou ficar por aqui mesmo. Enquanto vocês vão encontrar os cherokees, eu cuido do quarto e aproveito para interagir um pouco naquela comunidade do Primordial Power. Sabe como é... Preciso afinar meus recursos estratégicos.

–Tá como medo da chuva, é?

Axl havia levado na brincadeira, mas o olhar de censura de Kay não deixava dúvidas quanto ao desagrado em ouvir tanta reclamação.

Café da manhã resolvido, mochilas equipadas com roupa reserva. Agora era só esperar. Kay havia combinado a visita com um rapaz chamado Jake. Ele passaria no hotel para buscá-los. Em menos de dez minutos após terem entrado no carro de Jake, já estavam em uma estrada de terra, em direção ao coração do parque cherokee. A proximidade se dava ao fato de o hotel estar em terras indígenas e ser de propriedade daquele povo.

"Ainda bem que esse cara veio nos buscar. Acho que meu carro ia ficar detonado!" – foi o primeiro pensamento que veio à mente de Dan, que ocupava o lugar do copiloto, assim que entraram na trilha. De fato, apenas o 4X4 em que enfrentavam o lamaçal que os rodeava conseguia dar conta do recado. A chuva ganhava intensidade e, mesmo protegidos pelas copas das altas árvores que cercavam a trilha, mostrava a força que possui esse poderoso elemento da Natureza.

"Eu deveria ter ficado no hotel!" – guardando esse sentimento apenas para si, por temer a bronca que partiria de sua mãe caso ousasse reclamar de novo, Kaleo mantinha seus olhos fechados. O sacolejo da pick-up a cada lombada ou buraco vencido o arremessava para um lado diferente. O *waffle* nadando no grande volume de suco de laranja que consumiu no café o lembrava de que ser guloso não fazia bem.

Axl, por outro lado, estava à vontade. A integração com a natureza estava se tornando um hábito, e o sentimento de gratidão por estar naquele local suplantava qualquer desconforto. As fortes conexões proporcionadas nas vivências junto aos povos nativos, aliada à prática diária de acesso ao seu Espaço Sagrado onde fortalecia os laços com seu Animal Totem, permitia que ele começasse a sentir a energia do Povo em Pé o envolvendo.

Jake não passava de 19 anos. Apesar de fisicamente ter todos os traços dos povos indígenas, com destaque para a pele levemente morena e cabelos longos e negros, seu visual moderno o igualava a qualquer garoto americano das grandes cidades. Sua paixão pelo futebol americano, retratada na camiseta bordô com o tradicional escudo dos Red Skins estampado no peito, criou um vínculo imediato com Dan.

– Chegamos!... Quer dizer, estamos próximos – em seu íntimo, Jake sabia que seus convidados não estavam muito acostumados a se embrenhar na floresta. A lama e caminhos escorregadios apenas piorariam as coisas.

Kaleo não sabia se eram as péssimas condições do caminho que faziam com que andassem em baixíssima velocidade, ou se o destino não era tão próximo assim. O fato de terem abandonado o balanço do trecho anterior o deixava mais tranquilo. Ele até que curtia a sensação de ser alvejado por centenas de pingos de chuva que escorriam por seu rosto, fazendo com que a simples tarefa de manter os olhos abertos fosse um desafio.

– Agora sim, chegamos! – anunciava um Jake sorridente.

– Aqui? – Kaleo parecia não ter notado nada de especial naquele local. Na verdade, esperava encontrar um rio ou lago, seguindo os outros contatos que Kay e Axl tiveram nas outras tribos.

– Aqui mesmo, Kaleo. Este é um local sagrado para o nosso povo. Você ainda não percebeu, mas há uma caverna logo ali.

– Da próxima vez, guarde seus pensamentos só para você – bem próximo ao ouvido do amigo, Axl aproveitou para dar uma espetada.

Protegida por um biombo natural feito de rocha, a entrada da caverna tinha o formato de uma ogiva. De tão perfeita simetria, poderia se dizer que fora esculpida para ser a porta de acesso a uma igreja gótica. Com seus 20 e poucos metros, segundo estimativas que Dan fizera enquanto, boquiaberto, apreciava todos os detalhes da estrutura que o envolvia, dava acesso a um grande salão.

Deslumbrados, desciam cuidadosamente pela rocha que levava à parte plana daquele espaço e centravam sua atenção nas três mulheres que circundavam a fogueira acessa no ponto central do ambiente.

As chamas pareciam dançar ao som dos tambores sincronizados, assim como faziam suas anfitriãs. Alheias à sua presença ou totalmente imersas no que parecia um ritual, continuaram sua coreografia até que seus convidados estivessem bastante próximos.

Kaylane, impressionada com o balé das sombras femininas reproduzidas nas paredes da caverna, reparou que o ambiente era ricamente adornado por pinturas rupestres. A sensação de pertencimento àquela realidade era traduzida na quase incontida vontade de juntar-se ao trio.

O último toque de tambor ainda reverberava no coração da caverna, que parecida descer até o centro da Terra, quando Lua Negra, a mais velha das três, se dirigiu ao grupo.

– Olá. Sejam bem-vindos à nossa terra sagrada. Espero que tenham gostado de nossa dança. Dançar nos conecta com o Grande Espírito.

– Essa é Lua Negra. A líder curadora de nosso povo – Jake se posicionava lado a lado com as mulheres enquanto fazia a introdução.

– Axl, esperamos muito por este momento. Meu coração está realmente feliz por esta hora ter chegado – Lua Negra se dirigiu à frente do garoto.

– Gratidão, senhora. Gratidão por permitir que eu aprenda e compartilhe as tradições de seu povo – as palavras maduras de Axl encheram Dan de orgulho.

– Antes de começarmos, sugiro que troquem suas roupas. Kaylane, ela vai te mostrar aonde ir. Os meninos vão assim que você retornar.

Os breves momentos que tiveram foram suficientes para que Jake, Kaleo e Axl trocassem algumas experiências, mesmo que superficialmente. Jake ficou fascinado pelo que ouvira do empolgado Kaleo sobre o Primordial Power. O interesse foi tanto que combinaram, como todos os adolescentes fazem sem se importar com as dificuldades ou implicações, de Jake visitá-los em Nova York para algumas partidas.

Capítulo 51

Ao redor da fogueira, após algumas belas palavras de Lua Negra, todos estavam prontos para iniciar a jornada. Dan demonstrava sua ansiedade roendo as unhas. Para ele tudo aquilo era muito novo.

Com o olhar fixo na fogueira, parecia hipnotizado pela dança das labaredas e o crepitar da lenha em brasa. Foi tomado, de repente, por uma forte sensação de culpa. Podia sentir o coração retumbar em sua caixa torácica e gerar uma pressão tão grande que dava a sensação de sufocamento. Aquele ambiente, as palavras de Lua Negra, o trabalho que o filho se propunha a fazer... Tudo aquilo o levava à memória de Sophie. Ela, certamente, havia experienciado situações como aquela, na qual tudo o que importava era a integração com o que ela chamava de "Algo Maior". Ele, por sua vez, havia deixado passar todas as possibilidades de dividir esses momentos com ela. "Será que as coisas teriam sido diferentes se eu estivesse com ela enfrentando Fidellius Shaw?"

Como mecanismo de defesa, Green resignou-se à sua perda e resolveu seguir em frente. Não deixaria passar novamente a chance de fazer a diferença e estava decidido a apoiar o filho. Uma lágrima delicadamente escorria, solitária, circundando a anatomia de sua bochecha, em direção ao queixo.

– Meninos, tendo em vista a situação especial em que nos encontramos, esta jornada será diferente do modo tradicional – o tom de voz sério e mais elevado de Lua Negra tirara Dan de seu mundo introspectivo. – Como vocês podem imaginar, o primeiro encontro com seus Animais de Poder é marcado por momentos especiais e muito particulares. Eles costumam acontecer em lugares acessados por portais especiais, dentro de seu Espaço Sagrado.

Kaleo começava a gostar daquilo tudo. Como tinha acessado algumas vezes seu Espaço Sagrado, projetava mentalmente como seria tal encontro. Como havia dito Cavalo Prateado, o mundo da espiritualidade prepara várias iscas e, uma hora ou outra, você acaba fisgado.

– Com você será diferente, Axl – continuou a xamã cherokee. – Primeiro, você terá de encontrar seus Animais Aliados de Poder no Mundo Inferior. Vamos deixá-los sair da proteção do nosso Espaço Sagrado, onde eles estão escondidos, para que se preparem para esse encontro.

– Mas eles não podem acessar meu Espaço?

– Normalmente poderiam. Mas presumo que, da mesma maneira que Shaw não conseguiu te seguir quando você encontrou seu Animal Totem, eles também não conseguirão passar pelo portal sem sua companhia.

– Como você sabe o que aconteceu? – perguntou o curioso Kaleo.

– Nada místico, meu rapaz. Essa mágica se chama telefone! – sorriu a curadora. – Falei com Cavalo Prateado há alguns dias e ele me explicou como foi sua experiência com ele.

– Ah... – meio sem graça, Kaleo preferiu silenciar.

– A segunda diferença é que haverá certa tensão na sua jornada. Em algumas viagens que fiz ao Mundo Inferior na última semana, encontrei guerreiros do sr. Shaw se esgueirando nas sombras à sua procura. Ele sabe que nosso contra-ataque começou. Temos de tomar muito cuidado e retornar ao seu Espaço Sagrado o mais rápido possível.

– Mas isso é perigoso? – Dan demonstrava a preocupação de pai.

– Não posso mentir, senhor. Se Axl for capturado no Mundo Inferior, sua alma ficará presa. Para nós, ele estará em estado de coma.

– Vou te ajudar, Axl – Jake quebrou o silêncio. – Eu estarei com você na jornada. Juntos podemos dar conta do recado.

– Eu também vou – gritou Kaleo, empolgado.

– Não vou deixar meu filho sozinho! Vou também – meio sem saber como ou para onde, Dan ficou em pé, disposto a partir naquele exato momento.

– Calma, meus amigos – a serenidade na voz de Lua Negra reduziu a ansiedade do grupo. – Não é bem assim que funciona. Em geral, quando acessamos o Mundo Inferior, cada um é direcionado a um local diferente. É um mundo com diversas realidades, frequências e dimensões. O tempo não é linear, como estamos acostumados nesta nossa vivência junto à Mãe Terra.

– E de que adianta irmos em ajuda ao Axl? – Kaylane, até então apenas uma boa ouvinte, questionou.

– Enquanto eu estiver conduzindo a jornada, vou fazer um trabalho para que Jake e Axl sejam enviados para o mesmo... lugar, digamos assim. Não consigo direcionar todos vocês, apenas mais um além de Jake.

– Então eu vou! – Dan e Kaleo gritaram a uma só voz.

– Sr. Green, entendo sua preocupação – Lua Negra sorria –, mas temo que nesse caso o senhor não conseguirá ajudar. Jake precisa acompanhar o seu filho. Ele é bastante experiente e está evoluindo em seus estudos para ser o curador de nossa tribo. Acredito que Kaleo tem hoje mais condições de acompanhá-los.

– Por quê? – havia indignação na voz de Dan.

– Até onde sei, esse é seu primeiro... digamos... contato com o Caminho Vermelho. Não que isso seja um demérito, mas precisamos avançar um pouco mais rápido e sua jornada exigiria alguns passos que ainda não foram dados.

– *Yes!* – Kaleo estava radiante.

– Antes que me pergunte, Lua Negra, sim, eu autorizo Kaleo a seguir esse caminho. Confio na força do Grande Espírito e em seu trabalho.

– Muito bom! Façamos da seguinte forma. Jake, Axl e Kaleo, vocês vão se deitar sobre aquelas esteiras, um ao lado do outro. Deixem seus ombros se tocarem. Axl, você ficará no meio dos dois. Eles te seguirão.

– E quanto a nós?

– Você e Kaylane fiquem onde estão. Apenas concentrem-se e tentem direcionar bons pensamentos aos meninos.

Capítulo 52

O som do tambor de Lua Negra parecia vir do fundo da terra. Suas notas se harmonizavam com o estalar da fogueira e da forte chuva que banhava a Reserva Cherokee. Diferentemente do tambor utilizado por Flecha Lançada, o da xamã era fechado em ambos os lados. As peles eram unidas por uma corda também de couro, que circundava a estrutura de madeira. No topo, uma alça do mesmo material permitia que o instrumento fosse segurado.

De olhos fechados, assim como todos os que não participariam da jornada, a anciã iniciou a condução.

– Dirijam-se agora ao seu Espaço Sagrado. Harmonizem-se com a energia que esse local tem a oferecer. Axl, invoque agora seu Animal Totem. Ele deve acompanhar toda a sua jornada, provendo proteção, orientação, intuição…

Axl estava sobre o platô à frente do lago. O dia era belo, quente, o Sol radiante nascendo sobre as montanhas… Ali estava ela. Atendendo ao seu chamado, a bela coruja planava sobre a superfície das águas calmas, vindo em sua direção.

– No Espaço Sagrado podemos tudo. É um local de meditação, evolução espiritual e também um lugar para nos prepararmos para nossas batalhas como curadores ou guerreiros. Na jornada em que estamos, podemos precisar lutar. Assim sendo, vocês devem estar preparados, e tudo de que necessitarem está aí à sua disposição.

O tambor continuava em um incessante ritmo. Kaleo estava em seu Espaço Sagrado – uma praia havaiana protegida por escarpas e por duas grandes rochas que, quase se tocando, eram o portal de acesso ao grande oceano. Sim, era a mesma praia que o encantava a cada vez que visitava suas origens.

Nas primeiras vezes, ele bem que tentou escolher outro espaço, por achar que conscientemente estava direcionando sua experiência. Outras praias, montanhas e matas. Iniciava sua meditação nesses lugares, mas, invariavelmente, retornava de forma involuntária ao mesmo local assim que abria seus olhos. Enfim, chegou à conclusão de que ele não havia escolhido o lugar, mas o lugar o havia escolhido.

Por um breve instante fechou seus olhos e mentalmente pediu que estivesse preparado para a tal batalha. Respirou fundo... Sentia-se forte, revigorado, como se uma energia extra tivesse sido a ele adicionada.

Ali em seu Espaço Sagrado, aquele sentimento de empoderamento também havia sido refletido no seu físico. Essa mudança, como perceberia mais tarde, o acompanharia durante todas as suas Jornadas Xamânicas. Concentrado, teve a sensação de que sua massa muscular ganhava novas proporções. Seu peito lentamente se estufava, seus braços agora arqueados não mais podiam tocar o tórax, seus órgãos internos pareciam ser comprimidos por um cinturão... Kaleo agora era forte fisicamente. Braços, pernas e abdômen recheados de músculos tonificados e em boa parte recobertos por tatuagens com motivos tribais. Se não tivesse vivenciado aquele processo, imaginaria que seu espírito havia simplesmente adotado outro corpo para habitar.

A mudança também veio na vestimenta. Nada além de uma sunga e algo que lembrava uma saia produzida de palha, adornada na cintura por uma faixa colorida em preto e vermelho. Em suas mãos, dois presentes: uma lança que aparentava ter uma vez e meia a sua altura e um escudo comprido em formato de olho.

Axl também estava surpreso com o que havia ganhado. Olhando seu reflexo nas águas do lago, via um jovem índio tendo o rosto pintado com tinta vermelha, esguio, com seus cabelos longos chegando até a altura do peito. Vestia calça em couro marrom e, na altura da cintura, um babado em couro mais avermelhado, onde estava preso o bastão de cristal que encontrou na experiência anterior. O *look* era complementado por mocassins, um colar produzido de ossos e dentes de animais, além dos principais elementos necessários ao próximo passo da jornada: um pequeno escudo circular e um arco.

"Onde estão as flechas?", pensou enquanto procurava ao seu redor o complemento para aquilo se tornar efetivamente uma arma.

Seguindo seu instinto, após ser provocado pelo chirriar da coruja que aguardava atenta sobre uma pedra ao seu lado, simulou a preparação da arma. Para seu total espanto, uma flecha de energia esverdeada se materializava assim que o cabo era tensionado.

Assustado com o barulho provocado pela coruja que acabara de sair em voo, viu seu Animal Totem se distanciar em direção ao centro do lago, segurando uma pedra em formato de disco. A ave fez uma curva, tendo agora sua trajetória em direção ao platô. Um novo piado estridente, tão alto que ecoou em todo o vale, era a deixa para que Axl se preparasse. Assim que soltou a pedra, fez um brusco desvio para que saísse da linha de tiro e, professoral, viu Axl acertar o objeto com um tiro certeiro.

– Nooossa! – Axl se espantou com a habilidade recém-adquirida.

– Sigamos em frente, nossa jornada vai começar – Lua Negra retomou a condução.

Capítulo 53

Aquela era a primeira vez que Kaleo acessava o Mundo Inferior. Mesmo sendo adepto de aventuras, o tobogã natural pelo qual acabara de escorregar frustrou totalmente suas expectativas. Havia tomado como referência a experiência relatada por Axl e esperava um caminho mais amistoso ou, ao menos, com alguma iluminação. O breu total o acompanhou durante todo o percurso e, para seu desgosto, também se fazia presente no espaço em que fora arremessado. Totalmente desorientado, tateou ao seu redor, em busca de ao menos um elemento que pudesse sustentá-lo em alguma realidade conhecida.

– Axl! Axl, onde está você? – o silêncio foi sua única resposta. – Axl!!! – gritou, quase em desespero.

Insistentes raios do luar desafiavam a cortina de sombras que criava aquele céu opressor, permitindo que seus olhos vislumbrassem os vultos ao seu redor. Tudo era cinza. E negro. O manto formado pela copa das imensas árvores que o cercavam era como o guardião da escuridão, que pouco a pouco invadia sua alma.

– Axl!!! Onde você está? – segurava firme seu escudo e lança.

– Kaleo, estou aqui! Onde está você?

– Cara, por que demorou? – a resposta demonstrou seu total alívio. Estar naquele local sozinho parecia um pesadelo sem saída.

– Acabei de chegar. Como você veio tão rápido? – o garoto parecia espantado.

– Deixa pra lá. Depois falamos sobre isso.

– No lugar onde saí havia apenas um pequeno espaço seco. Não imaginava o que fazer até ouvir o seu chamado no meio dessa lama toda… Sinceramente, não sei se viria para cá se estivesse sozinho.

– E eu, que nem escolha tive! – apesar de não ser possível pela falta de luz, tentou mostrar sua condição nada higiênica. – E onde está o Jake?

O piado da coruja de Axl chamou atenção dos garotos, que se entreolharam na penumbra e resolveram seguir em frente sem o auxílio de quem deveria estar ali para orientá-los.

Passos lentos e cautelosos. A cada avanço, seus pés descalços enfrentavam a resistência do lodo que lhe chegava à altura do joelho. O material gosmento e gelado escondia surpresas que pouco a pouco seriam reveladas àqueles seres nada adaptados ao meio para o qual haviam sido transportados.

Completo silêncio. Aquele campo estéril não permitia que a vida se manifestasse em luz, movimento, cores e nem mesmo sons. Continuaram seguindo os fachos pálidos, agora refletidos em alguma superfície poucos metros à sua frente.

Os troncos esguios tornavam o caminho cada vez mais tortuoso. Cipós espinhosos pendiam displicentes e a cada passo mais densos. Para salvaguardar seus rostos, caminhavam curvados, sendo obrigados a uma reverência involuntária aos espíritos daquele local. Notas marcantes do odor de vida em decomposição se tornavam mais vívidas, conferindo ardência à atmosfera duramente respirada.

Seus olhos lhes foram gradualmente tomados pela névoa que invadiu o Cosmo em que se encontravam. Voltaram a tatear e, de repente... liberdade. A lama resistente dava lugar a um novo fluido que permitia mais liberdade aos movimentos. A água agora abraçava seus corpos. Fria, monótona... Um passo em falso fez Axl mergulhar. Uma armadilha natural feita por pedras em uma depressão o levou ao fundo, onde a escuridão era absoluta. O desespero pela morte se aproximando o fez ingerir boa quantidade daquele caldo gélido, fétido e azedo, além de objetos gosmentos que pareciam agora nadar em seu estômago. Como se lhe tivesse sido permitido sobreviver, sua perna foi liberta assim que Kaleo encontrou seu braço, que se agitava desesperadamente, e a superfície novamente lhe foi apresentada.

Algo parecia estar diferente. A névoa se dissipando e o rangido das árvores se curvando ao vento lhes concediam a permissão para os sentidos que até há pouco a eles eram privados. Eles faziam agora parte da Lua refletida, deixando, sem perceber, um rastro de ondulações e sangue atrás de si. A coruja havia desaparecido e os aventureiros, incansáveis, seguiam em frente.

Pontos brilhantes em uma clareira ao longe reluziam e, como estrelas, pareciam piscar, despertando sua atenção. Estavam cada vez mais próximos. As estrelas vinham ao seu encontro, a intensidade do brilho aumentando. O ruído era agora ensurdecedor. A água, até então parada, fluía por sua pele. As estrelas se transformaram em olhos precedidos por uma grande mandíbula que emanava o cheiro da morte. Um clarão... E o silêncio voltou a reinar.

Capítulo 54

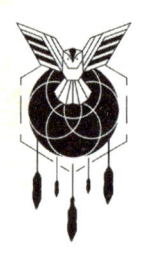

Kaleo e Axl, ainda gritando, não viram o crocodilo sendo desintegrado por uma machadinha, que cortara a escuridão antes de tocar lateralmente a cabeça do animal. Seus braços cruzados em frente ao rosto, buscando proteção contra a fera que facilmente passava de cinco metros, não passavam refúgio psicológico e, nem de longe, fizeram com que o ataque em curso fosse repelido.

– Vocês estão loucos! – gritou Jake, enquanto se aproximava com dificuldade em meio ao lamaçal. – Acharam que esse bicho desapareceria com esses gritos de bebês chorões? – a bronca continuava, enquanto recolhia a arma que há pouco abatera o enorme réptil.

– Ah… Jake?! – Kaleo era constrangimento puro.

– Vocês acham que essas armas que receberam servem pra quê?

– Ei, cara, foi mal! Eu e o Axl não temos noção do que tá acontecendo.

– Não sei se perceberam, mas isso aqui não é o tal joguinho virtual de vocês! – apesar da pouca idade, Jake reagiu como um verdadeiro líder. – Vamos! Esse foi o menor dos perigos que vocês podem encontrar por aqui. Para aquele lado tem terra firme.

Axl ainda tinha a perna sangrando quando saíram do pântano. Ao vê-lo daquele jeito, andando com um pouco de dificuldade, Jake resolveu fazer uma parada para exercitar seu lado curador.

– Vamos parar um pouco por aqui. Acho que estamos seguros… O que você fez na perna?

– Enrosquei numa pedra no meio do pântano. Se não fosse pelo Kaleo, acho que tinha me afogado.

– É, sua jornada não era para ser assim. Em geral, encontramos esse tipo de lugar quando estamos fazendo algum Resgate de Alma.

Capítulo 54

– Bom saber! – Kaleo voltava a se expressar mais naturalmente.

Ajoelhado em frente a Axl, que descansava sentado em uma rocha, Jake tirou algumas ervas de seu *Medicine Bag* e aplicou sobre o ferimento. Com a mão direita fez alguns gestos que, aparentemente, tinham alguma lógica.

– Uau!!! – a breve interjeição tinha um significado complexo. – Obrigado! Como você fez isso? – incrédulo, passava as mãos na perna totalmente curada.

– Medicina avançada... milenar! – sorriu maroto o nativo.

– Jake, onde você estava? Como nos achou?

– Vamos, falamos no caminho. Temos muito pela frente... Axl, onde está seu Animal Totem?

– Não faço ideia. Nós a vimos pela última vez quando entramos naquele lamaçal. Depois de alguns metros ela desapareceu.

– Estranho!

– É – concordou Kaleo, enquanto golpeava o ar com a ponta afiada de sua lança.

– Eu só achei vocês porque ouvi um piado alto de sua coruja. Pensei que ela me guiaria por mais tempo, mas ela silenciou.

Axl entendia agora algo que o incomodava. A não presença de seu Animal Totem ou o sentimento de que algo estava errado com ela deixava seu coração inquieto. Preferiu continuar sua caminhada e não comentar nada com seus amigos.

A atmosfera aos poucos foi mudando. Venceram morros íngremes com sua vegetação rala e rasteira. Enfrentaram arbustos que perfumavam o ambiente com suas flores coloridas, mas que feriam traiçoeiramente com seus espinhos meticulosamente camuflados. Cruzaram um bosque com suas árvores robustas, capazes de ocultar a luz do Sol que vencia mais uma vez a eterna batalha contra a escuridão.

– Axl, acho que nos separamos aqui! Veja quem te espera ali na frente.

Seu coração estava aliviado. Imponente, pousada sobre o galho de um velho Salgueiro, a coruja o aguardava junto ao que parecia ser uma trilha.

– Te esperamos aqui. Parece que sua jornada inclui subir essa montanha – Jake puxou Kaleo até o chão, enquanto se sentava na relva em que se encontravam.

Axl já ia em direção à coruja quando Jake anunciou que estava por sua própria conta. Virou para os amigos, um breve aceno... Seu rosto transparecia tranquilidade. O leve sorriso estampado demonstrava que o episódio no pântano havia se esvaecido como um sonho ruim.

– Não sei se essa mensagem veio de você, mas entendi que você também fica por aqui – Axl conversou com a coruja, explicando o que acabara de intuir.

Seguiu em frente, sozinho, carregando seu arco, escudo e coragem revigorada. Aquele sim se parecia com os locais com que estava acostumado, tanto no Mundo Inferior quanto em seu Espaço Sagrado. A trilha de subida ao topo da montanha era bastante tranquila. Pouco inclinada e repleta de árvores, tinha o aspecto de uma floresta tropical. Ali a Natureza se expressava por meio de diversos matizes.

Havia chegado a uma clareira e pôde avistar o topo da montanha. Estimou estar no meio do caminho. Seguiu em frente, tranquilo e sereno. Além do aroma que perfumava sua viagem, sentia uma brisa tocando seu corpo. Percebeu que a intensidade daquele fluxo de ar aumentava à medida que ascendia para o cume. Mas isso não o incomodava. Sentia-se relaxado e mais leve, como se a força do vento estivesse limpando sua alma, purificando suas energias e eliminando quaisquer pensamentos limitantes.

O topo estava próximo e um descampado se descortinava à sua frente. A paisagem continuava bela, agora adornada por um tapete verde salpicado por flores amarelas de diferentes tons. Axl andava com dificuldade, resistindo à força do vento que tentava fazê-lo retroceder. Mesmo com os olhos semicerrados, era possível apreciar a paisagem que o cercava e se encantar com o que via. O som do tambor persistente, presente em algum canto de sua mente, impulsionava-o em direção a uma pedra sob uma árvore, que parecia ser o destino dessa sua pequena jornada.

Já estava ali há alguns minutos, sentado sobre o bloco mineral com seus olhos fechados e braços abertos, resistindo à pressão do poderoso sopro da natureza. Mesmo depois de toda a caminhada, sentia-se mais disposto, como se a força da montanha alimentasse suas energias.

"Peço que meu Animal de Sabedoria se apresente a mim!", mentalizou, assim como instruído por Lua Negra antes de iniciarem seus trabalhos.

Como num roteiro preestabelecido, o vento forte retomou a forma de brisa suave, até tornar-se calmaria. Abriu seus olhos lentamente.

Um par de olhos negros o encarava, precedido por um focinho a um palmo de distância de seu rosto. Os pelos e crina de um belo cavalo marrom-escuro brilhavam sob o Sol radiante. O garoto sentia seu coração acelerado, sem saber ao certo se era pela surpresa ou pela emoção que agora banhava sua alma.

Após momentos de uma conversa pelo olhar, o animal deu alguns passos para trás e, em reverência, dobrou uma de suas patas dianteiras para curvar sua cabeça ao garoto. Uma lágrima correu pela face de Axl, chegando vermelha ao solo após carregar a pigmentação da tinta que adornava seu rosto. Depois de abraçar e acariciar o animal, resolveu entender melhor o local onde estava e se dirigiu alguns metros à frente.

A vista era deslumbrante. A seus pés, um abismo de uns 400 metros mergulhava em direção ao que outros já devem ter descrito como o paraíso. Uma mata formada por árvores floridas, além de cachoeiras que criavam lagos que se conectavam e levavam a vida a outros cantos impossíveis de se imaginar. A fauna também parecia rica, representada por aves em azul, rosa, branco...

Trazendo Axl à lucidez, o cavalo tocou seu ombro com o focinho, parecendo avisá-lo que não havia mais tempo para contemplação. Lembrando-se das orientações da anciã que continuava a tocar seu tambor, montou seu novo aliado e seguiu rapidamente em direção ao local em que os amigos o aguardavam.

* * *

– Legal! Quero um desse para mim também – gritou Kaleo enquanto Axl se aproximava, caminhando com o animal atrás de si.

– Logo mais, Kaleo! Assim que acabarmos com Fidellius, todos terão seus animais de volta.

– É uma honra ter dividido com você esse momento de encontro, Axl – emocionado, Jake acariciava o pescoço do cavalo, uma de suas paixões. – Vamos, temos de sair daqui o mais rápido que pudermos.

Capítulo 55

Os três caminhavam sorridentes por um vale, seguidos pelo novo animal do clã de Axl. A distância se podia ver uma grande cadeia montanhosa com seus cumes em rocha nua salpicada de neve.

– Já tive essa sensação! – Axl quebrou o silêncio. – Quando subi a montanha, esse mesmo vento que aumenta a cada passo também me acompanhava.

A vegetação que os cercava era formada por uma espécie de capim com quase meio metro de altura que, agora, se dobrava sob a brisa que parecia querer impedi-los de continuar. O céu perdia a profundidade. Nuvens negras e cinza-escuras desafiavam as leis da Natureza, vindas de diversas direções, apesar da vontade do vento, e se concentrando sobre o vale.

Tão desconfiada quanto Jake, a coruja se afastou do grupo e alçou um voo alto em direção ao rumo que seguiam. O guinchar do cavalo, emitido pela terceira vez, fez com que estancassem o passo e se entreolhassem.

– Temos de sair daqui o mais rápido que pudermos – alertou Jake enquanto sacava sua machadinha. – Só parem quando encontrarem o acesso ao seu Espaço Sagrado.

– O que é que tá acontecendo? – o escudo empunhado dava uma sensação de extrema proteção a Kaleo.

O rasante com um piado estridente emitido pelo Totem de Axl colocou a todos em estado de alerta máximo. A situação estava cada vez mais tensa.

– Sigam o Sol se pondo! Não parem! – Jake demonstrava na prática a responsabilidade assumida em conduzir o grupo.

O Sol parecia se esconder sob as copas densas das árvores que formavam a floresta que se punha no caminho dos meninos. Trovões e relâmpagos enfeitavam a cena fúnebre que começava a ser pintada sobre um quadro até então imerso em beleza.

Um vulto grande vinha em sua direção, aumentando seu tamanho a passos rápidos. Kaleo sentia o suor gelado banhar seu rosto enquanto corria. Seu coração era impossível de ser acompanhado em velocidade, até mesmo pelas experientes mãos de Lua Negra que, com seu tambor, sustentava energeticamente o embate prestes a se iniciar.

Uma fera com mais de dois metros e meio se materializava à frente dos guerreiros, que sabiam que não poderiam recuar. Seu urro se espalhou por todo o vale. O medo vinha carregado nas ondas sonoras que ressoavam em seus peitos agora ofegantes. A ferocidade com que o urso-negro exibia seus dentes e a forma com que se impunha em pé, em posição de ataque, dirimiam qualquer dúvida quanto ao perigo que se propuseram a enfrentar.

A evolução daquela cena estava congelada. Os adversários agora se estudavam minuciosamente.

– Axl, monte e saia logo daqui!
– Não, Jake, eu não vou fugir!
– Agora!!! Não temos tempo para demonstrações de coragem! – lutando contra a concorrência do vento e do ruído tenebroso do animal que estava a menos de 20 metros, Jake fazia sua voz se sobrepor.
– Ahahahahaha! – a voz esganiçada vinha da retaguarda. – Parece que os menininhos estão perdidos e com medo do meu amiguinho! – magricela e bastante alto, um homem surgia como um fantasma. Seu rosto pintado de branco e adornado por alguns rabiscos em preto era emoldurado por uma cabeleira desgrenhada e enfeitada por algo que lembrava um corvo.

Axl não tinha escolha e, seguindo a orientações do amigo indígena, montou o cavalo em pelo.

– Kaleo – sério e com voz baixa, Axl montava sua estratégia –, atire no peito do urso. Agora!!

Uma rajada de luz vermelha partiu da ponta da lança de Kaleo, explodindo na barriga do animal ao mesmo tempo em que a flecha de energia de Axl arremessava o batedor de Fidellius. Axl ficou impressionado com o poder de sua arma, levando-se em conta que havia errado o lançamento e acertado apenas o chão ao lado do inimigo.

Aquela era a deixa, e os três saíram em disparada rumo à floresta, passando ao lado do urso que ainda se recuperava do baque. Concentrados, nem perceberam que outros três lacaios do sr. Shaw chegavam para a contenda.

A relva ficava para trás. A mata em que acabavam de entrar parecia fornecer o abrigo necessário contra o inimigo. Axl, a cavalo, não conseguia seguir o mesmo caminho dos amigos e buscava uma trilha mais aberta. À sua frente, um grande tronco parecia ter sido ali colocado para impedir sua passagem. Não, não seria isso que o seguraria. A confiança que sentia era tal, que resolveu encarar o obstáculo e deixar mais uma vez a dificuldade para trás. O salto descrito no ar foi perfeito. Axl sentia em seu rosto o toque das folhas de alguns galhos pendentes enquanto se preparava para a aterrisagem.

"Não, isso não está acontecendo. Onde é que eu estou?"

Diminuindo a velocidade e atento a cada detalhe que o cercava, preferiu ficar em silêncio e não chamar pelos amigos.

"Eu só posso ter atravessado um portal."

Esse pensamento tinha como fonte o ambiente desolado em que se encontrava. Se não fosse a Lua pairando sobre sua cabeça a única fonte de luz de que dispunha para guiá-lo na total escuridão, imaginaria ter sido transportado para lá. O solo estéril era composto por pedregulhos e uma fina camada de pó. Nada havia ao seu redor – apenas montanhas ao longe, como se a vida tivesse sido privada de se manifestar naquele local.

O animal mostrava sua inquietação, pelo seu guinchado meio contido e leves tremores na cabeça. Tinham de sair dali.

– Vamos, amigo, me leva pra casa. Sei que você sabe pra onde ir.

O ambiente era opressor. Enquanto cavalgava em alta velocidade, podia sentir a densidade da energia que banhava o lugar. Pesada, triste...

* * *

Kaleo seguia Jake a passos largos, desviando de árvores, saltando rochas que se punham em seu caminho. Motivados pelo ruído de galhos sendo destroçados às suas costas, sabiam que não podiam parar. O grande urso avançava em sua direção, seguindo o rastro que o cheiro do medo deixava no ar. À sua frente, a luz do Sol brilhava mais forte, sendo descortinada pouco a pouco enquanto a vegetação se tornava mais rala.

"Temos de estar chegando!" – esse pensamento martelava a cabeça de Kaleo, que ouvia ao longe a voz de alguns homens gritando e, aparentemente, também vindo em sua direção.

As árvores ficaram para trás. Estavam em uma clareira, agora expostos e presas fáceis ante os algozes que pareciam estar em toda a parte. À sua frente, um novo obstáculo. Estavam encurralados junto a uma imensa montanha que dominava todo o entorno.

Um uivo forte chamou a atenção. Em uma reentrância da grande rocha, um lobo cinzento exibia suas presas, descendo lentamente rumo a ele. Kaleo, assustado, atirou duas vezes na direção do animal que, provocado, apressara o passo e agora estava mais perto, junto ao pé do paredão.

– Kaleo, veja! – Jake apontava uma abertura na rocha, a uns 20 metros de altura. – Temos de chegar àquele local. Deixa o lobo comigo.

Destemido, Jake dirigiu-se ao lobo que, aceitando o desafio, partiu para o ataque. Kaleo, por sua vez, iniciava sua corrida à caverna quando foi arremessado por uma explosão de luz junto a seus pés.

Sentia-se zonzo e desorientado por ter rolado no chão por alguns metros e batido a cabeça em uma pedra. O sangue quente escorria por seus lábios. Suas costelas pareciam ter sido esfoladas. À sua frente, vindo em sua direção, um índio baixo e muito forte empunhava uma machadinha como a de Jake. Seu rosto e cabeça careca estavam totalmente pintados em vermelho vivo. Ajoelhado, Kaleo se escondia atrás de seu escudo. Tinha de resistir. Seu maxilar, de tão comprimido, parecia que esmagaria todos os dentes. A musculatura de seu abdômen retraída comprimia os órgãos internos, dificultando a respiração. Foram desferidos contra seu escudo mais dois ou três golpes daquela arma que, após explodir em uma forte luz vermelha, retornava como um bumerangue à mão de seu opositor.

"Tenho de fazer alguma coisa! Não posso ficar aqui apenas me defendendo." Com cautela, tirou a cabeça da linha de proteção do escudo procurando estudar o inimigo, e foi nesse momento que a oportunidade apareceu.

– Nãããããããããooooooo! – gritou o cabeça vermelha, desesperado.

A reação foi motivada pela outra luta que estava em curso. Ágil, o lobo cinzento conseguiu desviar meia dúzia de vezes da artilharia de Jake e saltara sobre o rapaz, levando-o ao chão. Sob a fera, defendia-se da poderosa mordida, utilizando o cabo de sua machadinha. Em um dos momentos, alguns dentes rasgaram a lateral da mão de Jake, fazendo com que o sangue lhe banhasse o braço. O líquido púrpuro e quente parecia aguçar ainda mais a ferocidade da besta. Em situação de clara desvantagem, Jake conseguiu posicionar um de seus pés sob o corpo do lobo e, largando sua arma, arremessou o animal a alguns metros de distância. Olhos fixos em sua presa, soltou a machadinha e preparou o bote. A trajetória de seu salto, entretanto, foi interrompida por um contra-ataque fulminante. Atento a cada movimento do adversário, Jake estendeu sua mão, invocando a arma há pouco abandonada e, recebendo-a em uma velocidade estonteante, desferiu o golpe final.

Concentrado no ganido de seu Animal Totem que se retorcia em dor, o homem abriu a guarda, permitindo o tiro certeiro de Kaleo em seu peito. Ambos jaziam imóveis. Não pareciam mortos, mas estavam claramente impedidos de fazer qualquer movimento durante um bom tempo.

– Pra caverna! – gritou Jake enquanto puxava Kaleo pelo braço e, atento, via o grande urso romper o limite da clareira.

Largando o escudo para trás, Kaleo ultrapassara Jake e começava sua escalada. O urro cada vez se tornava mais forte e próximo. Mais alguns metros e chegariam ao seu objetivo. Era certo que o animal não conseguiria alcançá-los, pois seu tamanho não permitia ascender até a entrada do que parecia ser a saída daquele local.

O urso, que acabara de chegar ao pé da grande rocha, esmurrava o paredão enquanto sua baba gosmenta escorria, demonstrando a ira que dominava seu espírito. Da entrada da caverna Kaleo via Jake passar da metade do caminho quando uma chuva de pedras começou a se precipitar sobre sua cabeça. Procurando entender o que havia motivado a explosão que acabara de presenciar, viu o índio com o pássaro na cabeça mirando uma nova flecha em sua direção. Arremessou sua lança buscando um contra-ataque, mas a distância o impossibilitava de atingir seu adversário. Resolveu concentrar-se em ajudar Jake, que estava pendurado apenas com uma das mãos, por ter sido atingido pelas pedras que rolaram sobre si.

Um barrido muito alto e algumas árvores sendo derrubadas chamaram atenção de todos. Em posição privilegiada, Kaleo notou que um elefante se aproximava do grupo. Percebeu também que, de algum local próximo no meio daquela floresta, duas águias e um falcão também alçavam voo em sua direção.

"Estamos perdidos!", Kaleo respirou fundo. Tinha de ajudar o amigo a sair logo dali. Parecia que o reforço que estava a caminho era impossível de ser vencido apenas pelos dois. Comprovando a teoria de que, em momentos de perigo iminente, o ser humano tira forças não se sabe de onde, Jake concluiu sua escalada, chegando ao platô que dava acesso à caverna.

– Jake! Olha isso!
– O que é que está acontecen... do?

A cena que se desenrolava era inesperada. Seguido por tigres, leões e mais uma centena de animais de diversas espécies, o elefante rumava em ataque direto ao índio que, percebendo estar em total desvantagem, fugia deixando seu totem para trás.

– Vai, corre! – Jake ordenou.

Sem saber o que esperar dali para a frente, Kaleo correu para o interior da caverna escura.

– Jake?! – gritou sem obter nenhuma resposta, alguns segundos depois. – Jake, cadê você?

Sem entender o que havia acontecido com o amigo, o jovem retornou à entrada da caverna. Seu avanço foi bruscamente interrompido quando percebeu que o platô de onde há pouco saíra havia desmoronado. Alternando cautela e medo, espiou a base da montanha enquanto gritava pelo jovem índio.

Aquela visão o assombraria por muito tempo. Uma poderosa patada do urso arremessou o corpo já sem vida de Jake contra o paredão de rocha, banhando o solo com seu sangue.

– Nãããããão!

Seu grito desesperado atraiu a atenção da fera, fazendo com que iniciasse uma sequência de golpes contra a montanha, o que resultou em desmoronamento da porção remanescente do platô. Golpes semelhantes haviam causado a queda de Jake, entregando-o à ferocidade do urso sem lhe dar chance de defesa.

O som estridente emitido por uma águia chamou a atenção de Kaleo. Aparentemente os animais haviam desistido do índio que perseguiam e, agora, vinham em sua direção. Com medo de ser seguido, correu novamente para o interior da caverna onde efetuou diversos disparos com sua arma junto à entrada, provocando um desmoronamento que selou a passagem.

Capítulo 56

"Para onde será que devemos ir?", questionava-se Axl enquanto cavalgavam em alta velocidade, deixando um rastro de poeira para trás. Ele sabia que o portal estaria na área pantanosa, um lugar bem diferente daquele em que se encontrava.

A cada nova experiência que vivia, notava que sua percepção extrassensorial se aguçava um pouco mais. Ali, no Mundo Inferior, isso também ocorria. Não sabia de onde vinha aquela informação, mas era claro que estava sendo seguido e que o responsável pelo que estava prestes a ocorrer não tinha boas intenções. Um sentimento de alívio permeou sua alma, dissolvendo parcialmente a angústia que o acompanhava, quando viu um grande portal de pedra a uns 200 metros de onde se encontrava. Era, na verdade, um pórtico com aproximadamente cinco metros de altura, criado a partir de três grandes blocos graníticos sobrepostos. Inclinou-se para que a aerodinâmica fosse mais adequada, buscando ganhar preciosos segundos rumo à liberdade.

A cada novo golpe do casco do cavalo contra o solo, o portal parecia se ampliar. Cinquenta metros... Podia sentir uma brisa leve que conseguia transpor a barreira invisível entre dois mundos distintos. Trinta metros... O som dos galhos das árvores quebrava a monotonia do deserto inóspito em que estavam mergulhados. Dez metros... O odor úmido do pântano invadia suas narinas, trazendo a confirmação de que após transpor aquela fronteira estaria a salvo.

Um clarão à sua frente. Surgida aparentemente do nada, uma barreira de fogo se interpôs entre Axl e sua rota de fuga. Surpreendido, o cavalo estancou, fazendo com que ambos fossem ao chão e deslizassem perigosamente em direção às labaredas que ardiam de forma feroz, consumindo o pouco oxigênio disponível naquela realidade.

— Aonde pensa que vai, garoto? — dizia uma voz forte, desprovida de qualquer traço de humanidade, pertencente a um índio caracterizado com uma máscara de tinta vermelha e um colar feito de presas.

Axl não compreendia exatamente o que estava acontecendo. Mesmo tendo presenciado situações aparentemente impossíveis no Mundo Inferior e em seu Espaço Sagrado, ver aquele homem montado em um imenso dragão com couraça avermelhada não parecia fazer sentido.

Estavam encurralados. Às suas costas, um longo arco de chamas impedia que seguissem em direção ao portal. À sua frente, uma fera de cinco toneladas que cuspia fogo e um índio poderoso que agora caminhava em sua direção, portando uma machadinha de pedra em uma das mãos. Acuado, Axl não ousou levantar e tateou à sua volta buscando encontrar o arco que poderia lhe fornecer alguma proteção. Nada encontrando, viu que sua arma ficara pelo caminho, sendo impossível recuperá-la e atacar o inimigo sem ser alvo de retaliação.

A cena era apocalíptica. O enorme dragão pairava sobre suas cabeças, voando em círculos e levantando poeira com a força do ar deslocado por suas asas. O índio caminhava decidido, seu rosto totalmente ausente de qualquer expressão que denotasse bondade e tendo refletida em sua pele a força do fogo que ardia ao seu redor.

Em um ato de bravura, o cavalo se pôs à frente de Axl, levantando suas patas dianteiras para mostrar que ele seria o limite daquela investida. Sabia que estava em total desvantagem, mas queria transmitir confiança ao pupilo e prepará-lo para o que viria a seguir.

Sorrindo displicentemente, o guerreiro levantou sua mão que portava a machadinha e ordenou o ataque ao dragão. O urro estridente da fera dava a sensação de que os tímpanos seriam destruídos. Um mergulho... um rasante que terminou com a captura do belo cavalo.

— Nãããããão! — gritou Axl, que mais uma vez sentia a dor da perda em sua vida, enquanto via seu mais novo amigo ser alçado aos céus, preso nas patas da fera mitológica.

— Ahahaahh!!! Mais um pra minha coleção — o sorriso sarcástico se ampliava à medida que percebia haver lágrimas correndo pelo rosto de Axl.

— Por que isso? Era essa a ordem de Fidellius? — apesar de estar acuado e desarmado, havia bravura em sua voz. — Prometo, vou acabar com ele!

— Fidellius... Acabar com ele... Certo — o dragão já havia sumido de cena e agora eram só os dois, frente a frente. — Ah, claro! Deve ser por causa da minha caracterização.

— Do que você está falando? — Axl se pôs de pé. Estava a uns 15 passos do homem e não podia mais recuar, sob o risco de se queimar no fogo que ardia ao seu redor.

— Então você quer acabar com o poderoso Fidellius Shaw. Devia começar agora, pois esta vai ser sua última chance de me encontrar — sorriu mantendo os lábios cerrados e os cantos da boca levemente arqueados.

— Você é...

— Sim... o próprio.

Imediatamente Axl sentiu seu rosto enrubescer. Era como se tivesse engolido ácido. Seus órgãos pareciam queimar pela raiva que se sobrepunha a qualquer outro sentimento naquele momento. Sem pensar nas consequências, punhos cerrados, Axl ousou uma investida. Não chegou a completar o terceiro passo quando foi impedido por Fidellius, que, sem fazer nenhum esforço, apenas levantou a mão esquerda em direção ao garoto. Axl se sentia mergulhado em um campo energético denso que impedia qualquer movimento seu.

— E eu posso saber quem você realmente é? — silêncio. — Se bem que isso não importa. Você vai ter o mesmo fim que sua mãe.

— Desgraçado — Axl se contorcia, tentando inutilmente se livrar das amarras invisíveis.

— Que pena... Pelas minhas contas você nem chegou a conhecê-la.

— Por quê? Com todo o poder que você tem, por que acabar com minha mãe? O que ela te fez? O que você quer com tudo isso?

— Chega de conversa! Tenho coisas mais importante para fazer do que perder meu tempo com você.

Deliciando-se com a impotência do garoto, aproximou-se sorrindo de maneira sarcástica e tentou tirar seu cabelo da frente do rosto para fitá-lo pela última vez. Axl, ao ter sua face tocada, teve um apagão...

* * *

O menino foi mentalmente arremessado ao inconsciente de Fidellius. Teve a sensação de estar sendo sugado em um túnel multicolorido, por alguma força que não podia identificar e que o conduzia em alta velocidade.

"Então você tem essa habilidade?" — a voz de Fidellius ecoava pelo túnel. — "Mergulhando em minha mente para tirar a informação que deseja..."

Tentando entender o que se passava, Axl nem percebeu que estava prestes a ser arremessado. Um clarão e um baque forte. Havia sido lançado contra a parede da sala de trabalho de Fidellius, onde ele conversava calmamente com uma mulher, sentados nas poltronas da sala de estar. Notando que o estrondo de sua chegada não chamou a atenção de ambos, intuiu que não poderia ser percebido.

"O que ele quis dizer com... mergulhando em minha mente para buscar o que deseja?", questionou-se mentalmente enquanto se aproximava da dupla para ouvir sobre o que falavam.

* * *

– Então, Fidellius... – Carmen Salazar aproveitou o momento em que ele interrompeu sua fala para beber uma xícara de café –, há tempos que trabalho para o senhor, mas, como acredito não ser privilégio só meu, conheço muito pouco do seu passado, digamos... místico. Será que posso tirar uma dúvida que me intriga há algum tempo?

– Você tem razão, Carmen. Não gosto muito de compartilhar meus segredos. Mas vou fazer uma concessão, já que você é a líder da minha equipe de sensitivos. Uma pergunta só, OK?

– Certo. Como começou sua experiência mística e que tipo de desenvolvimento você buscou para adquirir tanto poder e essa... supremacia? – sorriu, sabendo que a resposta deveria ser tão abrangente quanto a pergunta.

Fidellius colocou calmamente sua xícara sobre a mesa de apoio e a olhou profundamente nos olhos enquanto sorria.

"Vou tentar...

Tudo começou quando eu era jovem e conheci um velho índio apache. Ele me introduziu no mundo do Xamanismo. Tudo aquilo era maravilhoso, sabe? Eu aprendi a acessar mundos até então invisíveis, e conheci a força dos Animais de Poder...

O problema é que ele começou com aquela história de curador... trabalhar para fazer o bem ao planeta e a todos os seres que nele habitam. Pra ser sincero, aquilo estava ficando meio chato. Eu estava quase desistindo daquilo tudo, quando tive uma experiência que mudou minha vida.

Em uma de minhas viagens xamânicas, entrei em contato com a força da Mãe Terra. Estava em uma floresta de pinheiros, meditando, e sentia a energia que emanava do solo. Sua pulsação ressoava em todo o meu ser. A conexão que tive foi muito forte. Era como se eu pudesse sentir a terra, as árvores, as pedras... Tudo que era natural e estava ao meu redor. Eu estava totalmente integrado, sabia de todos os elementos que me cercavam e havia adquirido instantaneamente um conhecimento imenso sobre eles. Ao olhar para uma pedra ou para uma árvore, eu as conhecia de forma profunda... Espécie, idade, para que poderia ser utilizada. Eu era a própria Natureza.

Ao voltar para casa, fiquei pensando se aquilo poderia me render mais que uma experiência mística. Não consegui conter a ansiedade e, na mesma noite, fui para uma floresta que havia por perto, para fazer minhas primeiras experiências. Em vez de viajar para o Mundo Inferior, fiz uma jornada para o Mundo Intermediário. Esse mesmo em que vivemos, mas em contato com algumas realidades, digamos... alternativas. Da mesma forma que já havia acontecido antes, consegui a mesma integração. Árvores, flores, animais... Eu sabia tudo sobre tudo o que estava me rodeando, incluindo o que estava no subsolo.

Nem sei se consigo descrever o que realmente senti quando me dei conta de que estava sentado sobre uma mina de ouro. Literalmente... ouro, muito ouro.

De volta à realidade, precisava comprovar se minha teoria realmente se mostraria verdadeira. Só tinha um problema. Aquele local era terra particular e eu não teria direito a nada que estivesse ali enterrado. Levou mais de um ano para eu conseguir forçar o caipira, digo, convencer o antigo dono a me vender suas terras, onde fundei meu primeiro garimpo.

Entrei em uma rotina viciante. Buscava lugares ricos em ouro ou pedras preciosas e comprava as terras a qualquer custo. Com o que obtinha, partia para a próxima. Tive de comprar pessoas importantes para que não atrapalhassem meus negócios. Porém, tinha algo que eu ainda precisaria fazer para facilitar a minha vida. Os negócios estavam crescendo e eu não conseguia mais estar presente em todas as atividades de mineração. Ficava complicado estar à frente dos negócios e no local de extração ao mesmo tempo, e isso não me permitia ter controle sobre minhas operações. Sabe como é, não se pode confiar nas pessoas!

Naquela época, eu já possuía uma grande quantidade de recursos financeiros. Criei, então, minha empresa espacial e adquiri meu primeiro satélite. Com ele podia visualizar em tempo real o que estava acontecendo em cada uma de minhas minas espalhadas pela América. Essa iniciativa se mostrou uma tacada de mestre, principalmente quando decidi espalhar minhas operações pelo mundo todo.

Foi interessante ver minha cara estampada naquela conhecida revista do mundo empresarial como "O Empreendedor do Ano". Mal sabiam eles que eu não estava nem um pouco interessado na ciência propriamente dita. Sabe que o melhor foi ver que todo aquele teatro me rendeu outros frutos inesperados? Comecei a desenvolver tecnologia que era muito útil para os meus planos, mas que também serviria ao exército. Isso me trouxe poder e muita influência em Washington.

Parte do meu problema estava resolvida! Entretanto, outro começou a me incomodar. Não sei por que aquele velho índio apache e alguns de seus amigos tentaram impedir o meu crescimento.

Eram homens poderosos, e começaram a usar sua magia para dificultar minhas conexões. Toda vez que eu tentava uma nova Jornada Xamânica, lá estavam eles com todos os seus Animais de Poder para me atrapalhar. Era sempre a mesma coisa... Mesmo estando juntos, eles não conseguiam me derrotar. Minha conexão com as forças da Natureza era muito grande. Era fácil manipular as árvores com suas fortes raízes, os minerais com sua dureza, o vento, o fogo e até o poder das águas.

Os Animais, entretanto, sempre me causavam os maiores problemas. Foi aí que tive a ideia de trancafiar todos para que não me atrapalhassem mais. Daí para a frente, acho que você já sabe. Criamos nosso exército que, cada um com seus Animais Totens especializados, espalhou o medo por todo o Mundo Inferior. Capturamos, um a um, todos os Animais de Poder, e transformamos aquele lugar em Terra de Ninguém. Quer dizer... Minha Terra."

* * *

Em um relance, Axl foi novamente arrancado de onde estava e retomava a consciência naquela terra desértica. Ainda imóvel, abriu os olhos e viu Fidellius novamente a alguns passos, levantando-se do chão e coletando sua machadinha. Apesar de ter sido longa a experiência que acabara de viver, o tempo realmente decorrido foi o compreendido entre o toque de Fidellius em seu rosto e a explosão quase instantânea que o arremessou longe.

– Bom, agora você também sabe um pouco da minha história. Não que vá durar muito para contar a ninguém. Pelo que consegui entender, você chegou até o momento em que dominei o Mundo Inferior – girou os punhos enquanto abria os braços, como se estivesse apresentando o lugar onde estavam. – Tudo estava correndo conforme o planejado, até que uma garota resolveu me enfrentar. Diferentemente do que acontecia com todos os outros que cruzavam meu caminho, ela possuía poderes tão fortes quanto os meus. Nos meus ataques mais violentos, ela se refugiava em seu Espaço Sagrado onde, não sei por qual motivo, eu não conseguia penetrar. Continuei pacientemente minha batalha, apenas aguardando o momento em que ela sucumbiria. O resto é história. Ela desapareceu, você virou um órfão e agora estamos aqui.

* * *

Axl ouvira incrédulo o relato no qual vidas humanas eram menos importantes que o dinheiro. Queria ter forças para enfrentá-lo, mas parecia que não haveria mais nada que pudesse fazer.

– Agora, chega de história! Preciso colocar meu menino para dormir.

Fidellius caminhava lentamente em direção a ele. Machadinha empunhada, impiedade no olhar, determinação...

Seu grande objetivo parecia estar próximo de ser alcançado quando uma grande ventania soprou às costas de Axl. As labaredas se abriram e ouviu-se um forte piado ecoando nas montanhas do deserto. O Animal Totem de Axl acabava de cruzar o portal e utilizava a força de suas asas para criar um forte fluxo de ar que impedia Fidellius de avançar. Assim como Axl, ele também não conseguia movimentar seus braços. Parecia estar impotente diante da pequenina coruja.

Usando a força de sua mente, manipulou um escudo energético que entrou em confronto com toda a energia liberada pelo animal. A queda de braços etérea parecia que não teria fim. Reunindo suas forças, a coruja, pairando junto à entrada do portal, agitou suas asas de forma ainda mais vigorosa. A liberação de energia desequilibrou a disputa, fazendo com que Fidellius fosse lançado ao chão.

Nesse momento, o campo de força que bloqueava Axl se desfez e seu primeiro impulso foi partir para cima do desprezível homem. Entretanto, a coruja, que acabara de sobrevoá-lo, agora vinha em sua direção.

Havia entendido o recado. Precisaria se preparar mais para aquele embate. Seguiu a pequena ave, correndo pela passagem aberta entre as chamas. Após atravessarem o portal, destruiu-o utilizando o arco que coletara antes de deixar Fidellius desacordado no chão.

Capítulo 57

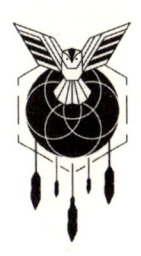

O último toque de tambor trouxe alívio. Axl abria seus olhos lentamente e Dan abraçava o filho, ajudando-o a se sentar. O garoto ardia em febre. Suado, seu corpo físico refletia exatamente o que vivenciara na jornada recém-concluída. Meio que a contragosto, Dan deixou o filho aos cuidados das nativas que acompanhavam Lua Negra.

Já era noite. A chuva continuava a abençoar a terra do lado de fora da caverna quando Axl acordou em definitivo. Podia ainda sentir o gosto amargo do chá que bebera para restaurar suas energias.

– Axl, tudo bem, filho? – Dan, afoito, abraçava o filho de forma quase sufocante.

– Eu perdi meu Animal de Sabedoria! Ele foi capturado por Fidellius.

– Axl, sei que a dor de ter perdido esse seu animal é grande, mas..., filho, tivemos uma perda muito maior.

Na penumbra da caverna, iluminada apenas pelas labaredas da fogueira, o menino varreu visualmente seu entorno para tentar entender do que o pai falava. Só então percebeu que Kaleo estava deitado no colo de Kay. Dos olhos do amigo vertiam lágrimas que retratavam seu luto silencioso. Apenas uma nativa fazia companhia aos quatro.

– Onde estão Lua Negra e Jake? – sua voz em nível alterado ecoava pela caverna, fazendo com que alguns morcegos se incomodassem e trocassem de posição, após breve voo.

– Axl – Kaylane, acariciando os cabelos do filho, interveio –, Jake não conseguiu retornar.

O caminho da caverna ao hotel foi tão silencioso quanto a noite de insônia, cuja quietude era eventualmente quebrada pelo ruído de alguns insistentes pingos de chuva. Axl não estava à vontade para relatar ao pai o que havia vivenciado e agora remoía mais um registro de perda em sua vida. Novamente, uma perda perpetrada por Fidellius Shaw.

* * *

Estavam todos mais uma vez na enlameada estrada de terra que rumava à aldeia cherokee. Diferentemente do que faria um dia antes, Dan avançava com seu carro sem se intimidar com os buracos que encontrava pela frente. Havia sido lembrado de que existem perdas mais doloridas que aquelas impostas a qualquer bem material.

– Deveríamos estar fazendo esse caminho de um modo diferente – Kaleo quebrou o silêncio. – Jake planejava que chegássemos cedo à aldeia, para assistirmos à canção que fazem diariamente em homenagem e agradecimento ao Avô Sol. Segundo ele, pouco antes de o Sol nascer, as mulheres ficam perfiladas, voltadas para o leste e mirando o céu. Aos primeiros raios de sol que quebram a escuridão da noite, iniciam uma canção que toca profundamente a alma.

– É, ele não era muito bom com a música, mas até que não fez feio quando nos mostrou o canto – Axl, tentando se libertar da tristeza, lembrava os versos simples cantados em uma língua estranha aos seus ouvidos, mas que pareciam fazer sentido quando escutados pela alma.

* * *

Diferentemente do que imaginavam, não encontraram um clima totalmente pesaroso por parte da tribo que preparava o funeral de Jake. Segundo explicado por Lua Negra, que os recebeu e os integrou aos demais participantes do ritual que estava para ser iniciado, seu povo não encara a morte como uma perda irreparável.

"A morte é apenas uma transição, uma etapa que necessita ser cumprida no momento em que a alma precisa avançar em sua evolução", o semblante da anciã era sóbrio e sincero.

Conduzido por Lua Negra, o ritual de enterro tinha claramente o objetivo de encaminhar espiritualmente o nativo que partia e de trazer mais um aprendizado a todos da tribo.

Atentos a cada ação, Axl e Kaleo viram o corpo de Jake ser banhado por óleos produzidos com ervas naturais, que tinham o poder de purificar o espírito do bravo guerreiro. Em seguida, após ser completamente enrolado em tecido branco, era adornado com uma pena de águia, um dos animais sagrados aos nativos americanos. Antes do enterro do corpo que, segundo Lua Negra, nutriria a Mãe Terra assim como ela o nutriu desde o nascimento, algumas preces em língua nativa foram recitadas pela xamã.

Aquela experiência, apesar de traumática em sua essência, teve o poder de promover o despertar espiritual de Dan Green. O entendimento do significado de vida e morte e a compreensão da mística que envolve aquele rito de passagem surgiram em sua mente como se o véu que encobria sua visão tivesse sido repentinamente eliminado.

* * *

Havia passado de meio-dia quando Lua Negra se reuniu a sós com os visitantes de Nova York. Apesar do incidente e da fragilidade que sentira nos dois garotos, sabia da necessidade de avançar na luta contra Shaw.

Sentados sob a sombra de uma árvore, a cherokee, conhecedora dos desafios que Axl e Kaleo haviam enfrentado no dia anterior, conseguiu convencê-los a expor sua história.

– Como disse ontem, ele também tomou de mim meu Animal de Sabedoria – ainda externando a raiva que banhava seu íntimo, Axl começou por aí a história detalhada de tudo o que vivenciou.

* * *

– Agora tudo faz mais sentido – Lua Negra conversava consigo mesma após ouvir atenciosamente todos os detalhes da história de Axl. – A soberba de Fidellius expôs as suas fraquezas.

– Então... A senhora sabe como derrotá-lo? – Kay tinha ansiedade e cautela em sua voz.

Sim, toda aquela jornada havia fornecido elementos à anciã, os quais permitiriam formular uma estratégia para enfrentar o sr. Shaw.

– Senhora, como vamos derrotar Fidellius? – insistiu Kaleo.

– Kaleo, dá pra ter paciência? – a bronca de Kay foi imediata.

– Deixe, menina. Gosto do espírito guerreiro do pequeno Kahuna – a seriedade no rosto de Lua Negra dava lugar à doçura em seu olhar. – Apesar dos perigos e perdas que vocês enfrentaram, ontem foi um dia excepcional. Nunca estivemos tão perto de entender a mente do Shaw e como começar a combatê-lo.

– Isso! – Kaleo vibrou com a afirmação.

– A confissão que ele fez expôs toda a verdade sobre suas intenções e, principalmente, permitiu que soubéssemos de onde vem sua força.

– Senhora Lua Negra... – interrompeu Axl. – Se eu com meu Animal Totem consegui enfrentá-lo, por que vocês nunca tentaram o mesmo?

– Sua pergunta faz sentido. Como ele mesmo te disse, nós tentamos e, por um breve tempo, conseguimos atrapalhar os planos que tinha. O problema é que sua força foi aumentando a cada dia, chegando a um ponto em que nem reunindo nossos curadores mais experientes conseguíamos derrotá-lo. Agora nossas teorias se confirmaram... Ele conseguiu a grande conexão.

– O que seria isso? – Dan, agora muito atento, ajeitava-se sentado sobre uma rocha, para ficar em posição mais confortável.

– Algumas pessoas, em casos muito, muito raros, conseguem uma conexão poderosa com a força da Mãe Terra. É como se seus espíritos se fundissem. A pessoa passa a sentir os elementos da natureza como se fossem de seu próprio corpo. Além de sentir, passa a ter conhecimento profundo sobre cada um desses seres de todos os reinos. Nós os chamamos de Filhos da Terra.

– Uau! – Kaleo estava impressionado. Aquilo tudo parecia ficção.

– É assim que seu povo aprendeu tanto sobre tudo?

– Sim, Kay. Ao longo do tempo, sábios que conseguiram esse grau de integração foram como professores para os povos antigos. Ainda hoje, a ciência moderna tenta explicar ou comprovar uma pequena parte de tudo aquilo que chamam de superstição ou curandeirismo primitivo. Além do que já falei, outras três coisas também acontecem. A primeira é que a conexão permite que se manipulem fisicamente todos os elementos.

– Eu me lembro que ele disse isso! – exclamou Axl, tentando buscar em sua mente detalhes da experiência no Mundo Inferior.

– Exato! A segunda é que aprendem a interagir com energias que não podemos enxergar.

– Foi assim que ele me prendeu, me deixando imobilizado?

– Sim, Axl. E o pior é que esses poderes, digamos assim, não são restritos aos Mundos acessados nas Jornadas Xamânicas. Ele também consegue fazer o mesmo aqui, nesta nossa realidade – Dan e Kaylane se entreolharam. O instinto de pai e mãe gritava por ver crescer o perigo que envolvia seus filhos. – E, por último, ele deve sentir, como se fosse em seu próprio corpo, todas as agressões que a natureza sofrer.

– Lua Negra... – interveio Dan –, por que vocês não preparam um... curador para enfrentá-lo? Digo, deve haver sábios nativos que também conseguiram essa tal conexão.

– Não é tão simples assim. Quem escolhe é a própria Mãe Terra. Nós não conseguimos intervir ou sermos voluntários para obter essa bênção.

– Como assim? – Kaleo agora era pura indignação. – A Mãe Terra escolheu um mau-caráter para dar esse dom?

– Nosso entendimento, na maioria das vezes, não consegue alcançar a sabedoria do Grande Espírito... Mas tem mais uma coisa que me deixou intrigada. Havia muito tempo que não ouvíamos falar de alguém que se conectou. Agora, no mesmo lugar, temos duas, ou melhor, três pessoas na mesma condição – Lua Negra fez uma pausa, tomou um pouco do chá amargo e quente que estava ao seu lado, enquanto as mentes dos demais presentes buscavam entender onde aquilo tudo iria parar. – A Natureza é sábia! Percebendo para onde as coisas caminhariam com o poder concedido a Fidellius, buscou o equilíbrio. Aí sua mãe entra na história, Axl..., e você também.

– Eu? – Axl se encolhia, abraçando os joelhos contra o peito.

– Sim. Flecha Lançada deve ter dito que há algum tempo esperávamos que você estivesse pronto e aparecesse para se lançar nessa jornada. O próprio Fidellius disse que sua mãe era a única que ousou enfrentá-lo e havia conseguido algum sucesso. Ela também se tornou uma Filha da Terra. O poder que adquiriu permitia que ela selasse a entrada ao Espaço Sagrado, impedindo Fidellius de alcançá-la.

– Do mesmo jeito que Axl, quando fez a busca do Animal Totem – Kaleo declarava a si mesmo.

– Sim, menino. Assim como ela, Axl também recebeu esse dom. – Lua Negra sentia-se honrada em poder compartilhar momentos e, mais que isso, orientar o caminhar de um Filho da Terra.

– Espera! – Axl interrompeu, chamando para si a atenção de todos. – Duas coisas não fazem sentido. Um... Se minha mãe era tão poderosa como Fidellius, como ela simplesmente desapareceu? Dois... Como eu tenho esse... poder, se não me lembro de ter tido essa tal conexão?

Dan assentiu com a cabeça, confirmando serem suas também aquelas dúvidas.

– Boas perguntas. A primeira não sei responder com exatidão, mas..., antes, deixe-me responder a segunda questão. Tudo vai fazer mais sentido. É certo que sua mãe conseguiu a conexão enquanto estava grávida. O poder que foi concedido a ela também foi estendido a você. Ou você acha que esse mergulho na mente de Fidellius, que você acabou de nos contar, é algo trivial? – Axl segurou a mão de Dan. Aquela revelação parecia aproximá-los novamente de Sophie. – Aí, voltamos à primeira questão. Diferentemente de Fidellius, ela, assim como nós, sabia disso. Pelo jeito, e aqui fica apenas uma suposição, ela decidiu se sacrificar antes que ele descobrisse esse segredo... antes que ele soubesse, inclusive, quem ela era de verdade. Você ainda era um bebê, e seria presa fácil para a maldade do sr. Shaw.

– Parece que isso explica tudo! – Dan se pronunciou.

– Sim, na verdade confirma muita coisa – respondeu Lua Negra, tomando mais um gole de chá. – Mas, além disso, uma fraqueza também nos foi revelada na jornada de Jake e Kaleo.

– É...? – Kaleo, imediatamente recolocado em uma situação de tristeza, rememorava Jake.

– Incrível, não? – Lua Negra tentou demonstrar bom astral. – Antes de vocês voltarem ao pântano, disseram ter estranhado ver aquele bando de animais atacando o comparsa de Fidellius, certo? Pelo que entendi, isso aconteceu logo depois de derrotarem o outro homem. Sendo assim, duas questões ficam claras. Em primeiro lugar, que os Animais de Poder capturados pelo grupo de Shaw não estão todos no mesmo local.

– Então aqueles animais fugiram? – questionou Kaleo, intrigado.

– Exato. Até agora, imaginávamos que todos eles estivessem concentrados no Espaço Sagrado de Fidellius. Em geral, ele não confia responsabilidades tão grandes aos seus subordinados. Parece que nos enganamos. Ele deve ter feito assim para minimizar riscos.

– Mente de empresário no corpo de um vilão! – indignou-se Dan.

– O segundo ponto é que, agora, sabemos como libertá-los. Nas Jornadas Xamânicas, independentemente do mundo em que estamos visitando, perdemos a conexão com nossos poderes enquanto estivermos desacordados. Melhor dizendo, se formos nocauteados – corrigiu a anciã. – Vejam que isso aconteceu em dois momentos. Quando vocês derrotaram o homem e o portal se abriu para que os animais fugissem e, também, quando a coruja derrubou Fidellius. Neste caso, a energia que imobilizava Axl foi... desligada.

– Incrível! Então quer dizer que temos uma chance de derrotá-los? – Kaylane levantou, aproximando-se de Lua Negra.

– Parece que sim, minha filha. Acho que encontramos uma brecha.

Capítulo 58

Axl estava deitado em sua cama, após a longa viagem de retorno da tribo cherokee. Enfim, o garoto poderia descansar um pouco. Tentou, em vão, aproveitar o trajeto para dormir. Entretanto, sua mente trabalhando em alta velocidade não permitia que ele desligasse. Alternava momentos de tristeza e de raiva contra Fidellius pela perda de Jake e de seu Animal de Sabedoria, com outros nos quais a bravura de sua mãe vinha à tona para abrandar a saudade.

No imaginário do filho, Sophie começava a mudar de papel. Até então, ela era somente uma mulher sem coração, que havia abandonado os filhos pequenos sem dar-lhes a oportunidade de conhecer o verdadeiro amor materno, sem permitir que eles compartilhassem momentos de alegria, sem ceder-lhes o colo nos momentos em que os braços da mãe são a única cura. Agora, entretanto, havia algo mais no ar. Ela certamente fora incompreendida e merecia um pedido de desculpas de todos aqueles que a julgaram mal.

"É, mãe..., imagino a dor que você deve ter sentido ao ser obrigada a desaparecer da vida daqueles que mais ama para garantir a eles proteção."

Os sentimentos negativos se transformaram em orgulho consolidado, alimentando o espírito guerreiro que se revelava na alma de Axl.

Um sorriso involuntário dissolveu a tensão em seu rosto quando, em sua mente, se formou uma imagem. Estava imaginando como deve ter sido o momento em que Sophie entrou em conexão profunda com as forças da Natureza, tornando-se uma Filha da Terra. De olhos fechados, imaginava-se no aconchego de seu ventre, recebendo o mais puro amor e sendo abastecido por uma energia mágica que percorria todo o seu pequeno corpo.

Lembrou-se, nesse momento, das últimas orientações recebidas de Lua Negra. A xamã falou sobre a honra de ser agraciado pela Mãe Terra com este dom, mas expressou o seu pesar por saber que os primeiros passos do garoto neste belo caminho deveriam incluir o combate.

Respondendo ao ímpeto de Axl em partir para o ataque imediatamente, a líder cherokee apresentou-lhe as cinco sombras que podem acometer um Curador: negatividade, tristeza, preguiça, desconexão com o sagrado e, por último, a pressa. Recomendou que ele estivesse atento aos seus sentimentos e atitudes para não cair em nenhuma dessas armadilhas.

Essa última sombra parecia a mais difícil de enfrentar. Em seu íntimo, partiria para uma nova jornada imediatamente. Não conseguia mais aceitar que Fidellius continuasse a desonrar o dom recebido e, ainda por cima, utilizasse essa força para obter vantagens pessoais. Precisava descobrir o que realmente acontecera com sua mãe, para que sua memória descansasse em paz.

Lembrou-se então de uma frase proferida pela anciã, que acalmou seu coração: "Para evitar ter a sombra em seu caminho, caminhe em direção à Luz e ela ficará para trás".

Teria de ter paciência. As próximas três semanas seriam dedicadas aos estudos para as provas que antecediam as férias de verão. Seria, também, a oportunidade para se preparar para a batalha que se apresentava.

A última imagem que viu naquele dia foi a da Lua emoldurada pelo Filtro dos Sonhos, que tinha suas penas levemente agitadas no ar. Fechou os olhos... e adormeceu.

Capítulo 59

A campainha da escola marcava o final daquela sexta-feira. Axl recolheu seus materiais e, no caminho rumo à porta de saída, empurrou Kaleo para que ele se apressasse.

– Pô, Axl, precisa empurrar? Só estava falando com a Jane sobre me ajudar nos estudos na próxima semana – Kaleo se referia à garota mais inteligente da classe.

– Vai logo, Kaleo, temos de ir pro Lord's.

Axl aguardava ansioso por aquele momento. Pela manhã, escolheu a roupa mais nova do seu uniforme, caprichou no penteado e até arriscou algumas gotinhas do perfume do pai. Ryan havia convocado, por assim dizer, os jogadores dos Mummies e dos Master Warriors para um lanche no Lord's Burger. Como o construtor egípcio era uma espécie de pivô entre os dois times, certamente tinha algo a dizer sobre uma nova partida ou sobre qualquer outra coisa relacionada ao Primordial Power.

O garoto Green, entretanto, tinha apenas um elemento dominando seus pensamentos – Lara, a guerreira celta que embalava seus sonhos de adolescente. Ele não a via desde a partida no Ancient Hall, e sua última recordação era o sorriso impotente da garota quando Kaleo o tirou da conversa de forma truculenta.

* * *

– É isso aí, galera, vamos entrando. Acho que o pessoal do Master deve chegar daqui a pouco – Ryan esbanjava confiança.

– Vão entrando – disse Kaleo aos amigos. – Vou ficar aqui fora no Sol conversando um pouco com a Alice que, por sinal, te substituiu muito bem, Ryan, naquele jogo em que os Mummies venceram os Master Warriors! – a impostação de voz ao pronunciar de forma sarcástica o nome do time vencido estava carregada de toda a alegria que marca a personalidade de Kaleo.

Ryan empurrou a porta de vidro e ingressou na lanchonete do sr. James que, do outro lado do balcão, espreitou para ver quem era o novo cliente.

– Olá, garoto! – sua voz era meio desanimada.

– Boa tarde, sr. James. Mesa para sete, por favor.

– Sete? – franzindo a testa, Axl questionou.

– Sim. Os Bailey não vão poder vir – Jason se referia aos irmãos Jason e Bruce – e dos Masters vêm apenas três.

A ansiedade de Axl deu lugar a uma certa angústia.

"Será que a Lara vai vir?"

Essa frase passou a dominar sua mente. Entretanto, não podia deixar que os amigos soubessem de forma tão aberta sua atração por ela. Preferiu esperar e ver no que ia dar.

– E aí, Axl, e aquela história sobre os tais Animais de Poder que você começou a falar da última vez? – Ryan se acomodava no estofado de couro vermelho, posicionado ao lado do amigo.

– Eu queria falar exatamente sobre isso com você – Axl olhou para os lados, confirmando que, além dele e Ryan, não havia mais ninguém nas imediações. – Preciso te alertar sobre o risco que você está correndo.

– Aonde você quer chegar com isso? Os Animais estão atrás de mim? – havia certo tom de deboche em sua colocação.

– Ryan, não é brincadeira. Antes de mais nada, você tem de me prometer que não falará sobre isso com ninguém.

– OK.

– Ryan, você tem de me prometer!

– OK, OK. Eu prometo! Anda, Axl, fale logo cara.

– É sobre Fidellius Shaw. Ele não é o herói que você imagina. Ele é um bandido perigoso com o qual temos de nos preocupar.

Foram mais ou menos uns 15 minutos de explicação, incluindo o relato pesaroso sobre a morte de Jake, até que os primeiros integrantes dos Master chegassem. Sabendo que teria pouco tempo disponível, Axl resumiu toda a história, destacando os pontos principais.

– Fique atento, cara! – Axl se apressou em fechar a história, enquanto via através do vidro junto à fachada que Kevin e Dylan cumprimentavam Kaleo. – Só você e Kaleo sabem dessa história. Temos de manter segredo. O efeito surpresa é nossa melhor arma.

* * *

O grupo estava quase completo. Sentados ao redor da maior mesa circular do salão, ainda havia o espaço deixado para Lara. Os cinco minutos que separaram a chegada dela da dos seus amigos foram eternos na percepção de Axl.

Ele acompanhou em detalhes todo o trajeto que a garota fez desde o momento em que deixou o carro de seu pai até se aproximar da mesa. Mesmo vestindo um uniforme escolar, que em geral não é tão charmoso assim, ela estava perfeita. Seus dedos delicados tocando o vidro da porta, seu sorriso ao entrar e a maneira de cumprimentar o sr. James, cada um de seus passos marcados como se estivesse sobre uma passarela de moda, a forma de arrumar seus cabelos ao chegar à turma...

Seu coração acelerou de forma vertiginosa. O sangue quente lhe subia ao rosto, dando a sensação de que bochechas e orelhas estavam completamente enrubescidas. Suas mãos suavam e agora estavam escondidas nos bolsos da calça para não denunciarem que também estavam tremendo. Respirou fundo, buscando conscientemente não gaguejar em suas primeiras palavras.

Bastou um segundo para tudo mudar. Sentia-se gelado. Catatônico, olhos vidrados, não podia acreditar no que acabara de presenciar. Como em tom de zombaria, sua mente reproduzia aquela cena em câmera lenta, quadro a quadro, para que nenhum detalhe passasse despercebido.

Entre todas as desventuras que já havia imaginado sofrer, aquela certamente não estava na lista. Os lábios de Lara e Ryan se tocando... sorrisos demonstrando afeto mútuo. Seu estômago revirou.

– Está mandando bem, amigão! – Kaleo encarou Ryan sorrindo, fitando rapidamente Axl que estava ao seu lado.

– É, essa era uma das surpresas do dia.

– Show! – Kaleo se sentou, puxando a fila.

– Então, pedimos primeiro os lanches ou vamos direto aos assuntos principais? – Ryan sentou-se com Lara, aproveitando o momento para mais um selinho.

– Pessoal, desculpe aí, mas... Não estou me sentindo muito bem – diferentemente de todos, Axl continuava em pé. – Meu pai diz que minha pressão anda baixa estes dias.

– Fala sério! – Ryan retrucou.

– Tranquilo. Depois vejo o que falaram, com Kaleo.

* * *

– Axl! – disse Alice com sua voz doce enquanto o seguia rumo à porta. – Você esqueceu sua mochila.

Capítulo 60

Os dias que se seguiram àquele acontecimento foram simplesmente terríveis. Naquela mesma noite, entre uma piadinha e outra por conta da fraqueza que Axl deixou transparecer no Lord's, Kaleo explicou o motivo do encontro marcado por Ryan.

Além de aparecer em público com a namorada, havia dois assuntos relacionados ao Primordial Power. O primeiro era um presente para os Mummies. Um par de ingressos para cada jogador, que davam direito à área VIP no primeiro jogo oficial que ocorreria durante as férias. O segundo era sobre a festa de Ryan, que aconteceria dali a duas semanas. No primeiro dia de férias, seu aniversário seria comemorado em uma Arena, na qual os participantes dos dois times poderiam duelar novamente. A intenção de Ryan era dividir com os amigos o planejamento da festa, para que tudo saísse perfeito.

* * *

Axl, como era de se esperar, não se animou com nenhuma das novidades. Passou o fim de semana trancado em seu quarto estudando para as provas.

Dan, depois de uma tentativa de contato malsucedida e sucessivas batidas à porta, resolveu deixar o filho em paz.

A semana transcorreu lentamente na percepção do decepcionado garoto. Escondendo-se atrás de uma máscara de bom aluno, que precisava se concentrar nos estudos e provas que ocorriam naqueles dias, conseguiu driblar os amigos e manter-se isento de conversas e interações.

Já era tarde da noite naquela sexta-feira. Cansado, viu o relógio digital em seu computador marcar meia-noite.

"Vamos dar o dia por encerrado!", pensou enquanto sorria levemente e fechava seu notebook, antes de se deitar e ver a luz da Lua mais uma vez iluminando a escuridão vazia da noite.

* * *

A manhã de sábado estava perfeita, com céu azul e pássaros cantando nas árvores das imediações. Eram quase 9 horas e Dan não conseguia mais conter a preocupação com a reclusão do filho. Até Kate estava aflita e perguntou ao pai se não podiam fazer "alguma coisa bem legal para o Axl ficar feliz". Uma ideia que subitamente brotou em sua cabeça lhe parecia perfeita – passar o dia nas trilhas do parque que Sophie costumava frequentar. Axl estava a cada dia mais envolvido com os assuntos ligados à natureza, e sabia que agora a memória da mãe lhe trazia mais conforto que decepção.

De mãos dadas com Kate, subiu as escadas confiante. Não desistiriam de tirá-lo da sua caverna particular.

– Axl, bom dia – três leves batidas na porta. – Podemos entrar?

– Bom dia, irmãozinho!!

– Axl? – Dan olhou para Kate, com sua tradicional cara de interrogação.

Como não teve resposta, resolveu avançar. Abriu lentamente a porta e se dirigiu até a janela para abrir as cortinas. O Sol deveria ajudar o garoto a sair de seu sono e iniciar o dia.

– Ô filho, ainda dormindo? – modulou o tom de voz, buscando não transparecer sua preocupação. – Axl?

Todos os seus pelos se arrepiaram. Ao tentar tocar o rosto do filho para acordá-lo, sentiu como se tocasse um cadáver. Axl estava imóvel, gelado.

Dan tinha sua boca seca. Seu coração parecia tentar bombear desesperadamente um sangue que fora drenado. Mãos, pés, rosto... ele estava tão frio quanto o filho que jazia desacordado na cama.

Antes de ligar para a emergência, tomou o cuidado de verificar se o menino tinha pulsação. Havia sinais vitais, ou seja, ainda havia esperança.

Capítulo 61

– Alô, Dan, tudo bem? Fim de semana em família?
– Kaylane, preciso falar sobre o Axl. Ele está internado!
– O quê?... O que aconteceu?
– Não sei. Eu o encontrei apagado na cama hoje de manhã. Estava gelado. Os médicos dizem que está em coma. Ainda não encontraram a causa e não sabem o que deve acontecer.
– Estamos indo para aí. Fique calmo.

* * *

Dan havia deixado Kate com Rebecca, a amiga que cuidou da filha enquanto faziam a viagem à Reserva Cherokee, que passara no hospital para buscá-la. Na sala de espera do hospital, em meio às conversas de estranhos que contavam piada, jogavam em seus smartphones ou falavam sobre a vida de conhecidos que bisbilhotavam nas redes sociais, o pai de Axl era pura desolação. Mais uma vez estava impotente contra um desafio que a vida lhe impunha. Perder Sophie foi como arrancar-lhe parte vital da alma. Não iria passar por aquilo novamente.

– Dan! – Kay e o marido Matthew entraram apressados, seguidos por Kaleo.
– Oi! – os olhos marejaram e as lágrimas não puderam mais ser contidas.
– Dan, o que aconteceu? – Matthew o abraçou.
– Ninguém sabe. Ele está desacordado. Parece uma pedra de gelo... Kaleo, você sabe se aconteceu alguma coisa na sexta-feira?
– Não vi nada de errado, sr. Green. Tirando o fato de que ele está bem estranho estes dias por conta da...
– Fala logo, Kaleo! – o olhar de Kaylane era de repressão.

– Por conta da Lara. Mas... isso não é importante. Eu tentei ligar para ele ontem à noite, mas ele não me atendeu. Ia chamar para ir pra casa hoje de manhã.

– Tudo bem, Kaleo. Pensei que você pudesse saber de algo – Dan olhava para o teto, buscando encontrar alguma saída.

– Peraí... Tem uma ligação dele de ontem. Perto da meia-noite. Eu já estava dormindo e não devo ter ouvido. Tem também uma mensagem na caixa postal.

* * *

"Fala aí, Kaleo. Cara, não vou aguentar esperar até as férias pra irmos na próxima tribo. Preciso me preparar pra enfrentar o Shaw. Ainda não engoli a morte do Jake. Pensei bem esta semana e vou tentar uma conexão como a que minha mãe fez... Tenho de me tornar um Filho da Terra com todos os meus poderes ativados. Também perdi um Animal da última vez. Não posso mais ser um fraco diante dele. Então... Amanhã cedo vou fazer a jornada. Se quiser me ajudar e, se tiver coragem, venha comigo. Vou começar lá pelas 7 horas. Depois disso vou desligar o celular pra não me atrapalhar. Fui..."

* * *

– Não, Axl! – Kay colocou as duas mãos na cabeça, enquanto fitava Dan com lágrima nos olhos.

– E agora? Temos de fazer alguma coisa.

– Já sei, Dan. Vou ligar para Lua Negra. Acho que ela consegue nos ajudar.

Capítulo 62

Era a primeira vez que Axl fazia uma Jornada Xamânica ao Mundo Intermediário. Pelo que tinha entendido da explicação de Lua Negra, esse era o único caso em que o ponto de início da viagem não seria o Espaço Sagrado. Para facilitar sua concentração, colocou seu smartphone para tocar uma *playlist* com toques de tambor que tinha baixado num *site* especializado.

Deitado, concentrou-se, focando toda sua atenção no ritmo do toque que preenchia o seu quarto. Por duas ou três vezes, pegou-se tentando manter a consciência ativada, por ter a sensação de que estava adormecendo. Resolveu confiar e se entregar à experiência.

* * *

Abriu os olhos e duas coisas logo chamaram sua atenção. O Filtro dos Sonhos emanava uma luz muito forte na cor violeta. Essa cor, que se espalhava por todo o quarto, mesclava-se com outra luz verde que tinha origem no seu sistema de som. Aquilo era incrível – ele estava vendo a música.

Levantou-se da cama e sentiu seu corpo muito leve. Era uma sensação parecida com a que havia experimentado quando teve de tomar uma anestesia para um exame médico. Deu alguns passos em direção à janela, ainda encantado com o brilho intenso das luzes, quando focou em sua cama... Ele também estava lá. Seu corpo, imóvel, parecia estar em sono profundo. Sorriu, confiante, e seguiu em frente.

Próximo à janela, era banhado pela luz emitida pelo Filtro dos Sonhos. Podia sentir a interação entre aquela energia sutil e a de seu corpo astral. Não sabia se funcionaria como pensara, mas enxergou aquele instrumento de poder como sendo sua porta para o Mundo Intermediário.

Quem sabe também filtraria as energias negativas ou espíritos malignos, como os nativos dizem fazer com os sonhos? Fechou os olhos e mergulhou.

Imediatamente se viu aterrissando no jardim. Seus pés descalços sentiam o frescor da grama e uma textura diferente daquela à qual estava acostumado. Continuou caminhando. Havia pessoas andando pelas ruas. Notou que ninguém conseguia vê-lo. Aquilo era sensacional, o sonho de qualquer criança... Voar e ficar invisível. Experimentou fazer careta para a senhora Graham que saía para caminhar todas as manhãs pelo bairro. Com seu cabelo encaracolado, rosto sisudo e seus vestidos-padrão com estampas floridas, era a típica vizinha avessa às travessuras das crianças. Na verdade, já tinha feito essa careta antes – mas com medo, sempre às costas da velhota.

Sua consciência o trouxe à responsabilidade. Lembrou-se de Flecha Lançada recomendando o trato com máxima honra quando estivesse interagindo com as forças ancestrais. Continuou sua caminhada rumo ao Parque Harriman, local onde sua mãe costumava fazer suas integrações com a natureza e, certamente, onde ela se tornou uma Filha da Terra. Estranhou o fato de parecer estar sendo observado. Era como se houvesse pessoas escondidas nas árvores, olhando e acompanhando seus passos.

"Acho que é coisa da minha imaginação. Como seria possível, se ninguém pode me ver?"

Não tinha o dia todo, e resolveu correr. Assim como acontecera em uma de suas jornadas, conseguia se deslocar em velocidade muito alta. Em segundos estava no imenso parque. Com seus quase 200 quilômetros quadrados, recheado de lagos, rios, cascatas e muito verde, o Parque Harriman é o segundo maior de Nova York. Principalmente aos fins de semana, é bastante visitado pelos aventureiros que se embrenham em suas matas e centenas de quilômetros de trilhas.

* * *

Axl precisava de paz absoluta. Mesmo com o grande fluxo de pessoas circulando já no início da manhã, não foi difícil encontrar um local deserto. A área parecia perfeita. Um riacho com algumas pequenas corredeiras, que desaguava em um lago cercado por diversas espécies de árvores e flores. Decidiu seguir rio acima, buscando encontrar o cume da montanha que conseguiu avistar no caminho, deixando de lado a alta velocidade para degustar toda a vida que o cercava.

De imediato, percebeu que seus sentidos estavam mais aguçados. Podia sentir o aroma das plantas que o rodeavam, sendo capaz de distinguir as nuanças que caracterizavam cada espécie. A natureza também parecida mais viva, tendo pedras, folhas, troncos e a água explodindo em cores vibrantes. Seus olhos também conseguiam captar um grande campo de energia multicolorida que envolvia toda a área.

À sua direita, o som de um galho se partindo chamou-lhe a atenção. Instigado a descobrir do que se tratava, desviou-se da trilha, buscando caminhar sem ser notado. Um novo ruído. Para seu alívio, era apenas um cervo que se alimentava entre as árvores. Quando ia se virar para retomar a caminhada margeando o rio, foi surpreendido pelo animal que o encarou. Desconfiando se tratar apenas de uma coincidência ter o pequeno animal mirando naquela direção, resolveu fazer um teste.

– Uau! Você pode me ver – expressando contentamento, Axl se deslocava e conversava com o cervo, enquanto era acompanhado pelo seu olhar.

Seguia em frente, caminhando no contrafluxo do rio e, diante de seus olhos, uma bela paisagem se descortinou. O rio cruzava uma clareira, através da qual o Sol conseguia vencer a densa mata que reinava naquele local. Refletido nas águas em movimento, criava um espetacular efeito caleidoscópio.

A cada novo passo a imagem se tornava mais nítida, destacando o brilho intenso do astro-rei. Percebeu, então, que havia vida em movimento naquela pintura da criação. Centenas de borboletas, aparentemente de duas espécies diferentes, pairavam sobre as águas vagarosamente. Axl se aproximou, querendo ver mais detalhes daquele balé.

A transição de suas feições, da alegria à curiosidade, ocorreu no instante em que percebeu uma diferença entre as borboletas com asas amarelas e as outras com asas azul-fluorescentes. Essas últimas tinham o corpo ligeiramente maior e algo como uma cabeleira arrepiada, que tinha a mesma cor das asas. Como se tivessem sido atraídas pela sua curiosidade, agruparam-se e agora vinham em sua direção.

"Não acredito! Fadas!" Axl estava imóvel, boquiaberto, nenhum piscar de olhos...

"Seja bem-vindo!" A mensagem veio de forma telepática daquela que parecia ser a líder do grupo. "Em nome do espírito guardião desta floresta, nós, os seres elementais, te recebemos com amor."

"Seres elementais?... Nós?" Axl descobriu que a telepatia funcionava em duas vias.

"Sim, olhe ao seu redor."

O garoto duvidou se aquilo não se tratava de um sonho. À sua volta, centenas de seres que não imaginava existirem.

"Confuso?", – perguntou a líder das fadas. "É uma pena que apenas alguns poucos humanos podem nos ver. Com os elfos, gnomos, ninfas e ondinas... acho que não esqueci de ninguém... trabalhamos todos os dias para manter o delicado equilíbrio entre todos os seres viventes junto à Mãe Terra e os recursos que ela gentilmente disponibiliza."

"Kate adoraria ver isso!", lembrou-se da irmã, que adorava desenhos e filmes nos quais aqueles seres, até então imaginários, eram os protagonistas.

"Continue com sua jornada. Você está no caminho certo. E... Não se assuste se nos vir de novo. Estamos por toda a parte acompanhando você."

"Ah, obrigado!"

Os elementais sorriram. Estavam acostumados àquele tipo de reação toda vez que um ser humano fazia contato pela primeira vez. Um a um foram se retirando, abrindo espaço para a caminhada de Axl rumo ao próximo passo de sua jornada desconhecida.

Não imaginava que teria tantas surpresas no caminho. Mas, enfim, conseguiu chegar ao seu destino. Do topo da montanha, ainda cercado por diversas árvores, via rios serpenteando na planície que se estendia a seus pés. Daquela perspectiva, uma nova descoberta. As energias douradas que desciam do Cosmo se chocavam e mesclavam com a energia verde que emanava da Mãe Terra. O embate harmônico de forças poderosas gerava um manto energético que sustentava a vida de todos que cobria.

Capítulo 63

Sentou-se diretamente no solo, sobre uma espessa camada vegetal formada por grama e algumas flores campestres. Inspirou fundo, tendo o seu olhar vago se perdendo pelo horizonte. Sua mãe retornou mais uma vez à sua mente.

"Como teria sido bom estar com ela aqui! Certamente teríamos momentos inesquecíveis neste parque, se nossa família não tivesse sido obrigada a se separar."

Aquele momento deveria ser especial. Tentou não deixar Fidellius se apoderar novamente de algo importante em sua vida. Seus pensamentos não poderiam ser contaminados pela raiva ou pela sede de revanche.

Fechou seus olhos... concentrou-se nas batidas de seu coração. Apenas isso... nada em sua mente.

Aos poucos, sensações que acionavam seus sentidos se apresentavam. Primeiro, um imenso calor que vinha da base da coluna vertebral em direção à cabeça, limpando e energizando seu ser. Em seguida, sons, aromas e até gostos diversos, todos ao mesmo tempo invadindo e bombardeando um cérebro acostumado a processar apenas informações da tridimensionalidade humana. Notou que suas mãos apoiadas no solo captavam o ressoar do coração da Mãe Terra. A conexão estava em curso.

Axl estava envolto, agora, em uma esfera com diâmetro de pelo menos duas vezes sua altura. Dourada, a cada instante tinha a intensidade de seu brilho ampliada. As raízes das árvores que o cercavam ganharam vida, emergindo da terra e caminhando em sua direção. Envolveram suas mãos, pernas e tronco, gerando a simbiose de seres de reinos diferentes, mas pertencentes à mesma matriz.

* * *

Sorrateiros, cipós que pendiam de uma das árvores daquele local pareciam se esticar, indo em direção ao garoto. Descendo por suas costas, enrolaram-se no peito e pescoço, causando desconforto. O ar começou a lhe faltar. A conexão foi quebrada... Desesperado, viu as raízes se explodindo uma a uma, ao mesmo tempo em que era tirado do chão.

A risada grave que ecoava por toda a parte era inconfundível.

– Olá, garoto. Você por aqui??? – Fidellius se aproximava lentamente, contornando Axl, que pairava a mais de um metro do solo. – Então... Essa é sua cara de verdade. Engraçado, você não me é estranho.

Apesar de ter desenvolvido apurada habilidade de guardar fisionomias, o que era extremamente útil no mundo político e empresarial, Fidellius não o reconheceu, pois o tinha visto apenas duas vezes: na cerimônia de encerramento da competição daquele ano, na qual foi formado o time dos Master Warriors, e a segunda vez, na recepção da festa dedicada aos campeões. Axl até então era apenas mais um jogador que cruzava o caminho de Fidellius, alguém sem importância para despertá-lo a gravar sua fisionomia. Nas outras interações que ocorreram durante as Jornadas Xamânicas, Axl apresentava-se como um Índio nativo-americano, tendo características físicas diferentes das suas reais.

A pressão em seu pescoço não permitia que Axl falasse. Seu corpo, imobilizado, era impedido de qualquer reação.

– Bom, isso não importa. Hoje é seu último dia mesmo – Shaw se virou, contemplando a vastidão da floresta abaixo do pico em que se encontravam. – Engraçado te encontrar aqui. Sabe que planejei acabar com sua mãezinha neste mesmo local? – virou-se... Seu sorriso silencioso e recheado de sarcasmo. – Eu sabia que ela gostava de ter este parque como um ponto de conexão. A força dela se ampliava toda vez que estava rodeada por essa energia. Mas, como gosto de desafios, decidi que esse também seria o túmulo de seu corpo... digamos... sutil. Já que ela não me concedeu esse prazer, o túmulo está vago e agora é todo seu!

Capítulo 64

– Não, não sabemos nada além do que falei à senhora – Kay falava com Lua Negra pelo celular.

– Certo. Então vamos ter de tentar rastreá-lo pelo Mundo Intermediário. Se soubéssemos para onde ele foi, seria mais fácil.

– Vamos tentar descobrir alguma coisa. Ligo para... – Kay havia se esquecido que Jake, seu elo com Lua Negra, não poderia mais ajudá-la diretamente. – Com quem eu falo caso a gente tenha alguma novidade?

– Fale com Pamela, a irmã de Jake. O número é o mesmo que você já tinha. Vou falar agora com as outras tribos. Temos de agir em grupo. A batalha começou.

Dan não sabia o que fazer. Ele não pertencia àquele mundo ligado à espiritualidade, e deixou que Kay intermediasse o contato com os nativos.

"Se Sophie estivesse aqui, certamente saberia o que fazer."

– O que ela disse? Tem alguma coisa que podemos fazer?

– Infelizmente não, Dan. Ele está aprisionado no Mundo Intermediário, e impedido de sair de lá. A única forma de trazê-lo de volta à consciência é resgatando-o. Se ao menos soubéssemos para onde ele foi, seria mais rápido.

– Dan, faça o seguinte: vá para casa comer alguma coisa e tomar um banho pra relaxar um pouco. Ficamos aqui enquanto isso – sugeriu o pai de Kaleo.

– Pessoal, obrigado mesmo por tudo que estão fazendo pelo Axl. Vou aproveitar e ver como a Kate está.

* * *

Lua Negra, conforme havia combinado com Kaylane, contatou todos os anciões. Cada uma das tribos se preparava para a jornada de busca e salvamento no Mundo Intermediário. Em média, haveria 20 representantes de cada etnia. Era consenso que Axl estava nas garras de Fidellius e seu bando, e sabiam que desta vez ele não deixaria o garoto fugir facilmente.

Partindo cada um de sua tribo, os grupos se encontraram na reserva Lakota, na dimensão do Mundo Intermediário.

Guerreiros e curadores, homens e mulheres, diferentes culturas estavam ali representadas em trajes, adereços e pintura corporal. Os cinco xamãs sentaram-se ao redor de uma fogueira em total silêncio, portando seus Instrumentos de Poder. Cocares, crânios de búfalo, maracas, penas e tambores eram elementos importantes dos trabalhos que ali seriam realizados. Em pé, os demais nativos formavam um círculo de proteção no entorno dos anciões.

Flecha Lançada, o anfitrião naquela terra sagrada, conduziu o início do ritual da Chanupa. Honraram o Grande Espírito, os ensinamentos da Mulher Novilho e as forças da Mãe Terra e Pai Céu.

Concentrados, tendo como foco as chamas da fogueira, todo o grupo elevou seus pensamentos a altas vibrações, permitindo que se empoderassem para a batalha necessária e inevitável.

O primeiro passo parecia simples àqueles sábios acostumados a interagir com a energia cósmica. Entretanto, nem mesmo a força reunida dos mais poderosos curadores em vida foi capaz de penetrar no bloqueio criado por Fidellius para impedir que Axl fosse localizado.

– Meus irmãos – falou Flecha Lançada –, acho que teremos de avançar pelo método tradicional. Assim como nossos antepassados faziam nas caças aos búfalos que alimentaram nossos povos.

– Estou de acordo – respondeu Lua Negra. – Temos de nos dividir para cobrir uma área maior e reduzir o tempo de busca.

Acelerando de forma vertiginosa até atingirem uma velocidade estonteante, cada tribo, em grupo, partiu para um continente. Estavam em busca de qualquer atividade de interação humana no Mundo Intermediário. Nos tempos que se seguiam, esse contato tornou-se prática incomum depois que Fidellius passou a dominar energeticamente aquela dimensão.

Na Austrália, um grupo aborígene se preparou para uma potencial batalha, assustados com a presença do povo cherokee que se aproximava. Sorrindo, em demonstração de amizade, Lua Negra transmitiu confiança e tranquilidade, deixando-os em segurança para prosseguir com sua conexão.

Na Europa, um grupo de 12 mulheres que ainda mantêm viva a tradição do povo celta se dispôs a ajudar os apaches em sua busca pela região.

Horas de busca se seguiriam sem sucesso, cruzando-se mares, desertos, montanhas e vales, até que a voz de Pamela, que acompanhava a condução pelo tambor do grupo cherokee, trouxesse a Lua Negra uma nova possibilidade.

* * *

Momentos antes, Dan fizera contato com a garota nativa, informando ter encontrado uma provável pista da localização do filho.

Antes de retornar ao hospital, entrou no quarto de Axl em busca de alguma inspiração. Notou que o LED de stand-by indicava que seu notebook, apesar de fechado, havia sido deixado ligado. Numa política definida em consenso, havia combinado com o filho que a senha de acesso ao mundo virtual seria compartilhada por ambos, no intuito de que Dan pudesse orientá-lo, minimizando-se os perigos do contato de crianças com a internet. Em seu navegador, havia duas páginas abertas – encontrá-las trouxe a Dan um alívio semelhante ao desatar de algemas e mordaça, que o impediam de ter a liberdade de seu corpo.

Ironicamente, o *software* de mapeamento por satélite das indústrias de Fidellius, amplamente utilizado pelo mundo todo, provavelmente ajudaria a derrotá-lo. No mapa, a rota traçada marcava a distância entre a casa dos Green e o Parque Harriman, exatamente o mesmo local evidenciado pela página oficial do parque, também aberta.

* * *

Lua Negra e seu grupo, que mapeavam um imenso parque próximo a Sidney, deslocaram-se imediatamente para o Harriman. Mantendo toda a cautela para não serem notados por prováveis soldados de Fidellius, iniciaram uma varredura completa no local.

"Encontrei!" – uma das nativas informou o grupo mentalmente.

"Fique onde está" – Lua Negra já se encaminhava para o local.

Do alto de uma montanha, o grupo conseguia observar a movimentação dos guerreiros de Shaw, circulando ao redor de um lago cravado no coração do parque. Por ser de difícil acesso, o local não costumava receber visitantes. Pelas contas da líder cherokee, havia em torno de 30 pessoas guardando o lugar, protegidas por uma redoma energética densa e cinzenta. Ela logo concluiu: "Agora entendi por que não conseguimos localizá-lo antes".

A Lua Cheia refletia soberana nas plácidas águas do lago e, aliada a algumas tochas carregadas pelos comparsas de Fidellius, fornecia iluminação suficiente para permitir uma boa visualização.

Usando suas habilidades de telepatia, Lua Negra convocou todos os guerreiros que circulavam ao redor do globo. A cada segundo um novo integrante chegava ao local, aparecendo como por mágica entre as árvores.

"O Shaw está aqui também?", apoiando sua lança energética no chão, Estrela da Manhã, o xamã do povo navarro, indagou Lua Negra.

"Não o vi. Sábado à noite é um dia em que homens poderosos costumam ter diversos compromissos sociais. Acho que essa é uma oportunidade única."

"E Axl, onde está?", Cavalo Prateado era o último ancião a se juntar aos demais.

"Não o vimos ainda", respondeu a cherokee. "E isso é muito estranho. Eles parecem guardar o lago."

Não havia muita alternativa ao combate corpo a corpo, e o ataque deveria ser eficaz. Fidellius certamente seria avisado e, em questão de minutos, estaria defendendo seu último troféu. Os líderes definiram que a melhor estratégia era se dividir em dois grupos. O primeiro, formado por 90 integrantes, seria responsável pelo ataque direto, tendo como premissa imobilizar rapidamente cada um dos adversários. O outro seria o grupo de busca, e tinha como meta encontrar o paradeiro de Axl para o resgate.

Protegidos pela mata fechada, que não permitia que a luz da Lua penetrasse em seus domínios, fizeram um cerco preparatório ao ataque. O sincronismo do avanço pegou a maioria dos soldados de surpresa. Em poucos instantes, flechas, lanças e machadinhas luminosas cruzavam a estreita praia que se formava junto à quase totalidade do perímetro das margens do lago. Combatentes de ambos os lados podiam ser vistos tombando e, desacordados, sendo eliminados da batalha. Lua Negra conduzia o grupo de busca e salvamento e, imersa até a cintura no grande reservatório de água natural, buscava se integrar com aquele elemento no intuito de potencializar sua percepção.

"Não é possível... Não consigo encontrá-lo! Tenho de ser rápida. Fidellius já foi avisado."

* * *

Afastando-se um pouco do grupo, um dos integrantes do time de busca avançava a passos largos em direção à formação rochosa que limitava o lago na margem nordeste. O paredão de rocha maciça com mais de 30 metros de altura parecia uma barreira intransponível e, aparentemente, sem nenhuma abertura que desse acesso a alguma caverna. Lua Negra viu uma das nativas, integrante do time de busca, desaparecer de sua vista, no momento em que sofria uma tentativa de ataque pelas costas. A força e agilidade dos mais velhos durante as Jornadas Xamânicas certamente não eram as mesmas a que seus corpos estão submetidos na realidade humana. Pressentindo o perigo da lança cuja trajetória a tinha como alvo, desviou do projétil com um giro e contra-atacou acertando o peito do jovem que corria em sua direção, com um raio produzido por seu cajado.

* * *

Em uma caverna pequena, fracamente iluminada por meia dúzia de tochas presas às paredes, Axl jazia desacordado sobre uma mesa de rocha esculpida pela mão do homem.

– Axl! – uma voz feminina tentava acordá-lo de forma suave e delicada.

Nenhuma resposta ou reação. Entendendo que o garoto estava sob forte influência produzida pelo poderoso Fidellius, a nativa se posicionou a seu lado e, sem tocá-lo, impôs sua mão esquerda sobre o peito de Axl e a outra sobre sua testa.

* * *

A quase 400 quilômetros dali, Fidellius, em Washington, discursava a um grupo de militares de alta patente. Estava na metade da apresentação de um projeto secreto que, certamente, lhe renderia milhões de dólares e mais prestígio, quando recebeu a mensagem telepática enviada por Carmen Salazar, a líder do time de sensitivos de Shaw. Fez uma pausa e bebeu um longo gole d'água, atentamente acompanhado pelos olhares frios de seus interlocutores.

"Acabem com todos eles, ou acabo com vocês!"

"Devia ter acabado com ele de uma vez!" Shaw estava arrependido de sua ganância. Intrigado com a habilidade demonstrada por Axl em invadir sua mente e conseguir informações precisas, planejou manter o garoto hibernando na caverna enquanto buscaria uma forma de obter aquele poder para si. Ouvira, certa vez, que nativos de uma determinada etnia tinham a habilidade de absorver forças de seus oponentes, através de um ritual específico.

– Senhores, como eu ia dizendo... – não podia parar. Aquela oportunidade não se repetiria tão cedo.

* * *

A mulher sentia a dor provocada pelo embate entre suas energias e as que mantinham Axl Green inconsciente. Pouco a pouco, algo que parecia um plasma verde-musgo era extraído pela boca do menino e se aglutinava, gravitando sobre seu peito.

Tendo a certeza de que todo o mal havia sido expurgado, abriu seus olhos, mantendo-se concentrada. Uma veia saltava em sua testa, gotas de suor se espalhavam por todo o seu rosto e lágrimas tentavam inutilmente amainar a dor de seus olhos vermelhos e esbugalhados. Num ato possível somente a experientes curadores, sugou toda aquela energia, no intuito de contê-la até que todos estivessem em segurança.

Já em seus braços, Axl abriu levemente os olhos. Sem saber onde estava ou o que acontecia, buscava identificar em sua memória a bela índia que o carregava, tendo dois elementos que chamaram sua atenção. Seus longos cabelos negros, delicadamente adornados por penas brancas que pendiam lateralmente, e uma faixa estreita na testa, além da ternura que transbordava de seu sorriso. Estava muito fraco. Adormeceu.

* * *

De volta ao lago, após o mergulho necessário para cruzar o túnel submerso que era o único acesso àquela câmara secreta protegida por forte campo denso e negativo, a nativa emergia com o garoto Green desacordado em seus braços.

"Ele está aqui! Rápido, levem-no embora!", a fraqueza começava a tomar conta de seu corpo astral, provocada pela energia alojada em seus pulmões.

Simultaneamente, Lua Negra e David O'Brien, um dos sensitivos e pupilo de Thomas na Stellar Rhodium, avançaram em sua direção. O lutador de MMA conservava a mesma força de seu corpo físico, mesmo naquela realidade. Pouco depois de tocarem a água, seus corpos se chocaram fortemente, sendo ambos lançados a dezenas de metros de distância um do outro. Recuperados, partiram para o confronto, buscando eliminar de vez o adversário que tentava impedir a todo custo que seus objetivos pessoais fossem atingidos.

Flecha Lançada se aproximava sem ser notado. Ele era a esperança real para o desfecho pretendido para aquele conflito.

"Flecha, siga em frente. Não se preocupe comigo", – Lua Negra, atenta ao que ocorria ao seu redor, estava disposta a se sacrificar.

* * *

"Conseguimos!", o lakota a fitou profundamente. "Parece que você precisa de ajuda."

"Ele precisa mais que eu. Siga seu caminho", a índia que resgatou Axl sorriu e mergulhou novamente, após entregar o garoto aos cuidados do velho curador.

Deixando o campo de batalha enquanto os demais continuam os poucos adversários que ainda resistiam, Flecha Lançada desapareceu em alta velocidade.

De sobressalto, Axl respirou profundamente, tomando o ar pela boca. Dan, a seu lado, abraçava o filho que retornava à vida.

Capítulo 65

Axl já estava em casa. Depois de ter sido obrigado a almoçar a refeição sem graça do hospital, fora liberado por estar com a saúde perfeita. Os médicos, intrigados e sem saber o que de fato ocorrera, pediram cautela e atenção máxima a Dan. Axl seria obrigado a retornar para exames quinzenais pelos próximos dois meses.

Chagara, enfim, a hora de encarar os desdobramentos de suas ações. O pai havia deixado a conversa sobre sua irresponsabilidade para a tarde daquele domingo, permitindo que o garoto se concentrasse apenas em sua recuperação.

– Axl!!! – Kate acabava de chegar, tendo sido trazida pela amiga do pai.

Correu ao encontro do irmão, demonstrando imenso afeto, e se jogou sobre ele no sofá. Seu sorriso sincero e o brilho de contentamento em seu olhar eram, combinados, mais um componente necessário à completa recuperação dele.

– Obrigado, Rebecca! – Dan tinha em seu semblante a demonstração de que a paz retornava à sua vida.

– Fique tranquilo, meu amigo. Foi um fim de semana maravilhoso para as meninas – Rebecca tinha a filha no colo, com quem Kate passara brincando nos últimos dias.

Por volta das 3 horas da tarde, novas visitas apareceram. Kaleo e seus pais chegavam trazendo notícias.

– Falei há pouco com Lua Negra – Kay resolvera entrar no assunto principal, depois de alguns minutos de conversa girando em torno da saúde de Axl. – Parece que agora está tudo bem.

– Alguém se feriu? Como funciona esse negócio de batalha no Mundo Intermediário?

– Então, Dan... Deixe-me tentar colocar a história na ordem em que ocorreu.

* * *

Kaylane havia recebido um relato completo dos fatos que se desenrolaram no Mundo Intermediário, cujo desfecho se deu com Flecha Lançada chegando à UTI do hospital com Axl nos braços e, gentilmente, unificando seus corpos físico e sutil. O xamã lakota retornou ao Parque Harriman a tempo de ajudar os companheiros a anular completamente as forças de defesa de Fidellius Shaw, o qual, para a sorte de todos, não apareceu para a batalha que se desenrolou. Pelo que se soube, por volta de 15 nativos saíram feridos do combate e agora estavam em recuperação energética para que seus corpos astrais retomassem sua condição plena.

O desconforto de Axl pela situação era claramente percebido. Conhecer todos os fatos que se desdobraram em função de suas ações acrescentou um peso imenso de culpa às que já pesavam sobre seus ombros.

– A última coisa de que me lembro foi ouvi-lo dizer que o túmulo preparado para minha mãe agora era meu. Acho que desmaiei em seguida – Axl terminava assim o relato de sua experiência.

– O pior é que agora ele sabe quem você é. Parabéns! – sem meias palavras, Kaleo, em seu usual tom provocador, deu um tapinha na cabeça do amigo, sentado ao seu lado no sofá da sala de estar.

– Isso é verdade. Axl, você não pode mais aparecer nos eventos do Primordial Power. Se ele te encontrar, certamente te reconhecerá – Matthew acrescentou.

– Espera!... Me lembrei de mais algumas coisas. Eu o vi mais uma vez enquanto estava em uma espécie de caverna escura, fria e úmida. Foi como em um sonho, mas me lembro dele dizendo que a última ameaça ao seu domínio completo sobre as forças da natureza chegava ao fim... Bem diferente daquele que aparece ao público, lá sua voz e olhar eram frios. Dava para sentir que não existe nada de bom naquele ser. Me lembro também de uma nativa me tirando de lá. Não sei o que ela fez, mas eu me sentia leve, tranquilo... depois, vi o Flecha Lançada me carregando em alta velocidade. Enxergava apenas os borrões ao meu redor e as estrelas no céu.

– Ah, Lua Negra me pediu para perguntar uma coisa. Você conseguiu fazer a conexão?

– É... acho que sim. Não sei, na verdade. Me lembro de ter sentido meu corpo e o que estava ao meu redor como se fôssemos um só. Foi muito parecido com o que vi na mente de Fidellius, quando ele contava àquela mulher sobre o que sentiu quando se tornou um Filho da Terra.

– Interess...

– Na verdade, não tive oportunidade de saber o que vinha depois – completou, interrompendo a tentativa de Matthew de entrar na conversa. – Fui dominado por um cipó!

– Bom, filho, espero que tenha entendido a dimensão do que você fez e a proporção que isso tomou. Você sabe que não entendo muito bem essa história toda. Mas o que fica claro é que muitos estão dependendo de suas habilidades. Você parece ser a única esperança que eles têm para reequilibrar esse mundo paralelo em que vivem desde o início dos tempos, a ponto de se lançarem todos em uma busca que poderia ter dizimado seus povos.

– Desculpa! Não sei nem o que dizer... Eu só queria me preparar para acabar de vez com esse... maldito, que me faz sofrer desde pequeno – tristeza e raiva se revezavam em suas expressões corporais. – Por causa dele, a Kate nunca teve uma mãe, e o Jake... Agora a mãe dele ficou sem o filho – se levantou e seguiu até a janela, onde ficou por alguns instantes apenas observando o mundo que continuava sua dinâmica, alheio ao que se sucedia.

– Axl... – Kay interveio em tom maternal –, essa missão é muito séria. Como seu pai disse, lembre-se de que tem muita gente precisando de você e que está disposta a ajudar. Esse mundo é desconhecido para todos nós. Você não pode se expor assim novamente. Lembra do que te falei em nossa primeira viagem?... Eu estarei ao seu lado para o que for necessário.

– Eu sei, não deveria ter feito desse jeito. Nem o meu Animal de Poder eu levei comigo.

– Então... Não negligencie a força que você adquire. Parece que agora você está mais forte e, a cada jornada, mais pronto para enfrentar de vez o Shaw.

– Obrigado, Kay. Obrigado a todo mundo.

– Pessoal, tem mais uma coisa... – Kaleo tinha tom de voz e expressão do rosto apontando para algo que não seria bem-vindo. – Hoje pela manhã acessei a página oficial do Primordial Power, para buscar informações do ranking de nosso time e... Eu vi essa nova propaganda.

Os adultos se entreolhavam, buscando entender aonde Kaleo queria chegar com aquele vídeo que exibia em seu tablet. Num momento em que Axl se recuperava de uma experiência na qual quase foi assassinado, ele estava interessado na nova propaganda daquele jogo.

– Esperem! – ele havia percebido a tensão que criara no ambiente. – Agora vem a parte que impressiona.

– Kaleo, desculpe... – disse Dan, tentando ser amistoso. – Mas o que tem de tão especial com esse índio ameaçando o outro?

– Pai! – Axl interrompeu. – Esse índio que está sendo ameaçado sou eu!

Sabedor do potencial de penetração de seu game, Fidellius enviava uma mensagem cifrada pela rede, certo de que chegaria ao seu destinatário. A cena descoberta por Kaleo era uma reconstrução da experiência que Axl tivera no momento em que o enfrentava no Mundo Inferior. Ambientada no local desértico onde o dragão raptou o cavalo, seu Animal de Sabedoria, a cena mostrava Axl caído ao chão, com sua fisionomia idêntica à de seu corpo sutil enquanto está no Mundo Inferior, tendo ao fundo o portal totalmente vedado com pedras. A seu lado, seu arco fora de alcance e sua coruja aparentemente morta.

No *take* final, a mensagem que Fidellius queria realmente transmitir: "Desta vez, eu acabo com você!".

Capítulo 66

– Oi, Ryan – Axl acabava de atender a chamada de vídeo, enquanto fazia algumas pesquisas em seu quarto, relativas às próximas tribos que iria visitar.

– E aí, Axl! Como é que você está? Essa semana foi bastante puxada, com os exames acontecendo... Não conseguimos nos falar.

– É... Tudo bem.

– Então, você já se recuperou? Fiquei sabendo que você ficou internado no fim de semana passado. Foi aquele papo de pressão?

– É, acho que foi isso. Mas... Deixa eu aproveitar sua ligação. Não vou conseguir ver o seu jogo de estreia. Eu meio que não estou liberado – mentir não fazia parte do cardápio de atitudes do garoto, mas, neste caso, era melhor não dar muitos detalhes.

– Que pena, queria todos vocês lá. Afinal de contas, só cheguei no Master sendo ajudado pelo time.

– Tranquilo! Você merece todos os prêmios – Axl não sabia se ficara perceptível, mas a palavra "todos" mereceu um realce especial. – Acompanho vocês na *live*.

* * *

Kate e Dan terminavam de preparar suas malas de viagem. Apesar de estarem no início das férias de verão, a diversão em família fora suprimida da agenda.

Dan não havia conseguido transferir para um colega de trabalho a visita a um cliente importante, com base em Detroit. A empresa do ramo automobilístico mobilizava boa parte do escritório de advocacia ao qual estava associado, durante um ano inteiro. A ação na qual liderava a defesa de seu cliente envolvia uma indenização de milhões de dólares. O fechamento da estratégia e material de defesa exigiriam que ele ficasse pelas próximas duas semanas na sede do seu contratante. Apesar de vir em péssima hora, tendo em vista os acontecimentos das últimas semanas, o preocupado pai estava impotente.

Em situações parecidas, Axl e Kate costumavam ficar na casa da tia Lily, irmã de Dan, dois anos mais nova que ele, e que morava em uma cidadezinha da Pensilvânia. Esse era exatamente o destino da menina.

Axl, entretanto, tinha seus próprios planos. Havia assumido para si que aqueles eram tempos de batalha e preferia que a família não estivesse envolvida diretamente no assunto, pois já havia perdido demais naquele confronto.

* * *

Os 15 dias que se sucederam foram recheados de experiências no Mundo Inferior. Axl, Kaleo e Kaylane partiram, inicialmente, para conhecer o povo apache, no estado do Texas. Orientado por Lobo Cinzento, o líder espiritual da tribo, Axl fez a jornada de encontro ao seu Animal de Cura.

* * *

Ainda em seu Espaço Sagrado, o garoto foi conduzido para tentar descobrir algum novo tipo de habilidade. A intenção do xamã apache, cujas características mais marcantes eram a alegria e seriedade contrastantes em um rosto emoldurado por seu longo cocar de penas brancas, foi avaliar em que grau de intensidade havia ocorrido a integração dele com as forças da Mãe Terra.

Assim que abriu os olhos e, novamente, pôde apreciar o lago com as montanhas que o cercam, Axl compreendeu que dali em diante tudo seria diferente. Aquela era a primeira vez que experimentava o estado alterado de consciência, depois da batalha ocorrida no Parque Harriman. Diferentemente das outras vezes nas quais visitava o local, em que ele se sentia integrado à Natureza, desta vez ele era a própria Natureza.

Acompanhado de perto por seu Animal de Poder, de cuja energia ele decidira nunca mais se afastar depois da péssima experiência que teve em avançar sozinho pelo desconhecido, enchia-se de contentamento ao dar cada passo de comprovação de suas novas habilidades.

"Por onde eu começo?"

A primeira imagem que veio à sua cabeça foi a de um mágico que vira quando pequeno, produzindo fogo em sua cartola. Respirou fundo, estendeu sua mão esquerda e, com a direita, iniciou a emanação de energia, visualizando o que tinha intenção de produzir. Algumas faíscas surgiam a uns dez centímetros acima da palma de sua mão esquerda. A sensação de calor aumentava gradativamente. Uma pequena chama surgiu e, como consequência, um rápido sorriso com o canto da boca também. Confiante e esforçando-se ao máximo, viu aquela pequena fagulha se transformar em uma esfera de fogo com o tamanho de uma bola de basquete. Satisfeito, lançou sua criação aos céus e a fez explodir como fogos de artifício.

– *Yes!* – comemorou, dando um soco no ar.

Lembrando-se de sua experiência na praia havaiana, tentou a interação com o elemento Água. Concentrado, apontou suas mãos em direção ao lago e mentalizou a pequena coruja que o observava e que, na última semana, resolveu chamar de Órion. Para ele parecia estranho ter algum ser tão próximo e se referir a ele apenas como Animal Totem ou coruja.

Abriu seus olhos e girou os pulsos para que tivesse suas mãos espalmadas em direção ao céu. A água começou a se agitar e uma pequena marola chegava às bordas do lago. Com um novo gesto, ele empurrou energeticamente boa parte da massa líquida que tinha à sua frente. Como uma naja preparada para o bote, grande parte da água do lago se condensava junto ao paredão de rocha oposto, fazendo com que seu nível estivesse muito acima do usual. O deslocamento provocado expôs boa parte do fundo do lago que, agora seco, exibia diversos cristais.

Abriu seus braços e deixou que a energia fluísse. Imediatamente o paredão de água iniciou seu avanço em direção ao garoto. Uma grande réplica de Órion começava a se formar. Com suas asas abertas, planando, trazia em suas garras um símbolo muito familiar. O Filtro dos Sonhos de Sophie. Sorrindo e gritando de alegria, sentiu boa parte da água avançar sobre seu corpo. Mais um teste havia dado certo. Consciente, desviou energeticamente a água, para que nenhuma gota o atingisse.

Havia chegado à metade do teste que se propusera a realizar. Agora era a vez do elemento Terra. Pensou um pouco... teve uma ideia.

Sempre se incomodou com o fato de Órion não ter um local mais próximo para pousar, quando estava no platô em frente ao lago. Ajoelhou-se e manteve a atenção focada. Lentamente, deslizou sua mão direita por sobre o maciço que o sustentava. Muito perto... Sem tocá-lo. Sentia seu calor, sua vibração...

Vagarosamente, encostou as pontas de seus dedos na rocha, onde os mergulhou como se estivesse atacando um imenso pote de creme de amendoim. Podia sentir seus átomos vibrando e conseguiu comprovar para si mesmo que os minerais também podem ser considerados vivos.

Como se tivesse encontrado algum objeto há muito escondido, retirou rapidamente sua mão do interior da rocha e, estendendo-a para cima, comandou a criação de um poleiro com mais ou menos a sua altura. Entendendo a intenção do amigo, Órion imediatamente decolou para se aninhar, alguns instantes depois, em seu novo ponto de pouso. Seu piado longo parecia transmitir alguma mensagem como "Parabéns, você conseguiu!".

Faltava apenas o Ar. Levantou sua mão direita e, mentalmente, ordenou que os ventos soprassem com toda sua força. O céu azul em poucos segundos foi tomado por nuvens cinzentas, que vinham trazidas de algum lugar desconhecido por trás das montanhas. O choque das massas gasosas deu início a um festival de relâmpagos e trovões. Começou a girar lentamente o dedo indicador na altura de seu rosto e viu, não mais surpreso com o que poderia fazer, um enorme tornado que tocava a superfície do lago, sugando e atirando aos céus toneladas de água cristalina. As árvores do cinturão em seu entorno se agitavam ferozmente... parecia que não iriam aguentar. Satisfeito, bateu uma palma e toda a magia cessou.

Agora sentia-se pronto. Com todo aquele poder, Fidellius encontraria um adversário à altura. Estava prestes a iniciar sua caminhada em direção à sua Árvore Sagrada, portal de acesso ao Mundo Inferior, quando algo o fez parar. O poderoso Axl fora paralisado por um simples sentimento.

Uma imagem em sua mente... Um cavalo, seu Animal de Sabedoria. Por alguns instantes, racionalizou o que intuíra e imaginou se tratar de apenas mais um elemento que abasteceria sua fome de vingança contra Shaw. Mas não, aquilo era diferente. Embriagado pelo poder recém-adquirido, caminhava diretamente para uma armadilha por ele mesmo criada.

"Como eu poderia ser tão burro? É claro que Fidellius me encontrará novamente. Ainda não estou tão forte assim... Preciso pensar em algo... Tenho de passar por lá sem deixar... RASTROS", gritou assustando Órion que, vigilante, não desviava o olhar de seu protegido. "É isso, tenho de ficar invisível."

Mais um teste se apresentava. De frente para a pequena coruja, fechou os olhos e ergueu os braços a meia altura. Um redemoinho de energia dourada começou a envolvê-lo a partir dos pés. Subindo lentamente, em pouco menos de um minuto o garoto estava quase totalmente imerso em algo que lembrava um ovo dourado. Sobre sua cabeça, a casca etérea se fechou. Axl simplesmente desapareceu.

* * *

Estava novamente no Mundo Inferior. Desta vez, mesmo sentindo-se protegido e confiante, estava cauteloso. Sentira de perto a força com que seu adversário avançava contra aquilo que o impede de alcançar seus objetivos. Fidellius lidava com as forças da natureza havia bastante tempo. Assim, poderia estar preparado para agir contra aquele truque de um iniciante.

Por um instante, lembrou-se do que Jake falara durante a jornada de busca do Animal de Sabedoria. Um sentimento de tristeza o acometeu, por não estar dando esses passos da forma como deveria. Apesar de o Mundo Inferior ter suas maravilhas e ser o portal para as mensagens arquetípicas, aquele encontro deveria ocorrer em seu Espaço Sagrado, banhado pelos sentimentos de reverência e amor. Seguiu em frente.

Após cruzar um imenso jardim natural, forrado por tulipas vermelhas como o sangue, chegou à entrada de uma trilha que iniciava seu trajeto por meio de densos pinheiros, que o levou em poucos minutos a uma grande rocha da qual desaguava uma bela cachoeira.

"Que ótimo! Uma trilha que me leva a lugar nenhum?"

Girou olhando seu entorno e encontrou apenas árvores compondo uma densa mata. Resolveu seguir em frente. Cauteloso, atravessou o lago formado na base da queda d'água e que, aparentemente, não tinha nenhuma saída para o volume do líquido que ali era derramado. A água morna banhava-lhe as pernas até a altura do joelho. Mais uma vez olhou ao seu redor e se convenceu de que não tinha para onde ir, a não ser... pelo véu formado pela cachoeira. Por um instante parou sob a força do elemento vital, sentindo sua interação com aquela energia. Do outro lado da cortina natural, apenas rochas e o chão arenoso.

Voltado para o obstáculo, apoiou suas mãos e testa contra a parede, buscando alguma iluminação. Ao abrir os olhos, ainda mirando para baixo, notou que algumas pedras empilhadas ocultavam uma pequena abertura rente ao chão. Ajoelhado, viu que do outro lado havia luz. Aquele deveria ser o caminho.

Deitou-se no chão e, rastejando, seguiu pela estreita passagem. Sua conexão, agora aguçada, permitia que captasse a vibração energética da rocha e da terra que o abraçavam. Sentiu-se abençoado por aquele momento.

O calor e uma intensa luz dourada aumentavam à medida que a saída do túnel se aproximava. Levou um certo tempo para que seus olhos se acostumassem com o brilho que se revelou, assim que conseguiu deixar a rocha para trás e colocar-se de pé. Não havia muita coisa ali, apenas um platô que parecia terminar em um imenso abismo, uma árvore enorme e um céu espetacularmente profundo. Tentou, em vão, entender de onde viria toda aquela energia. Ela parecia ser parte do próprio espaço. Era como se fosse emanada por toda partícula de cada elemento que o cercava. Decidiu não tentar entender. Fechou os olhos e apenas sentiu o carinho com que era envolvido.

Ainda em estado meditativo, evocou mentalmente a aparição de seu Aliado de Cura. Sentindo sua presença, abriu os olhos e presenciou a aproximação de uma serpente.

Notou que, naquele momento, seu escudo energético estava desativado, quando percebeu que a serpente se aproximava tendo-o como referência. Sabia que não poderia se demorar no Mundo Inferior sem sua proteção. Entretanto, a paz de espírito era tamanha, que julgou ser aquele espaço um local naturalmente protegido. Relaxado, viu a serpente enrolar-se em suas pernas e lentamente subir em seu tronco. A naja, que geralmente causa pânico quando tem seu capuz aberto ampliando aparentemente a dimensão de sua cabeça, mirava hipnótica em seus olhos, sem o assustar. Imediatamente, a força canalizada por aquele ser fez com que Axl sentisse seu corpo físico revigorado. A energia da cura, enfim, estava a ele ligada.

* * *

– Aí, depois que ela se desenrolou de meu corpo, voltei pelo mesmo buraco na pedra – animado, Axl contava sua experiência a Kaylane e Kaleo, enquanto comiam um pedaço de pizza no restaurante do hotel em que se hospedavam. – Quando cheguei ao outro lado, meu escudo energético retornou. Sabe, fiquei muito mais tranquilo. Mesmo assim, voltei correndo para a entrada do meu Espaço Sagrado.

– É... Queria ter ido junto! – Kaleo, visivelmente frustrado, cruzou os braços e franziu a testa. – Não gostei muito desse chefe. A Lua Negra é mais legal.

– Kaleo, isso é jeito de falar?

– Ah, mãe... Só o Axl se diverte?

– Filho, você se esqueceu do que o Axl passou quando tentou fazer uma jornada sem proteção, ou o que aconteceu ao Jake? E tem mais, não estamos fazendo um passeio no parque de diversões. Isso aqui é coisa séria! – após proferir essas palavras, Kay se lembrou dos sermões de Kala quando ela era adolescente.

– Bom, pessoal, acho que vou subir para dormir. Estou meio cansado.

– Tudo bem, Axl. Vou esperar aqui até o Kaleo terminar de jantar. Nos vemos amanhã cedo. Boa noite! – Kaylane se levantou e, com um beijo na testa, se despediu do garoto.

* * *

Naquela manhã de sábado, completavam-se cinco dias que os três estavam na tribo apache. Nesta viagem, o tempo livre entre um ensinamento e alguma vivência espiritualizada permitiu que interagissem de maneira mais profunda com a cultura dos nativos. Além das horas junto a Lobo Cinzento, que os fez imergir em profundos conceitos e conhecimentos ancestrais, tiveram a oportunidade de ouvir histórias, conhecer a culinária e as formas de diversão de um povo que, no passado, contava apenas com os elementos da natureza para passar o tempo.

Enquanto Kaylane aprendia com as mulheres da tribo suas danças cerimoniais, os dois garotos caminhavam pela mata em direção a uma caverna nas proximidades.

– Cara, faz quase uma semana que estamos viajando juntos e, por duas ou três vezes, tentei falar com você sobre o jogo dos Masters.

– Ah, é? – Axl não demonstrou muito entusiasmo em prosseguir com aquela conversa.

– Isso é por causa do Fidellius ou por causa do... namoro do Ryan?

– O que é que eu tenho a ver com o namoro dele?

– Todo mundo percebeu pela sua cara, naquele dia no Lord's, que você ficou meio frustrado quando viu os dois se beijando.

– Não sei do que você está falando.

– Axl, não sou só eu que percebi a sua... digamos, atração pela Lara.

– O que...

– Deixa eu terminar – Kaleo não desistiria até concluir o que, há algum tempo, queria falar para o amigo. – O cara é nosso *brother*. Além do mais, ele nem imaginava que você gostava dela.

– E agora, ele sabe? – aquilo não era bem um questionamento, mas um disfarçado deboche.

– Claro! E não está muito contente com o jeito como você passou a agir com ele.

– Bom, você queria falar do jogo. Quem venceu?

Alguns poucos segundos se passaram, até que Kaleo desistiu de tentar fazê-lo passar de vez por cima daqueles acontecimentos.

– Os Masters detonaram. A Lara acabou com eles. A garota é realmente demais. Sabe que até estou começando a gostar dela? – percebeu, tarde demais, que aquele comentário era infeliz. – Bom, é isso. Olha, estamos chegando à caverna.

– Espero que o desgraçado do Shaw não tenha aparecido por lá!

– Sim. Estávamos na área VIP, esqueceu?

– E você continuou lá, mesmo depois de saber de tudo o que ele fez? – Axl segurou o braço do amigo, fazendo-o estancar a marcha. – Como você tem coragem?

– Dá pra me soltar? – retrucou superando o tom de voz de Axl, seu olhar frio... – Até agora você nem queria falar desse assunto!

Axl achou estranha a forma de responder meio áspera, precedendo a corrida de Kaleo em direção à caverna e deixando-o para trás. Como falar sobre Fidellius o deixava amargurado, preferiu ignorar e continuou sua caminhada.

O fato, entretanto, estava registrado e voltaria à tona algum tempo depois, quando descobriria que Fidellius passara horas interagindo com os jogadores convidados que estavam na área VIP.

Capítulo 67

Como Kaleo não gostava de viajar de avião, Kay resolveu alugar um carro e ir para a próxima etapa da jornada.

Tendo o Monument Valley, nas terras dos índios navajos, como seu destino final, fizeram uma parada em Albuquerque, no Novo México. Descansaram no domingo à tarde e tiraram o dia seguinte para conhecer o Monumento Nacional dos Petróglifos.

Apesar da resistência de Axl, que não tinha disposição para distrações e queria concluir logo seu processo de evolução para enfrentar Fidellius, Kay havia planejado aquele passeio como uma pausa em todo o processo de busca de conhecimento e empoderamento pelo qual os três passavam. Sabia que, apesar da tentativa de eliminação de Axl por Fidellius, a identidade do garoto estava protegida e eles viajavam incógnitos.

Foram momentos descontraídos e até certo ponto divertidos, entre os milhares de entalhes em rocha deixados pelos nativos americanos e primeiros colonizadores espanhóis. Kaylane estava contente por ver a forma com que o filho interagia com o amigo, tendo-o como um verdadeiro irmão. Aí se incluíam as brigas eventuais, sempre seguidas pela reconciliação momentos depois.

* * *

Era por volta das 4 horas da tarde e o trio se preparava para voltar ao hotel. Axl encontrou um dos desenhos em pedra, que considerou particularmente interessante, e resolveu tirar uma foto a seu lado, imitando o modelo que originalmente deve ter servido de inspiração. Parecia ser um índio com cabelo arrepiado, tendo suas mãos apoiadas entre a cintura e a barriga, e os joelhos levemente dobrados. A leitura dos garotos foi de que alguma piada muito engraçada deve ter sido contada para que aquela pose fosse obtida.

A alegria de seu sorriso gravado na foto foi, em poucos segundos, substituída por um gemido de dor. Enquanto descia para o caminho que os levaria ao Centro de Apoio aos Visitantes, Axl escorregou na pedra inclinada sobre a qual estivera, batendo fortemente sua cabeça no chão.

– Axl!!! – Kay gritava desesperada, enquanto corria em direção ao garoto.

A aflição aumentou quando percebeu que ele estava desacordado e, ao lado de seu pescoço, uma pequena poça de sangue se formava.

Temendo causar algum dano sério, por não ter nenhuma habilidade com primeiros-socorros, preferiu não tocá-lo e chamar o apoio das equipes do parque, pelo telefone de emergência gravado no folheto que recebera quando comprou os ingressos.

* * *

– Dan, sou eu de novo – seu tom de voz era mais sereno. – Acabei de falar com o médico. Ele concluiu os exames, mas os resultados só sairão de madrugada. Pelo que ele falou, parece estar tudo bem.

– Você já falou com ele?

– Não, ainda não. Vamos poder vê-lo só agora. Fique tranquilo e aproveite seu passeio com a Kate. O médico…

– Você sabe se será liberado ainda hoje?

– Então… Como eu te falei, ainda faltam sair os resultados da tomografia. Parece também que ele está sedado porque a cabeça ainda dói pela pancada. O médico disse que ele deve ficar em observação no hospital por pelo menos mais um dia – o silêncio se estendeu por um tempo maior que ela esperava. – Dan…

– Oi…

– Dan, confie em mim. Ele está realmente bem. Vou cuidar dele como se fosse o Kaleo.

* * *

– Fala aí, desastrado!

– Ah, e aí, Kaleo?

– Oi, Axl. Está se sentindo bem? – o sorriso de Kay tinha o poder de acalmar pela sua doçura.

– É, acho que sim.

Os três conversaram por quase duas horas. Kay sabia que tinha de deixar a alegria imperar naquelas situações. Seguindo os planos que Axl tinha, até o momento do acidente, ela incentivou que a tal foto com a imitação do petróglifo fosse enviada para Dan.

– Bom, Axl, nós precisamos ir agora. O médico disse que não podemos ficar à noite no hospital. O hotel é aqui perto. Qualquer coisa, eles me avisam.

– Tudo bem. Minha cabeça só dói um pouco, mas estou legal.

Kaylane seguiu silenciosa no trajeto entre o hospital e o hotel. Estar cuidando do filho de outra pessoa e deixá-lo sofrer um acidente não era confortável.

Axl, ainda acordado, observava impaciente o ponteiro de segundos em sua rotação eterna. Ainda eram 11h30 da noite. Teve a impressão de que, se não dormisse, o amanhecer nunca chegaria.

"Tenho de sair daqui logo." Axl se lembrou da ameaça velada de Fidellius no site oficial do Primordial Power. "Tenho de fazer isso enquanto ainda sou o caçador!"

O efeito do anestésico começava a passar. Sua cabeça doía a ponto de deixá-lo irritado.

"Droga! Por que eu fui subir naquela pedra?"

Uma raiva imensa brotou em seu coração, e ganhava mais músculos a cada passo daquele ponteiro vermelho irritante.

Ele alimentava a fera inconscientemente. Suas mãos tensas esmagavam o lençol que o cobria, suas mandíbulas se comprimiam fortemente e seus olhos vertiam lágrimas contaminadas pela amargura.

Os aparelhos que faziam a medição de seus sinais vitais indicavam que aquela reação estava prejudicando sua condição. A temperatura corporal, o nível de oxigênio no sangue e a pressão arterial estavam totalmente desequilibrados.

Ao tirar sua atenção do relógio na parede, cruzou seu olhar rapidamente com uma flor delicadamente acomodada em um vaso na bancada de apoio. Chamou sua atenção o fato de vê-la murcha e com algumas pétalas já caindo.

Lembrou-se de tê-la visto viçosa, no momento em que abriu seus olhos pela primeira vez.

"Estranho... É como se eu sentisse que a rosa está triste."

Fitou-a silenciosamente por quase um minuto, o que permitiu que a calma estancasse a raiva em ebulição.

"Claro! Minha conexão! Lobo Cinzento disse que a interação no mundo físico também poderia ocorrer. Por que será que só agora isso aconteceu? Tentamos isso lá e não deu em nada."

A descoberta mudou seu padrão de pensamento, e a gratidão agora tomava conta de sua alma. Sentiu-se culpado por fazer até aquela pobre flor sofrer pela maneira com que agia.

Passou então a visualizá-la mentalmente, da maneira como a tinha visto pela primeira vez. Recordou-se, inclusive, do perfume que inundava o quarto. Com esse pequeno passo, a mágica aconteceu. A energia que ele emanava alimentou a pequena rosa e, pouco a pouco, ela recuperou sua plenitude.

– Uau! Como isso é possível?

"Espera... Meu Animal de Cura! Os xamãs haviam me falado que a força deles serve para nos ajudar aqui no plano físico. Já vi muita coisa inacreditável acontecer. Tenho de tentar."

* * *

Esquecendo-se da dor que aumentava, Axl reduziu a intensidade da iluminação do quarto, ajeitou-se confortavelmente no leito e fechou seus olhos, buscando a máxima concentração. Usando o poder de sua imaginação, viu-se novamente no local em que teve contato com seu Animal de Cura. A naja rastejava em sua direção enquanto Órion, pousada na única árvore do lugar, acompanhava atentamente o que se desdobrava. Vagarosamente, a serpente enrolou-se em suas pernas, subindo em direção ao seu tronco. Mantendo sua ascensão em um movimento circular, estava agora na altura de seu pescoço. Com o capuz à mostra, abriu sua mandíbula, exibindo suas presas pontiagudas.

Axl, agora, olhava fixamente para o horizonte sentindo a mesma paz que havia experimentado durante a jornada. O Sol quente podia ser sentido na pele, a brisa acariciando seus cabelos, nuvens brancas desfilando no firmamento... Enquanto isso, a cobra circundava seu crânio e se posicionava na parte posterior. Um pequeno recuo, o animal preparou seu bote e... atacou.

* * *

Alarmes soavam estridentes pelo quarto e pela central de enfermagem. Médicos eram acionados em caráter de emergência. A pressão sanguínea e os batimentos cardíacos de Axl caíram de forma abrupta. Ele estava inconsciente.

Capítulo 68

– Bom dia, vim visitar o paciente do quarto 1111 – Kay, preocupada, chegou ao hospital no primeiro horário liberado para visitas.
– A senhora é a acompanhante do garoto Axl Green?
– Sim, me chamo Kaylane Walker.
– Senhora Kaylane, o dr. Madison quer falar com a senhora. Por favor, aguarde na sala de espera.

* * *

"Por que eu não posso subir? O que será que está acontecendo?... Já faz mais de cinco minutos que eu estou aqui esperando", a inquietação de Kay só aumentava.
Kaleo, focado em seu smartphone e verificando nas redes sociais as novidades do dia que acabava de se iniciar, não percebia a aflição da mãe. Kay roía as unhas, tentando lidar com a ansiedade. Ao mesmo tempo que queria dividir com Dan o que estava acontecendo, não poderia colocá-lo em estado de preocupação.
"Calma, Kay! Você nem sabe o que o médico vai falar", conversava mentalmente consigo mesma.
– Sra. Kaylane, bom dia!
– Doutor, está tudo bem com ele? – levantou-se rapidamente, olhando para cima, uma vez que o médico tinha mais de dois metros de altura.
– Sim. Agora sabemos que está tudo bem – o alívio era evidente nos olhos de sua interlocutora. – Eu pedi que aguardasse aqui porque estávamos fazendo novos exames.
– Novos exames? Alguma coisa aconteceu?
– Sim, e não sabemos o que foi... Mas fique calma. Acho que a saúde dele nunca foi tão boa.

– Calma, mãe, o Axl está bem – Kaleo segurava sua mão, buscando deixá-la mais tranquila.

– Vou explicar o que eu quis dizer com "não sabemos o que aconteceu" – apesar de seu porte físico avantajado, o médico, que aparentava ter uns 50 anos, transmitia doçura e serenidade. – Segundo as enfermeiras, ele teve por volta da meia-noite sintomas similares aos que caracterizam um coma. Eu digo "segundo as enfermeiras" porque, quando cheguei ao quarto, ele estava muito bem. E olha que não se passaram mais que dois minutos.

– Doutor, não estou entendendo.

– Então... Ele estava muito bem e, inclusive, já acordado. Aquilo tudo era muito estranho, tenho de admitir. Como a tomografia que havíamos feito mais cedo acabara de ter o laudo finalizado, fui conferi-lo para saber quais passos deveríamos dar.

Algumas pessoas começavam a chegar ao hospital e a recepção já não era o melhor lugar para continuar aquela conversa. Prolongando ainda mais a aflição de Kaylane, seguiram por um longo corredor até chegarem a um dos consultórios, onde o dr. Madison continuou a explicação.

– Veja aqui – o médico apontou para uma mancha escura na tomografia. – Isso é um coágulo sanguíneo, provocado pela queda do Axl. Em minha primeira análise, ficava claro que o episódio havia sido provocado por causa dessa lesão.

– O que eu faço agora? – Kay não conseguia mais conter as lágrimas. – Tenho de chamar o pai dele aqui.

– Senhora, acho que não vai ser necessário. Deixe-me terminar a história e a senhora vai entender o que quero dizer – ele continuava com o sorriso no rosto, apesar da aparente gravidade da tal lesão. – Como eu ia dizendo, aquela lesão poderia ser a causa da repentina reação do garoto. Pedi uma nova tomografia para avaliar a evolução do quadro. Daí para a frente não tenho uma explicação científica – ele pegou outra tomografia, na qual o crânio de Axl era exibido de diversas formas e ângulos. – Veja! O coágulo simplesmente desapareceu!

– Como é possível?

– Eu me fiz a mesma pergunta. Mesmo sabendo que a doutora Davis é uma excelente profissional, pedi uma nova análise. Somados os anos de medicina dos seis médicos que discutiram o caso, não é difícil chegarmos a dois séculos – ele sorria, arrumando os óculos redondos.

– Nunca vimos nada parecido. O que podemos afirmar, com toda segurança, é que o menino Axl nunca esteve tão bem de saúde.

Aquela foi a deixa para que as lágrimas represadas fossem liberadas. Agora, porém, transmutadas em portadoras da mais pura alegria.

Capítulo 69

Com dois dias de atraso, o trio chegava à Reserva Navajo. Após quase cinco horas de estrada, passaram no hotel que fica dentro da reserva e se dirigiram ao local combinado.

Axl e Kaleo estavam boquiabertos com o cenário que os cercava. O Monument Valley é a grande atração na reserva dos índios navajos, e sua paisagem peculiar é uma das locações preferidas pela indústria do cinema, quando se trata de rodar filmes de faroeste.

Escarpas rochosas em tons de terra – contrastando com o céu azul do entardecer –, o chão arenoso, os cânions... Tudo soava muito familiar.

– Meus amigos, sejam bem-vindos – a recepção era conduzida pelo próprio chefe Estrela da Manhã.

– Olá! – responderam os garotos em uníssono.

– Agradeço por nos receber – Kaylane estendeu a mão para cumprimentar o chefe. – Gostaria de me desculpar pelo atraso. Tivemos um pequeno... imprevisto.

– Não se preocupe com isso. Fiquei sabendo do que aconteceu – o velho índio sorria para Axl que, demonstrando certo constrangimento, passava a mão na cabeça no local em que uma bandagem protegia os pontos que agora o acompanhavam. – Damos um nome para isso, sabia? Chama-se Ferida Sagrada... Mais tarde falo um pouco sobre esse assunto.

– Viu só? Não foi tão ruim assim – Kaleo conseguiu fazer o amigo sorrir.

– Vamos, venham comigo. Vou mostrar a vocês o nosso espaço de cerimônias. O trabalho hoje será feito sob as bênçãos da Avó Lua.

* * *

O espaço a que o velho curador se referia era uma área restrita aos visitantes do parque, no local mais sagrado daquele povo, o Canyon de Chelly. Do centro de acolhida aos visitantes, seguiram para o local em uma caminhonete do parque. Alguns minutos e muitos chacoalhões depois, chegavam ao seu destino.

Estavam no topo de uma escarpa, numa posição em que se sentia poder avistar todo o parque. O Sol parecia que os aguardava para se pôr no horizonte, escondendo-se entre os imensos maciços rochosos avermelhados pelo reflexo de seus últimos raios. A vista de deixar emocionado até os menos sensíveis criava imediatamente uma atmosfera de contemplação e meditação.

Um grupo de oito anciões, formado por homens e mulheres, preparava metodicamente a fogueira postada junto à borda do platô em que se encontravam. Ao seu redor, havia três Hogans, as tradicionais edificações do povo navajo, usadas em geral para a realização de cerimônias ou como moradia. Seguindo as tradições de seus antepassados, eram construídas em formato hexagonal, com toras de madeira de pinheiros nativos da região e tendo seu teto coberto por barro.

– Vejam! – apontou Estrela da Manhã. – As portas dos Hogans são direcionadas para o Leste. Nesta direção, podemos agradecer diariamente o nascimento do Avô Sol e pedir sua proteção.

– Vocês ainda moram nessas casas? – questionou Kaleo.

– Alguns de nós sim, mas não muitos. São construções bastante simbólicas. Eu, por exemplo, prefiro morar numa dessas para relembrar e honrar a vida de meus antepassados.

– Meu avô também mora numa casa bem tradicional, lá no Havaí.

– Eu sei, Kaleo. Estive com o velho Kala algumas vezes. Vamos até o outro lado, estão preparando uma deliciosa refeição.

* * *

A noite já tomava conta da paisagem que, tão bonita quanto aquela dourada pelo Avô Sol, agora exibia os contornos das esculturas naturais iluminadas pela plenitude da Lua Cheia. Saciados pela tradicional e saborosa comida preparada por algumas mulheres da tribo, estavam todos prontos para o trabalho que se iniciaria. Além do xamã Estrela da Manhã, mais seis experientes curadores se juntavam a Axl, Kaleo e Kaylane no interior do Hogan central. Tendo como piso o chão de terra batida para que se mantivesse o contato com toda a força da Mãe Terra, internamente a edificação dispunha de um único ambiente, sem nenhuma abertura para o exterior além da porta e uma espécie de chaminé. Por esse vão, a fumaça da pequena fogueira que iluminava o espaço era dissipada – mas, segundo os nativos, também servia de portal de acesso aos espíritos.

– Bom, Axl, me conte um pouco de sua experiência com o acidente desta semana. Pela informação que recebi, você teve sérias implicações que, por um certo milagre, foram resolvidas – Estrela da Manhã enfatizou a palavra milagre, enquanto um sorriso maroto tomava conta de sua feição.

* * *

Desta forma se iniciou a jornada daquela noite. Axl contou em detalhes sua interação com a energia do Animal de Cura recém-descoberto. Mesmo já tendo ouvido aquela história pelo menos duas vezes, Kaylane e Kaleo ainda demonstravam espanto com o poder das energias manipuladas por Axl. Por outro lado, nenhum dos nativos presentes parecia surpreso com seu relato.

– Muito bem! Esse acontecimento nos traz dois ensinamentos bastante importantes. O primeiro é com relação às Feridas Sagradas, aquelas que mencionei durante a tarde. Exercendo nosso livre-arbítrio, escolhemos ao longo de nossa vida por qual caminho iremos seguir. Muitas vezes, nossas escolhas nos afastam das experiências que nos levariam ao encontro de nosso contentamento espiritual. Em circunstâncias assim, as energias que regem o Grande Cosmo atuam, provocando mudanças radicais em nossas vidas, para que possamos recuperar nosso rumo. Esse conceito está bem condensado naquela frase que diz: "o que não vem pelo amor, vem pela dor".

Todos continuaram em silêncio. Aquele conceito aparentemente simples tinha embutida uma filosofia que colocou até os dois garotos, em seu nível de desenvolvimento de maturidade, para pensar.

– Parece que, no seu caso, o Grande Espírito não te concedeu muito tempo para retomar seu caminho – uma nova pausa, silêncio absoluto. – Eu também, se fosse ele, faria o mesmo – desta vez todos riram, quebrando um pouco a seriedade que imperava no ambiente.

– Acho que entendi o recado. Só poderia ter doído um pouco menos – Axl sentia-se à vontade em meio ao grupo.

– Vamos ao segundo ponto. A força dos Animais de Poder também se manifesta no Mundo Intermediário. Essa sua experiência com seu Animal de Cura deixa bastante clara a atuação dessas energias não somente quando você experimenta uma Jornada Xamânica ou, se você preferir, uma experiência fora do corpo. Lembrem-se todos vocês: essa força nos foi dada como presente, para que a utilizemos a qualquer momento, em qualquer situação. Cuide apenas para que seu ego não sobreponha seus valores virtuosos e você estará no Sagrado Caminho Vermelho.

Ajudado por outros nativos, Estrela da Manhã avançou um pouco mais nos conceitos sobre os Animais de Poder e a filosofia do Xamanismo. A intenção, como ele mesmo deixou claro durante a conversa, era fornecer um embasamento filosófico e conceitual para que todas as experiências pelas quais eles passaram, ou passariam, fossem aproveitadas ao máximo – sem misticismo, dogmas, fanatismo ou qualquer desvio de conduta psicológica ou social que pudessem tirá-los do caminho correto.

* * *

A fase teórica dos trabalhos daquela noite havia sido concluída. A prática seria realizada sob a luz prateada da Avó Lua, no entorno da fogueira junto à borda do platô.

Kaleo não conseguia esconder da mãe seu usual desânimo durante as Jornadas Xamânicas de Axl. Para ele sempre sobrava o trabalho manual, enquanto o amigo se divertia em um mundo paralelo.

Parte daquele sentimento se dissipou a partir do momento em que assumiu a baqueta do novo tipo de tambor ao qual fora apresentado. Cada uma de suas extremidades era recoberta por couro de cavalo, ainda conservando uma pelagem marrom e creme. O corpo em madeira tinha uns 60 centímetros, o que fazia com que seu som tivesse força para se espalhar por grande parte do vale a seus pés.

* * *

Envolvido pelas energias de seu Espaço Sagrado, Axl invocou Órion para acompanhá-lo durante a jornada. Em sua caracterização indígena, materializou sua arma e o cristal que controlava os portais.

O caminho através da Árvore Sagrada já havia se tornado um percurso habitual e, em questão de segundos, o bravo Curador em desenvolvimento cruzava os portões de acesso ao Mundo Inferior.

Axl sabia que encontraria um novo cenário a cada nova experiência naquele local. Nunca imaginara, entretanto, acessar um imenso vale coberto por orquídeas negras, delineado por montanhas que o lembravam das rochas do Monument Valley.

Seguiu por uma longa trilha em meio às estranhas, mas encantadoras, flores, até que chegou a uma caverna. Em seu interior podia enxergar a luz forte de uma fogueira, que deixava o ambiente aconchegante e acolhedor. Mesmo estando protegido por seu escudo, entrou no abrigo observando atentamente o que o rodeava. Planando, Órion circundou o fogo e se acomodou numa reentrância da rocha, em um ponto quase junto ao teto.

"Eu peço que meu Aliado de Prosperidade se encontre comigo agora!"

Após repetir esse mantra algumas vezes, o garoto viu surgir um pequenino animal. Tendo entre os dois as labaredas tremulantes, em cores entre o amarelo e o vermelho, o castor de pelagem cor-de-chocolate era ampliado através de sua sombra refletida nas paredes da gruta.

* * *

A quase 4 mil quilômetros dali, Fidellius terminava seu jantar animado, acompanhado por Nicole Lewis, a jornalista e âncora do principal telejornal americano, e sua mais nova potencial namorada. O apartamento tríplex no badalado bairro TriBeCa fora considerado a maior transação imobiliária residencial já realizada em Manhattan. Mantendo a linha minimalista que o magnata imprimia em seu dia a dia, a sala de jantar com capacidade para mais de 20 pessoas acolhia a intimidade solitária do casal, em meio a poucos e milionários quadros de proeminentes pintores modernos.

No mesmo momento em que Axl sentia a energia emanada pelo novo Aliado sendo incorporada, Shaw tinha a sensação de ter as suas forças drenadas de forma violenta. Era como se o ar tivesse sido rapidamente sugado do ambiente. O baque no peito o fez largar a taça que levava à boca, pintando de vermelho o alvo piso de mármore que o cercava.

Ele sabia o que estava acontecendo e também quem era o culpado. Tivera a mesma sensação quando os outros Animais foram entregues a Axl pelos nativos. Fidellius podia perceber a força do garoto sendo ampliada e, ao mesmo tempo, sua hegemonia, ameaçada.

"Preciso acabar com ele imediatamente", pensou enquanto cambaleava.

– Shaw! – assustada, Nicole levantou-se rapidamente e segurou a mão de Fidellius.

– Tudo bem. Foi… Acho que foi uma queda de pressão. Já estou legal.

– Quer que eu chame um médico?

– Não, não se preocupe – apoiava sua cabeça entre as mãos, com os cotovelos sobre o tampo de vidro. – Nicole, me desculpe. Acho que preciso descansar.

Sua voz era habilmente modulada, para que a raiva que sentia não se traduzisse em indelicadeza com a jornalista. Com seus 35 anos, a senhorita Lewis era uma personalidade conhecida por sua influência junto aos principais formadores de opinião americanos, obtida pela brilhante capacidade profissional e habilidade para conduzir célebres entrevistas junto aos mais importantes personagens da política e dos negócios.

Perder mais uma namorada não era um problema para Shaw, mas um eventual dano em sua imagem não tinha preço.

Parte IV
Nasce o Guerreiro

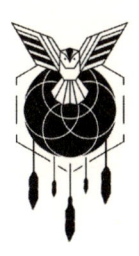

Capítulo 70

— Kaleo... Axl!. Pensei que estavam viajando — sorridente, Ryan recebia surpreso os amigos no jardim frontal de sua casa, onde brincava de baseball com um vizinho, buscando matar o final da manhã ociosa.

— Cai fora! — Kaleo tomava a luva e bola das mãos de Steven. — Sai, cara. Precisamos falar com o Ryan.

— Que história é essa? O que tá rolando?!

— Vai dizer que não sabe? — Axl empurrou Ryan pelos colarinhos da camiseta listrada do New York Yankees. Sua voz era um misto de agressividade e indignação. — Eu confiei em você! Como é que você foi me entregar? — seus gritos só eram menos assustadores que a expressão de seu rosto transfigurado. Aquele não era o Axl que o garoto conhecia e aquela não era, realmente, seu tipo de atitude natural. O momento de agressão do amigo era apenas o ápice de um dia repleto de más notícias, medos e apreensão.

A ideia de tirar satisfações com Ryan surgiu instantaneamente, no momento em que Dan ligou para Kaylane pedindo para terem cuidado, pois todos corriam perigo.

* * *

Axl e Kaleo aguardavam a chegada de suas malas, junto à esteira do aeroporto. Acompanhados de Kaylane, os três relembravam os momentos que tiveram nas duas últimas semanas. A beleza de Monument Valley os tinha marcado permanentemente. Acompanhados pelos nativos, após a noite da jornada de encontro do Animal de Prosperidade, rodaram por dois dias pela imensidão do parque, chegando a lugares que só são conhecidos pelos donos daquelas terras. Pouco antes de se despedirem da tribo, Estrela da Manhã aproveitou para mais algumas orientações e ensinamentos. Ao final do encontro, presenteou-os com um pequeno amuleto – a ponta de uma flecha produzida com a turquesa, uma das quatro pedras sagradas para os navajos. Trata-se de um cristal azulado que, segundo a tradição daquele povo, pode trazer proteção, entre outros benefícios mágicos.

* * *

– Oi, Dan! Tudo bem? Estamos aguardando as malas. Daqui a pouco chegamos em casa.
– Kay, me escute – sua voz denotava apreensão. – Uma coisa muito ruim aconteceu. Cheguei em casa pela manhã, vindo da viagem com Kate, e encontrei o lugar todo revirado. Kay... Ele sabe quem Axl é.
O silêncio se implantou imediatamente. Kaylane sentiu-se gelada. Seus pelos se arrepiaram, sua boca secou... E seus olhos quase não piscavam.
– Kay, você não pode voltar para casa. Me encontre no Lord's assim que saírem do aeroporto. Aliás, saiam rápido daí. Com o poder, influência e tecnologia que o Shaw tem em suas mãos, é quase certo que ele já sabe o paradeiro de vocês.

* * *

– Desgraçado! Como ele pôde fazer isso? – Axl falava consigo mesmo, tendo a ira tomado conta de suas palavras, assim que ficou sabendo da notícia por Kaylane.
– De quem você está falando? – surpreso, Kaleo questionou.
– Ryan! Quem mais poderia ser? Só ele sabia o que está acontecendo.
– E por que ele faria isso? – intrigada, Kaylane tentou trazê-lo à razão.
– Não sei! Talvez por causa de ciúme daquela namoradinha dele. Vou falar com ele assim que sairmos daqui.
– Calma, Axl. Não podemos agir por impulso. Vamos encontrar seu pai no Lord's e entender melhor o que está acontecendo.

* * *

A história que Dan Green contaria teve sua gênese no momento em que chegou em casa, vindo da viagem de negócios. Depois de vários dias longe dos filhos, a única coisa que ele queria era chegar em casa naquele domingo e matar a saudade.

Enquanto aguardava o portão automático se abrir para estacionar o carro, percebeu que havia luzes acesas no segundo andar da casa.

"Será que esqueci acesa, ou será que o Axl já chegou?", pensou.

Ao entrar na sala pela porta principal, percebeu que havia algo muito errado. Não foram mais que dois passos dentro daquele cenário de destruição e caos. Tendo Kate amedrontada, agarrada à sua perna buscando refúgio, Dan preferiu não avançar. Apesar do silêncio, não havia certeza de que a casa estivesse vazia.

Cadeiras jogadas no chão, sofá e mesa virados, a TV estilhaçada...

A continuação no reconhecimento dos estragos só foi feita após a chegada da polícia. A mesma desordem foi constatada em quase todos os outros cômodos da casa. Mesmo tendo sua cozinha destruída, onde todos os eletrodomésticos haviam sido atirados ao chão, seu quarto revirado ou a sala da família no porão totalmente desfigurada, duas imagens trouxeram medo ao sr. Green.

O quarto de Kate parecia ser o único local intocado. Entretanto, sobre sua cama, arrumadas delicadamente, todas as suas bonecas estavam perfiladas... sem suas cabeças. Subliminarmente, a mensagem era clara. Uma ameaça pesada havia sido feita.

Até adentrar o quarto de Axl Dan não tinha confirmadas suas suspeitas de quem poderia ser o responsável por aquilo que classificou como um atentado. Não foi a bandeira dos Red Skins, seus bonecos dos vingadores, seu telescópio, a réplica da máscara mortuária do Tutankamon ou qualquer outro objeto comum no quarto de um adolescente, todos espalhados pelo chão, que trouxeram a certeza do que estava acontecendo. Na parede, sobre a cabeceira da cama, a pichação de uma mensagem que confirmaria o autor da ameaça:

TE PEGUEI, AXL! DEVIA ESCOLHER MELHOR SEUS AMIGOS!

– Senhor, notou a falta de alguma coisa em sua casa? Acredita que algo tenha sido roubado? – um dos oficiais que acompanhava o caso questionou Dan.

– A não ser que me engane, mas me parece que apenas o notebook do meu filho desapareceu.

– Senhor Green, parece-me muito pouco para considerar este caso como um simples roubo ou apenas um ato de vandalismo. O senhor sabe se seu filho teve problemas com alguém, se envolveu com drogas ou participa de alguma gangue?

– Não, senhor. Meu filho é muito tranquilo. Não acredito que ele tenha se envolvido em nenhuma confusão.

– O senhor disse que ele está viajando, certo? Precisamos conversar com ele assim que chegar.

Dan teve pouco tempo para pensar no assunto, mas decidiu não acusar Shaw pelo ocorrido. O poder e influência que tinha em todas as esferas políticas certamente o livrariam de qualquer acusação. Teriam todos de continuar agindo nos bastidores, contando com as forças alternativas com as quais já estavam trabalhando.

Essa estratégia foi repassada a Kaylane e aos garotos. Todos deveriam caminhar na mesma trilha, para viabilizar o contra-ataque.

* * *

O ato de retaliação de Fidellius se deu dois dias após a interrupção do jantar com Nicole Lewis. Sentindo-se ameaçado e agora acuado, Shaw decidiu que era hora de partir para um ataque fulminante. Até então, tratava seu adversário como apenas um garoto incapaz de rivalizar com seu poderio energético. Agora, sua percepção havia mudado.

Tudo deveria ser deixado de lado enquanto aquela situação não fosse resolvida. Clientes, investidores, novos projetos… Qualquer coisa ficaria em segundo plano. Reuniu seus melhores técnicos e sensitivos para a caçada de alguém que ainda desconheciam.

Capítulo 71

Pego de surpresa e sem entender as atitudes de Axl e Kaleo, que, contrariando as orientações de Dan e Kaylane para se manterem escondidos, buscavam satisfações com aquele que poderia ser o delator de Axl, Ryan tentava sem sucesso se desvencilhar das garras dos amigos.

– Que história é essa? O que tá rolando?!

– Vai dizer que não sabe? Eu confiei em você! Como é que você foi me entregar? – fúria extravasava dos olhos do garoto Green.

– En... entregar?

– Fidellius Shaw! Refresquei a sua memória? Eu confiei em você. Mais do que isso, eu te contei o meu segredo para tentar te proteger. E, como retribuição, você me entregou para ele.

– E por que você acha que fui eu?

– Você é o único que sabia – a cada nova fase do diálogo, seu temperamento ficava mais agressivo.

– Ah... e o Kaleo? Ele também sabia.

Aquela acusação era estranha, mas fazia sentido. Axl soltou Ryan, recuou dois passos, encarou os dois amigos... Só não havia silêncio absoluto por conta dos galhos das árvores balançando sob a brisa e de pássaros cantando em algum ponto distante.

Sua mente estava sob a pressão do confronto entre razão e emoção. Não havia como recuar, uma escolha deveria ser feita.

– Axl, você não pode estar achando... Ah, Ryan, eu acabo com você! – agora era Kaleo que pressionava o garoto contra a parede da casa.

– Tenho certeza de que não fui eu. Então, só pode ser você. Lembrando bem, acredito que teve tempo suficiente para fazer isso enquanto conversava sozinho com o sr. Shaw na sala VIP.

– Que história é essa, Kaleo? – Axl livrava Ryan das mãos do amigo e agora o encarava. – Você esteve de conversa com Fidellius? Não me contou por quê?

– Cara! Você não queria nem ouvir sobre a batalha. Não sei se se lembra, mas eu tentei falar. Foi você que não deixou.

– É por isso que você desconversou quando tentei saber o porquê de você ter estado no mesmo lugar que ele?

– Não, não é porque tenho culpa, não! Eu não quis continuar aquela conversa, porque você simplesmente ignora que eu também tive perdas nesse processo. Você não é o centro do Universo. Não sei se se lembra, mas o Jake morreu do meu lado. Eu deveria estar lá para tentar ajudá-lo.

– E do que vocês conversaram tanto? – Axl tornara-se uma espécie de inquisidor, não dando atenção à angústia do amigo.

– Foi ele quem me procurou. É... Ryan, não sei se você sabe, mas ele tem planos de usar sua namoradinha como modelo da Stellar Rhodium – Ryan e Axl se entreolharam, buscando um no outro algum indício que pudesse ajudá-los a descobrir exatamente sobre o que ele estava falando. – Ele, na verdade, veio me convidar para ser o substituto dela, nos momentos em que tivesse de se ausentar das partidas dos Masters. Ele achou que ficaria estranho ter um de seus tutores em diversos jogos. Eu seria uma espécie de... reserva.

– Kaleo...

– Pera aí, Axl! Apesar de ter cobiçado tanto aquela posição, não aceitei por dois motivos. Conheço agora quem é Fidellius Shaw e não aceito a posição de reserva.

– Lara...! – a frase saiu preguiçosa. Kaleo e Axl voltaram suas atenções para Ryan, com seu olhar agora vago, mirando para o nada. – Pessoal, acho que fiz besteira.

– Vai assumir que é o culpado? – as reações de Kaleo, como sempre, eram viscerais.

– Acho que indiretamente... sim! Axl, me desculpe. Eu só queria protegê-la. Eu contei para a Lara sobre seu problema com o Fidellius.

– Então, só pode ter sido ela.

– Não sei. Como você sabe que não foi ele quem descobriu? – Ryan não queria aceitar a condição de culpada atribuída à sua namorada.

Axl explicou o que havia acontecido em sua casa e sobre a insegurança a que toda a sua família e talvez os amigos estariam submetidos. A própria liberdade lhes havia sido tomada.

Para evitar que fossem rastreados por conta da hospedagem em algum hotel, haviam passado a noite anterior na casa da irmã de Dan. Mesmo com medo de também estarem sob a mira do Shaw, a família de Kaleo resolveu ficar em casa.

– Estranho… – imerso apenas em seus pensamentos, Ryan interrompeu Axl no meio da explicação sobre a conversa com a polícia no dia anterior. – Agora acho que entendi por que ela está me evitando nesta última semana.

– Quem, a Lara? – indagou Kaleo.

– É.

– Mas precisamos falar com ela – Axl insistiu.

– Ela não está em casa. Foi viajar com os pais. Mas está me evitando quando tento falar pelo telefone – pensativo, respirou profundamente antes de continuar. – Olha aqui. Nem as mensagens que eu mando ela responde direito.

– Ryan, você precisa consertar a besteira que fez. Assim que ela voltar você vai falar com ela, e me contar sobre o que aconteceu.

– E… Para onde vocês vão? O que vão fazer agora?

– Melhor você não saber – Axl virou as costas e saiu sem se despedir.

* * *

– Tchau, filho. Se cuide!

Essas foram as últimas palavras de Dan ao filho, antes de ele entrar no carro alugado em nome da empresa do cunhado de Dan. Kaylane, Axl e Kaleo voltariam à Dakota do Sul para a última jornada de encontro de seus Animais Aliados.

Buscando orientações sobre o que deveriam fazer daquele momento em diante, Kay havia ligado ao chefe Lakota no dia anterior, enquanto Ryan era interrogado pelos amigos. Flecha Lançada concordara com a visão de Dan de que deveriam ficar fora do radar de Fidellius. Para isso, teriam de se sacrificar um pouco. A viagem seria feita de carro e, no caminho, campings em vez de hotéis. Até que seria um passeio interessante, caso não estivessem naquela situação. Ao chegar ao seu destino final, ficariam hospedados na Reserva dos Lakota, protegidos pelo anonimato.

Dan não podia acompanhá-los. Havia muitas ações que deveriam ser tomadas para reestabelecer a condição de lar à casa vandalizada. Reuniões com a seguradora, conversas com a polícia, contratação de empreiteiros e a compra de novos móveis e eletrodomésticos. Kate havia sido deixada sob a guarda da tia, até que a situação fosse mais favorável. Certamente aquele não era o desfecho das férias que tinham em mente.

Capítulo 72

– Fidellius, eu não entendo – a líder dos sensitivos era uma das poucas pessoas que se posicionava firmemente com o chefe. – Nós conseguimos monitorar o local para onde ele foi no Mundo Inferior. Chegamos lá a tempo. Dava pra sentir a energia dele...

– E...? – a frieza de sua expressão não dava nenhuma pista quanto ao sentimento que o dominava naquele momento.

– E não conseguimos localizá-lo. Ele parecia um fantasma!

– Ah, então ele descobriu! – agora Fidellius sorria, bastante à vontade, reclinado na cadeira de seu escritório.

– Desculpe, não entendi.

– É, o garoto é esperto. Parece que o tal Axl puxou mesmo a mãe. Ele está usando energia para deixá-lo invisível. Sabe, eu mesmo já fiz muito isso.

– Parece então que ele estará sempre em vantagem.

– Pelo contrário, estamos cada vez mais perto. Essa é a vantagem de se jogar com um iniciante. A inexperiência dele está a nosso favor. Temos de explorar o sentimento de confiança que ele tem. Protegido por uma esfera de energia, ele deve se achar inatingível.

– E qual arma utilizamos contra um fantasma?

– Serve... eu? – com um sorriso sarcástico, Fidellius apontava para sua própria têmpora com o indicador direito, simulando com a mão o formato de uma pistola. – Continue com seus times fazendo o monitoramento no Mundo Inferior e Intermediário. Assim que souberem onde ele está, me avisem imediatamente. Tenho uma surpresinha preparada para aquele pirralho.

– Certo, sr. Shaw – seguindo o chefe, Carmen Salazar se levantou da cadeira.

– Ah, antes que eu me esqueça. Não me faça perder tempo. Tenha certeza de que o encontraram antes de me chamar. Venha comigo, preciso te mostrar nossa outra frente de batalha.

* * *

Após descer ao quinto andar, em seu elevador privativo, Fidellius e Salazar percorreram um corredor que terminava em uma pesada porta de aço inox.

Carmen ficou intrigada com a decoração que observara atentamente pelo caminho. Do seu lado direito, nada de anormal. Paredes muito bem decoradas, utilizando-se uma mistura de madeira e cores especiais.

Do outro lado, entretanto, a parede revestida com vidro branco tinha a função de emoldurar uma infinidade de símbolos, desenhos e fotos, que pareciam se conectar de alguma forma.

"Uma árvore genealógica, pirâmides, galáxias, Buda, Cristo na Cruz, notas de dólar, documentos pessoais... Que diabo é isso? Deve ser obra de um daqueles artistas meio doidos que dizem fazer Arte Moderna." A médium sorriu disfarçadamente e achou melhor não comentar nada com Fidellius. Certamente ele era o mentor daquela maluquice.

Na parede à direita da porta, Fidellius inseriu sua mão em um equipamento para que a leitura biométrica de suas digitais fosse realizada.

"Bom dia, senhor Fidellius", a voz feminina sintetizada parecia real.

Fidellius continuou parado, enquanto um equipamento parecido com um óculos de realidade virtual se movimentava verticalmente para que ficasse alinhado à altura de seus olhos. Cada um dos leitores de íris se movimentava, para garantir que tivessem entre si a exata distância existente entre os olhos de quem estivesse sendo escaneado.

"Acesso autorizado. Deseja permitir acesso de visitante?", questionou a voz feminina.

– Carmen Salazar – respondeu Fidellius. – Agora é com você. Te espero lá dentro.

* * *

Após seguir os mesmos procedimentos do chefe, Carmen viu a porta à sua frente se abrir. Lembrou-se imediatamente das portas de um cofre de banco, em razão de sua espessura e do grande número de barras que garantiam a sua inviolabilidade.

"Deposite seu celular na caixa à sua direita", instruiu a voz sintetizada, logo após Carmen se ver trancada em um pequeno cubículo do qual parecia não haver outra saída. O *escaner* corporal de 360 graus garantia que nenhum tipo de equipamento eletrônico ou armamento entrassem na sala.

Com silêncio incompatível com peso, estrutura e sistema de fechamento, a porta se abriu para um verdadeiro parque tecnológico.

A sala de quase 300 metros quadrados tinha em uma de suas laterais um imenso painel de monitores LED. À sua frente, bancadas abrigavam umas 20 pessoas, que interagiam, aparentemente, com a superfície da própria bancada.

Olhando para a sua esquerda, Salazar viu Fidellius em frente a um equipamento do qual surgiam três vultos. A sala tinha iluminação indireta muito fraca. A segurança do deslocamento era garantida por balizadores em LED azul vindos do chão.

– Então, esses são eles? – ela olhava admirada para os hologramas de Axl, Kaleo e Kaylane flutuando na base de titânio à sua frente.

– Sim. Parece que a jornada do nosso amiguinho está sendo acompanhada de perto pela família Walker.

– E o que são todas essas informações? – questionou enquanto observava dados que surgiam em uma imensa tela vertical translúcida.

– Eu batizei esse projeto de "Akasha". Aqui estão registrados todos os passos, história, relacionamentos, desejos do passado, presente e futuro de praticamente todas as pessoas da face da Terra... Por enquanto! Me deixe demonstrar – Fidellius seguiu em direção à tela gigante. – Esses foram os últimos movimentos do garoto. Viagem aérea, hospedagem... Olha só, diferentemente do tal Kaleo, ele prefere suco de laranja a refrigerantes.

– Então vocês sabem onde ele está?

– Parece que ele também quer ser fantasma aqui no mundo real. A última informação que temos é a do depoimento que deu para a polícia. Acredito que seu pai esteja desconfiado de minhas possibilidades. Nos últimos dois dias nem cartão de crédito está utilizando.

– Polícia? – arregalou os olhos e indagou com sua voz trêmula.

– Sim, mas está tudo bem. Não fui citado por nenhum deles. Não que isso seria um problema para resolver.

Aquilo era surreal, mesmo para a mente aberta da cubana, acostumada às vivências no mundo espiritual. Conseguiu identificar nos aparelhos que a cercavam algumas informações da vida do garoto, de seu pai, Kaleo e Kaylane. Apesar de estar batalhando ao lado de Fidellius, sentiu-se bastante invadida com aquele tipo de ação. Não parecia muito interessante ter a sua própria vida exposta naquele local.

– Ainda estamos em evolução – gabou-se Shaw. – Trata-se de um projeto experimental.

– E tem a ver com aquela parceria que o senhor firmou com a outra grande empresa de tecnologia, para implantação de chips nas pessoas?

– Muito perspicaz.

– Então, este é o plano. O chip permitirá acesso quase irrestrito a tudo que todos fazem.

– Isso é só o começo. O que você está vendo é brincadeira de criança perto de onde vamos chegar.

Capítulo 73

Ver novamente aqueles cinco Tipis trouxe alento ao coração de Axl. Ali, sua jornada no mundo do Xamanismo havia realmente sido colocada em marcha. Dadas as provações pelas quais passou nos últimos meses, pareciam ter transcorrido alguns anos desde o primeiro encontro que tivera com Flecha Lançada e os demais integrantes de sua tribo. Fazendo algumas contas bem rápidas, descobriu que era apenas uma percepção. Menos de três meses separavam os dois momentos.

Parecia que toda a tribo havia sido convocada para receber os visitantes. Homens e mulheres andavam por todo lado. Levavam objetos para dentro dos Tipis onde ficaram acomodados da outra vez; outros preparavam os tradicionais alimentos em outra área protegida, enquanto um grupo cuidava da fogueira junto à margem do rio.

Kaleo e Axl, a cada minuto mais envolvidos e compenetrados na missão a que estavam submetidos, caminhavam pelas águas rasas do riacho em direção a uma rocha que aflorava. Kaleo, confiante, não percebeu que estava caindo numa armadilha. Depois de três passos, a água o abraçou na altura do peito, garantindo longas risadas também aos adultos que estavam ao seu redor.

– Estou vendo que seu filho precisava se energizar junto às águas da Mãe Terra – Flecha Lançada se aproximava de Kaylane pelas suas costas.

– Flecha, que bom estar com você novamente – os laços que formaram eram tão fortes, que Kay tinha por ele um carinho só comparável ao que dedicava ao próprio pai. Seguindo um ensinamento que o velho ancião havia deixado no último encontro, abraçou-o por longo tempo, deixando que seus corações conversassem e entrassem em ressonância. – É, dessa vez ele não conseguiu escapar. Parece que depois que iniciamos nossa jornada pelo Caminho Vermelho, é impossível deixar esse mundo para trás.

– Belas palavras. Acho que o velho Kala já tem sua sucessora – sorria com a alma, enquanto segurava nos ombros de Kaylane com as duas mãos, fitando-a profundamente.

– É bom vê-los assim, sorrindo como crianças. O mundo poderia ser bom o suficiente para que não tivéssemos de batalhar desde cedo.

– Não entre nessa energia, minha filha. Alegre seu coração. Nossa cultura, diferentemente daquela estabelecida no chamado mundo desenvolvido, não priva as crianças de sua natureza. Até chegarem a uma idade parecida com a de seus garotos, têm a liberdade para descobrirem o mundo. Assim, quando as responsabilidades surgirem, não terão a frustração de não ter vivido a beleza da jornada da vida. O homem civilizado dá valor apenas ao destino, deixando de lado a oportunidade de saborear as experiências da caminhada.

– Entendo.

– Por outro lado, os desafios que enfrentamos fazem parte daquilo a que nos propusemos antes de vir a este mundo. Nossa missão de alma passa por aprendizados e contribuições. Cada experiência a que somos submetidos é fruto da sabedoria plena do Grande Espírito.

Kay, ouvindo aquelas palavras e estando envolta pela energia revigorante da Mãe Terra em sua plenitude, sentia-se mais leve. Algumas lágrimas percorreram seu rosto e, preguiçosas, mergulharam em direção ao solo para se juntar novamente à grande fonte.

Capítulo 74

Corvo da Noite batia seu tambor de forma ritmada, seguindo a cadência de um coração. O último toque só seria dado depois que todos estivessem sentados ao redor da fogueira. Além de Flecha Lançada, Kay, Axl e Kaleo, outros cinco curadores faziam parte daquele trabalho, incluindo o próprio Corvo.

Iluminados pela luz da Lua e pelas labaredas alaranjadas da fogueira, ficaram todos por quase cinco minutos em completo silêncio. Além do crepitar das brasas, apenas a melodia do rio e o piado de uma coruja forneciam os elementos sonoros para o momento de introspecção.

– Me traz enorme contentamento poder ter participado do início da sua jornada e, agora, do fechamento dessa etapa de encontro com seus Animais de Poder – Flecha Lançada quebrou o silêncio. – Fico muito feliz que vocês tenham entendido toda a honra que as energias que regem o nosso Universo merecem. Vejo que carregam em seus pescoços um pequeno amuleto dos nossos irmãos navajos. Para muitos pode ser apenas uma pedra, mas saibam que a proteção que proporciona é efetiva. Esse pequeno gesto de confiança de vocês em relação ao que dizem as nossas tradições é uma demonstração de honra.

Flecha promoveu mais um breve tempo de reflexão antes de prosseguir. De maneira respeitosa e metódica, pegou o bojo e a haste da Chanupa que tinha à sua frente. Acomodou o fumo e, em seguida, utilizando um graveto que ardia na fogueira, acendeu o Cachimbo Sagrado.

Os dois meninos apenas observavam em silêncio a forma com que cada um dos adultos tomava o objeto em suas mãos, aspirava a densa fumaça branca e a devolvia ao Grande Espírito carregada de gratidão.

– Todo fechamento de ciclo é um momento muito importante. Hoje temos um desses marcos em sua vida, Axl. Assim como fizemos na abertura de sua jornada, hoje também honramos o Grande Espírito e a Mulher Novilho Búfalo Branco.

– Estávamos preparados para, nesse momento que se aproxima, acessar como guerreiros o Mundo Inferior e batalhar a seu lado caso fosse necessário – Corvo da Noite assumiu a palavra enquanto seu pai terminava o ritual com a Chanupa. – Vejo, entretanto, que você acessou energias bastante poderosas que podem protegê-lo e, talvez, ajudá-lo a retornar sem que nenhuma batalha seja travada. Vamos ficar por aqui para não chamarmos atenção desnecessária e indesejada.

Flecha Lançada estava pronto para conduzir Axl ao Mundo Inferior. Tomou seu tambor, acariciou o couro e agradeceu mentalmente aos espíritos do animal e da árvore que haviam deixado naquele objeto a sua energia.

– Kaleo, você me acompanha? – o xamã apontava para o tambor de Kaleo que estava ao seu lado.

* * *

O ranger do pesado portão de ferro indicava que Axl acabara de entrar no Mundo Inferior. Com seu cristal em mãos, selou o acesso para seu Espaço Sagrado, garantindo que não tivesse nenhuma surpresa ao retornar.

Dando as costas à passagem fechada, tinha apenas duas certezas com relação ao cenário que o envolvia: de que era dia e de que estava em uma mata fechada. Uma densa neblina tomava conta de todo o espaço, impedindo que qualquer coisa a mais de um metro pudesse ser vista. Cauteloso, mas confiante, Axl seguiu a trilha que se estendia à sua frente. Em sua versão indígena, também caracterizada pelo uso de poucas roupas, conseguia sentir em sua pele o toque aveludado do vapor em suspensão que, assim como o chão úmido, era bastante frio.

Apesar do incômodo causado pela baixa temperatura, o garoto sentia que, a cada passo envolvido por aquela neblina, suas forças eram revigoradas e um profundo processo de limpeza energética estava acontecendo.

Seus sentidos aguçados permitiam que ele se desse conta de tudo que o rodeava. Estava em uma antiga floresta de carvalhos. Sentia a energia que cada árvore emanava, o aroma de sua madeira...

Subitamente, ele parou. Um imenso carvalho estava encravado bem no centro da trilha. Mesmo não havendo contato visual anterior com as demais árvores da floresta, sentia que aquela era o maior espécime e também a Árvore Rainha.

Seguindo sua intuição, decidiu se aproximar e abraçá-la. Apesar de senti-la rústica ao toque, havia acalento naquela interação.

"Grande árvore, que sua força me acompanhe e proteja nesse caminho." Ainda abraçado, tinha agora sua testa apoiada no tronco.

"Estamos com você, garoto. Você saberá quando chegar ao lugar onde encontrará o que veio procurar. Tenha cuidado! Minhas irmãs me dizem que aqueles que te perseguem estão bastante próximos."

"Vocês também conversam?" Já se acostumando cada vez mais com o mundo etéreo, Axl nem se deu conta que a conversa telepática entre um humano e uma árvore, em tese, seria impossível.

"Claro! Achou que essa habilidade era exclusiva de vocês? Nossa conexão nos permite saber e sentir o que acontece com cada uma das nossas irmãs, em qualquer ponto da floresta."

* * *

Deixando a árvore para trás, seguiu pela trilha, sentindo-se um pouco menos solitário. Era bom saber que estava sendo observado pelo Povo em Pé, especialmente naquele momento em que não contava com a ajuda de Órion. Para não chamar a atenção, decidiu deixá-la em seu Espaço Sagrado.

Alguns minutos depois, chegou a um ponto da floresta onde a neblina era tão densa que não se podia enxergar absolutamente nada.

Deu mais alguns passos e, assim como profetizara a velha árvore, sentiu que havia chegado ao seu destino. Era como se tivesse passado por um portal invisível. Da mesma maneira que ocorreu na busca do Animal de Cura, Axl viu sua esfera de energia desaparecer. Ali o ambiente era mais acolhedor, tendo agora uma brisa morna soprando seu corpo.

Um estalo a poucos metros de distância o colocou em estado de alerta. Apesar de saber que o desligar de seu escudo indicava estar em local protegido, o fato de não enxergar nada trazia um pouco de medo. Uma forte rajada de vento começou a soprar em sua direção. Aos poucos, a densa camada de neblina foi se dissipando, revelando aos seus olhos a beleza do local em que se encontrava. A trilha terminava em um largo, tendo como limites algo que, a princípio, parecia uma grande geleira. Um olhar mais atento revelou se tratar de uma imensa rocha de quartzo puro.

Deslumbrado com a imponência e beleza do grande maciço, não notou que a seu lado uma leoa o espreitava. Sentada, mirava levemente para cima, a fim de que seus olhares se cruzassem.

Pego de surpresa, sua reação instintiva foi um ágil recuo. Sabendo que não precisava temer, ajoelhou-se em frente à fera e se viu instantes depois inundado pela baba resultante de uma grande lambida.

"Garoto, se apresse. Eles estão chegando." A voz da Árvore Rainha o fez lembrar de que estava em meio a uma batalha.

* * *

– Alô. Oi, Carmen.
– Fidellius, ele acessou o Mundo Inferior. Já conseguimos localizá-lo.
– Droga! Só porque estou fora de casa mais uma vez. Esse garoto adora estragar meus compromissos sociais. Tentem segurá-lo... Caso consigam.

* * *

Enquanto Axl tinha suas primeiras impressões e experiências em meio à densa névoa que o levou ao encontro de seu Animal de Proteção, Fidellius trafegava em alta velocidade a bordo de um dos últimos presentes que se deu. O carro superesportivo mais cobiçado do mundo tinha, entre os 12 únicos sortudos que adquiriram a versão limitadíssima, Fidellius Shaw.

Abusando da capacidade de frenagem da máquina, reduziu a velocidade até o ponto necessário para um cavalo de pau, que permitiria o retorno pela mão contrária.

Estava a uns dez minutos de casa quando um forte baque explodiu em seu peito, fazendo-o perder o controle do carro e girar algumas vezes na pista antes de parar por completo. Abatido e sentindo que suas energias haviam sido drenadas, foi obrigado a aguardar alguns minutos antes de prosseguir, até que os calafrios e fraqueza muscular passassem.

"Tenho de fazer alguma coisa agora. Esse garoto já formou o seu clã principal. Com os poderes que adquiriu tornando-se um Filho da Terra, tenho agora um adversário potencial."

* * *

Axl caminhava cuidadosamente pela trilha, ao lado de seu Animal de Proteção, retornando ao portal que daria acesso ao seu Espaço Sagrado. Para que a leoa não fosse identificada, gerou um campo de proteção maior, permitindo que ela também estivesse envolta.

Algum tempo depois de ter passado pela grande árvore, ouviu o urro do que parecia ser um urso. Sem ter outro caminho a seguir, continuaram em frente cuidadosamente, buscando se manterem ocultos. Estavam em um ponto no qual a neblina era menos densa, permitindo que vissem seu inimigo. Um rapaz negro, muito forte, com tatuagens que iam da base da coluna até o topo da cabeça raspada, acompanhado de um urso polar.

"Não posso continuar fugindo. Venha, minha amiga, temos trabalho a fazer."

Sabendo que precisaria potencializar suas energias, desativou a esfera de proteção, expondo-se ao inimigo. Levantando sua mão direita lentamente em direção aos céus, fez surgir um pequeno tornado que, imediatamente, envolveu o soldado de Fidellius e seu Animal Totem, lançando-os ao ar. Um baque seco se ouviu no momento em que tocaram violentamente o solo. Axl desviou sua atenção enquanto observava a leoa partindo ferozmente na direção do urso polar. Esse descuido permitiu que o rapaz, muito agilmente, pegasse sua lança que estava no chão e arremessasse em sua direção. Numa reação instintiva, Axl cruzou os braços em frente ao rosto. Um clarão se fez no momento em que a lança colidiu com uma parede de energia que surgiu à sua frente. Confiante e a cada minuto mais conhecedor dos poderes que tinha, plasmou uma esfera incandescente e a lançou em alta velocidade contra seu alvo, que bateu com a cabeça numa pedra, ao rolar no chão para desviar do ataque.

Em meio aos carvalhos anciões, as duas feras digladiavam. Reagindo a um ataque que visava a seu pescoço, o urso revidou com uma patada, acertando a leoa em cheio, no peito. Aflito, Axl viu sua amiga sendo lançada a alguns metros de distância contra um imenso carvalho. Contendo seu primeiro impulso, resolveu confiar na habilidade da felina e concentrar seus esforços contra o inimigo que, ainda meio tonto, tentava levantar.

Ele ergueu ambas as mãos com os dedos abertos e, pouco a pouco, começou a fechá-los até que seus punhos estivessem encerrados. Esse movimento aparentemente simples comandou uma série de eventos de interação com os elementos da natureza.

Inicialmente, um forte vento soprou na direção do rapaz, impedindo-o de avançar contra Axl. Ao mesmo tempo, a terra tremia, fazendo com que não tivesse equilíbrio suficiente para ficar em pé. Por fim, os galhos das donas daquela floresta esticaram-se e envolveram o careca tatuado, aprisionando-o permanentemente. Nesse momento, os punhos de Axl quase fechados indicavam o último ato daquela contenda. A pressão que exercia em suas mãos era replicada e potencializada contra o corpo do rapaz. Tendo o inimigo dominado, segurou-o virtualmente com sua mão esquerda, enquanto centrava seu foco para terminar com a batalha entre os animais. Erguendo o braço direito em direção aos céus, gerou uma pesada tempestade sobre o local onde estavam. Trovões se misturavam aos ferozes urros e o *flash* de constantes relâmpagos iluminava o campo de batalha. Mais um movimento coordenado e, no momento em que as feras se distanciaram para um novo ataque, Axl direcionou um raio próximo às patas do grande urso. Arremessada e antes mesmo de tocar o solo, a fera já estava aprisionada pelos fortes galhos dos carvalhos.

A água escorria desde seus cabelos, diluindo a tinta de sua pintura corporal e tingindo de vermelho a poça formada junto aos seus pés. Tinha em suas mãos dois representantes da força maligna que tanto sofrimento causara a sua vida. Lembrou-se de sua mãe, tendo como referência a última foto que tiveram em família. Muito lhe fora tirado e, agora, era hora de fazer justiça. A dor que tinha em seu peito era externada pela tensão que se podia ver em sua face. Suas narinas estavam bem abertas, como se ele precisasse absorver toda a energia possível para elaborar um ataque. A testa estava franzida, os olhos semicerrados e a boca levemente curvada para baixo. Era só fechar um pouco mais as mãos e tudo estaria terminado.

O urro da leoa o trouxe à razão. Sentada à sua frente, olhava fixamente em seus olhos.

"Haja com seu coração."

Aquela mensagem, que não sabia exatamente de onde vinha, lhe trouxe paz. Um suspiro, um sorriso... Era hora de sair dali.

* * *

O transe de Flecha Lançada terminara junto com o de Axl. Enquanto guiava mentalmente o garoto em sua jornada, também acompanhava em detalhes tudo o que acontecia. Após o último toque de seu tambor, permaneceu em silêncio por mais um tempo até que um sorriso tomou conta de seu rosto.

– Me desculpe, senhor... Eu não consegui me conter mais uma vez... Poderia ter estragado tudo – Axl estava com sua cabeça abaixada. Não tinha coragem de encarar o velho xamã.

– Eu não esperava menos de você. Em nosso primeiro encontro, disse que apreciava essa alma de guerreiro. Veja depois a medicina que a leoa ou o leão trazem em sua força e entenderá o que aconteceu – em seu olhar fixo no garoto, percebiam-se orgulho e felicidade. – Em todas as minhas luas de existência, conheci poucos homens com tanto poder – seu discurso era lento, entremeado com constantes e profundas inspirações. – Como você deve ter descoberto hoje, tem em suas mãos o poder da vida e da morte.

Sem entender o que estava acontecendo, Kaleo olhou para o amigo e em seguida para a mãe, em busca de alguma explicação.

– Hoje esse poder lhe foi adicionado. Trata-se da mais poderosa força conhecida no Universo: o poder do Amor – agora era Axl quem não entendia o que o velho xamã estava dizendo. – Você esteve a um passo de compartilhar do mesmo sentimento que entorpeceu a alma de Fidellius Shaw. Entretanto, seu coração o ajudou a fazer a escolha correta. Garoto, eu presenciei a expansão de seu Portal da Anciã, ou chacra cardíaco, como alguns preferem chamar. Sei que você não viu o que aconteceu, mas desse ponto foi emanada uma poderosa energia cor-de-rosa, que aplacou e trouxe esperança a todas as forças que regem nosso pequeno Planeta.

Duas lágrimas correram pelo rosto do sábio lakota, caindo sobre seu tambor.

– Senhor Flecha Lançada, eu me lembro muito bem da raiva que senti nesse momento. Só não agi diferente porque a leoa me ajudou.

– Leoa? – aquilo tudo era claramente confuso para Kaleo.

– Sim, meu amiguinho, uma leoa. Esse é o Animal de Proteção de Axl. E, graças a ela, temos agora mais esperança de que viraremos o jogo.

– Proteção. Essa é uma palavra interessante – Corvo da Noite traria mais uma vez sua sabedoria à tona. – Diferentemente do que muitos pensam, a principal medicina desse aliado é a Proteção Espiritual. Agradeça profundamente pelo presente que ganhou, Axl. Ela te protegeu do seu lado mais sombrio.

Capítulo 75

Manhã de sexta-feira. Mesmo tendo sido uma noite longa, cheia de troca de experiências e uma chance para os garotos da cidade vivenciarem toda a tradição dos nativos, quando se trata de repassar às novas gerações a cultura e sabedoria de um povo, todos estavam de prontidão para saudar o Avô Sol assim que seus primeiros raios tingiram o céu. A canção entoada não era tão fácil de assimilar, mas estar ali sentindo a energia de um novo dia trazia a sensação de renovação.

* * *

Com objetivos bastante diversos, Fidellius também estava de prontidão na sede da Stellar Rhodium. Havia marcado uma reunião com toda a equipe envolvida na caça a Axl Green. Sabia que uma batalha de grandes proporções estava prestes a começar.

* * *

No dia anterior, foi obrigado a dormir com o gosto amargo de mais uma derrota. Há tempos, desde que tivera os primeiros contatos com o xamã apache, não tinha uma temporada tão longa de perdas em seu currículo.

Após chegar em casa, foi direto para sua sala de meditação. O espaço não era muito grande, mas poderia abrigar facilmente umas 15 pessoas sentadas em círculo. Durante as obras de reforma, o espaço havia sido meticulosamente preparado conforme suas orientações diretas. Ali, os decoradores foram proibidos de dar seus palpites. O piso era um mosaico produzido a partir de cristais vindos de diversas partes do mundo. No centro, um grande Corvo de ônix representando seu Animal Totem, frente a frente com um Puma, o Animal Sombra. Alinhados aos pontos cardeais, os demais animais do clã, coiote, alce, abelha e águia, respectivamente representando Sabedoria, Cura, Prosperidade e Proteção, eram envolvidos pelo imenso Dragão, que com sua cauda fechava a misteriosa mandala. Como em um tapete, as laterais eram decoradas com elementos triangulares, cada um com uma cor e função diferente. Os cristais utilizados tinham a função de potencializar uma determinada energia e eram usados em suas meditações quando queria canalizá-las em seus trabalhos.

Sem se importar muito com a maneira como tinham sido obtidos, conseguira reunir objetos de poder históricos, que haviam pertencido aos mais importantes xamãs e chefes nativos. Sua sede de poder o fez reunir e ancorar as mais poderosas energias em seu Espaço Sagrado físico. Em um dos cantos da sala, um tambor Pow Wow – que especialistas afirmam ter sido o primeiro exemplar produzido para a tradicional reunião dos nativos americanos – embalava os rituais com os principais seguidores de Fidellius. Tambores e maracás acomodados em suportes especiais tinham a função de decorar e também eram utilizados por ele em suas jornadas. Nas paredes, colares, faixas e cocares de diversas etnias traziam cor e vida ao espaço.

Seu objeto de maior valor, entretanto, era um segredo guardado até mesmo de seus mais próximos seguidores. Decorando a parede do lado norte da sala, uma escultura homenageava Waka Tanka, o Grande Espírito. Em uma escala próxima à metade da real, um búfalo branco saía de um grande Filtro dos Sonhos. Produzida em ródio, ou ouro branco, como é normalmente conhecido o metal, essa escultura por si só já possuía um valor inestimável. Apesar de ter a aparência de apenas um objeto de culto, ninguém além de Fidellius sabia que aquele elemento era a porta blindada de um cofre de alta segurança. Acionado em um local oculto na mesma sala, um sistema de biometria similar ao da sala do projeto Akasha garantia que apenas Fidellius tivesse acesso ao seu conteúdo.

O objeto valioso ali protegido poderia ser comparado em grau de importância e poder apenas ao Santo Graal. Shaw já era tido como um dos homens mais ricos da Terra quando conseguiu incorporá-lo ao seu valioso acervo.

* * *

À época, já era dono de diversas minas de extração espalhadas pelos Estados Unidos, as quais rendiam milhões de dólares diariamente.

Já possuidor do que sempre sonhara do ponto de vista material, Fidellius Shaw também já havia adquirido enorme poder de influência político. Entretanto, nada daquilo tinha mais graça... Ele queria mais. Mesmo com toda a força que havia adquirido após se tornar um Filho da Terra, decidiu que deveria possuir os objetos de poder mais importantes do mundo, buscando incorporar essas energias à sua própria força. Tambores, cocares, bastões... Diversas peças expostas em sua sala de meditação foram obtidas, em geral, sem se preocupar muito com práticas moralmente aceitas pela sociedade.

Durante uma Jornada Xamânica, utilizando o tambor de um importante Curador Siberiano, ele teve um *insight*: "Devo possuir o objeto mais poderoso do Xamanismo".

Recordou-se naquele momento de uma história, ou lenda para alguns, que terminava dizendo que aquele objeto estaria escondido em uma reserva na Dakota do Sul, pertencente ao povo lakota.

Com seu coração repleto de ansiedade, partiu naquela mesma tarde em seu jato particular, rumo àquele destino. Portando apenas um telefone via satélite e uma mochila contendo equipamentos básicos para escalada e alimentos rápidos, foi deixado por seu piloto no aeroporto particular mais próximo do suposto local, onde uma moto de trilha já o esperava.

Em meio a um cenário composto por montanhas, florestas e rios, seu anonimato estava garantido. Já esboçando sinais de vitória, deteve-se por alguns minutos no topo de um morro, observando o Sol nascendo no horizonte e pintando um degradê que variava do vermelho-intenso ao azul-profundo.

Abrigado em uma pequena caverna, passou três dias e três noites em pleno estado meditativo. Conectado às energias da Mãe Terra, descobriu que tinha a seu redor uma imensidão de ouro e pedras preciosas esperando para serem extraídas. Nada disso, entretanto, importava mais que o objeto ao qual dedicava sua atenção.

Seus olhos se abriram de repente; uma risada perversa ecoou... A caçada arqueológica estava começando.

Foram algumas horas até que conseguisse alcançar o local, tendo como GPS apenas a conexão com a energia gerada pelo tal objeto. Apesar de um helicóptero ser mais eficaz, decidira usar uma moto como meio de transporte para não chamar atenção desnecessária.

Fidellius Shaw tinha certeza. Aquele era o local exato. A energia emanada vinha do coração de uma montanha à sua frente. Agora era questão de tempo até possuí-la. Após alcançar o topo, desceu por um estreito corredor escuro, chegando a um beco sem saída uns 20 metros abaixo do ponto em que entrara meia hora antes. Mesmo com a iluminação de sua potente lanterna, seus olhos não enxergavam outro caminho além do que já havia percorrido. Confiante, sentou-se e buscou nova conexão. Alguns minutos depois tinha em sua mente um mapa, como se tivesse sido produzido por um sonar. Um intrincado complexo de galerias se escondia abaixo de seus pés. O acesso era uma abertura junto ao teto que, por causa de uma ilusão de ótica, parecia ser apenas um ressalto da rocha, quando observado de qualquer ponto daquele local.

Utilizando corda e grampos para escalada, aos quais já estava habituado desde sua adolescência, mergulhou, triunfante, rumo ao desconhecido.

Guiado por sua habilidade particular, caminhou por horas através de corredores e galerias totalmente ausentes de luz e de qualquer tipo de vida, não se dando conta de que as escolhas que havia feito no caminho, em diversos momentos em que o túnel se dividia, livraram-no de abismos ou rotas sem fim, que inviabilizariam seu retorno ao ar livre.

Ao longe, um som ecoava pelas paredes do estreito corredor pelo qual Fidellius caminhava. Apesar de parecer improvável, tendo em vista as centenas de metros percorridos em meio à rocha maciça daquela montanha, aquele era o inconfundível ruído de água buscando encontrar seu caminho. Avançou mais alguns metros. A ansiedade pelo que encontraria à frente aumentava gradativamente seu fluxo sanguíneo, fazendo com que tivesse a sensação de seu peito estar estufando.

O túnel descendente pouco a pouco foi se alargando e, após uma nova curva que o fez girar 180 graus, uma surpresa. Havia luz logo à frente.

Já não era mais necessário o uso da lanterna, pois a luz dourada iluminava seus passos. Conteve o ímpeto de correr para alcançar logo seu objetivo ao perceber detalhes que, até então, ignorara. As paredes da caverna eram amplamente decoradas com petróglifos. Deteve-se alguns poucos minutos apreciando desenhos a princípio incompreensíveis. Algumas formas até podiam ser interpretadas, mas havia diversos símbolos estranhos que pareciam fazer parte de um alfabeto desconhecido.

Aquela não era uma expedição científica. Por isso, ele ignorou o achado arqueológico e seguiu em frente até encontrar um salão, com o qual ficou maravilhado. O local era imenso, possuindo formações rochosas que lembravam pilares esculpidos para dar beleza e sustentar estruturalmente o local. À sua direita, a água vertia quase do topo do grande salão, formando uma cascata que havia gerado a trilha sonora que o acompanhara por boa parte do caminho e que alimentava um imenso lago que cobria a quase totalidade daquele espaço.

A energia daquele local era grandiosa. Fidellius fechou seus olhos, abriu seus braços e respirou profundamente. Aquele perfume nunca mais sairia de sua memória. Contrariamente ao que se pode imaginar encontrar em uma caverna profunda, pouco ventilada e com grande volume de água, o ambiente todo era preenchido pelo perfume doce de alguma erva que ele desconhecia.

No centro do lago, uma formação rochosa lembrava uma ilhota que terminava em um altar; ela abrigava a fonte da intensa luz dourada. Com as mãos tremendo, Fidellius abandonou todos os seus pertences na borda e avançou sobre o espelho da água sem se preocupar com o que encontraria. Os passos através da água morna até a altura de seus joelhos o conduziram ao grande objetivo daquela jornada. Repousando sobre um colchão de uma erva de aroma adocicado, o Sweet Grass, ainda verde como se tivesse sido recém-retirada da natureza, estava a Chanupa original, aquela entregue pela própria Mulher Novilho Búfalo Branco ao povo lakota.

* * *

Sentado no centro de sua sala de meditação, o tambor cherokee em suas mãos o conduziria pela jornada. Sabia que não tinha muito tempo. Axl já havia encontrado seu Animal de Proteção.

Sobrevoando a floresta de carvalhos imersa em densa neblina, aproximou-se, montado em seu dragão, da clareira onde a batalha entre Axl e seu seguidor acabara de ocorrer.

– Onde está ele? – a pergunta em tom nada amistoso era dirigida ao homem ainda aprisionado pelos galhos das árvores.

Carmen Salazar, Oliver Hughes e Sara Byrne acabavam de chegar, acompanhados, cada qual, de seus Animais de Poder – um puma, um leão e uma coruja.

– Vocês não conseguem deter um garoto nem por alguns minutos? – com uma machadinha em suas mãos, a aparência de Fidellius transfigurado em um nativo metia mais medo que o normal.

– Ele foi por ali – o homem amarrado tentava indicar a direção com a cabeça, já que seu corpo estava todo contido pela força dos carvalhos.

Fidellius olhou para o homem, em seguida para Carmen e, com um gesto de sua mão direita, fez com que o galho que prendia sua cabeça se desenrolasse. O sorriso de alívio durou apenas alguns segundos. Direcionado pela fúria de Shaw, a planta se transformou em mordaça.

Não havia espaço para compaixão. À medida que o punho de Fidellius se fechava, o corpo do pobre homem era comprimido. Primeiro lhe fora tirado o direito de gritar... e, alguns minutos depois, o de continuar respirando.

Como tática de engajamento pelo medo, deu ao urso-polar o mesmo fim concedido ao seu protegido. O recado estava dado a todos.

Capítulo 76

Mais uma vez a fogueira acesa era o centro de um grande círculo de curadores, que se preparavam para intervir como guerreiros na busca do equilíbrio entre forças que, naquele momento, agiam em direções opostas. Sempre atenta aos detalhes, Kay observava os semblantes dos nativos ao seu redor. Coragem, honra, integridade e respeito eram virtudes ali externadas pelos olhares de mais de uma centena de homens e mulheres que se concentravam, para que seus espíritos estivessem preparados para a jornada há tempos aguardada.

Sentia, entretanto, que havia um pesar coletivo. Teriam mais uma vez de se reunir para batalhar contra uma força que se julgava superior, e os oprimia na tentativa de negar-lhes acesso ao que tinham como Sagrado.

O Sol dava espaço à chegada da escuridão, em uma ciranda eterna que demonstrava o perfeito equilíbrio dos opostos no Grande Cosmo. Fechava-se o ciclo de um dia repleto de preparação, união, ansiedade...

Flecha Lançada conduzira a distância a integração entre os povos nativos americanos, que naquela noite avançariam sobre os domínios de Fidellius Shaw. Kaylane, pelo contato que teve com os nativos que os acolheram durante a jornada de Axl, atuou como sua assistente durante aquele importante momento de planejamento e preparação.

Com sua atenção focada no dançar das labaredas à sua frente, sentia sua alma em paz. A mesma alma que há pouco mais de três meses tentava gritar, amordaçada, presa pelos fios invisíveis da indiferença que os seres humanos costumam ter com seus propósitos de vida, agora era livre para exercer seu papel em busca de evolução. A lágrima que corria pela sua face, refletindo e se apoderando do fogo dourado que aquecia aquela atmosfera particular, carregava a energia e o poder da gratidão. Era verdadeiramente grata ao Criador pela oportunidade de retomar seu caminho e por saber que esse passo, enfim, acalmaria também o coração do pai.

* * *

Eram 6 horas da tarde. Os tambores começaram a ressoar. Flecha Lançada havia explicado a Axl que a jornada se iniciaria em um dos chamados Pontos Mágicos do dia, "um momento em que tudo que é plantado é potencializado". De forma muito rápida os toques estavam alinhados, produzindo um som forte que espalhava sua vibração por centenas de metros. Durante alguns minutos, podiam-se ouvir revoadas de pássaros que se deslocavam, incomodados com a música que rompia o silêncio a que estavam habituados.

Um a um, cada participante passava rapidamente por seus Espaços Sagrados e se municiava dos elementos de batalha e proteção necessários ao confronto no Mundo Inferior. Com exceção de Kay e Kaleo, que se apresentavam em sua feição etérea como representantes Kahunas, e Axl, que há algum tempo havia incorporado o aspecto de um guerreiro nativo-americano, os demais refletiam as mesmas características que possuíam no plano físico.

Nas florestas, praias, montanhas, cavernas e outras paisagens no Mundo Inferior, viam-se por todo o lado as aparições dos guerreiros de diversas etnias, como se fossem fantasmas surgindo aparentemente do nada. Mesmo na imensidão daquela realidade paralela, alguns tinham seus portais direcionados para locais comuns. Axl, acompanhado pela parte do seu clã que não havia sido aprisionada, chegou a uma praia onde uma cherokee se concentrava para caminhar rumo ao local onde todos se encontrariam.

Os experientes líderes de cada uma das tribos rapidamente se dirigiram a um mesmo local, usando suas habilidades telepáticas e de interação energética. Dali, uniriam suas forças para gerar um campo de energia que fosse referência para todos os demais nativos. A sincronia e agilidade no agrupamento eram essenciais para tirar proveito do efeito surpresa.

O local escolhido, caso não tivesse a função de campo de batalha, poderia ser tranquilamente utilizado para profundas e longas horas de meditação e introspecção. Ligando dois níveis de uma imensa planície verde, onde a relva competia em vastidão com o azul-anil do céu, uma depressão servia de inspiração para as águas exibirem toda sua força em uma imensa cachoeira. O véu branco conectava o calmo rio que trazia as águas geladas de picos nevados ao longe e o lago imediatamente abaixo do platô revestido por musgo, que se dispersava em diversos canais.

*   *   *

Axl acabara de chegar ao platô e recebia os primeiros raios de sol da manhã, naquela realidade paralela. Ficou feliz em poder rever alguns rostos conhecidos. Ao lado de Kaylane e Kaleo, Cavalo Prateado, Estrela da Manhã, Lobo Cinzento e Lua Negra se uniam a Flecha Lançada e a outros xamãs dos povos choctaw, pawnee, sioux e cheyenne, para coordenar o imenso grupo de nativos que às dezenas chegavam e se preparavam na base da cachoeira.

A intenção de utilizar aquele campo aberto como arena visava eliminar a possibilidade de serem atacados de forma sorrateira. A força daquele grupo estava na união, garra e grande quantidade de guerreiros. Do outro lado, os seguidores de Fidellius estariam acompanhados de seus Animais de Poder e, mesmo em menor número, tirariam vantagem de árvores, cavernas ou outros elementos naturais que servissem de tocaia para que os animais exercessem seus instintos de caçador. Outra questão importante seria minimizar o número de elementos que Fidellius pudesse controlar em seus ataques contra o grupo.

Sabedores da arrogância de Shaw, os líderes dos nativos montaram sua estratégia considerando que seriam confrontados pelos inimigos pouco tempo após se reunirem naquele local. Da mesma forma que seu grupo seguiria o campo energético formado, esse elemento também seria notado pelos adversários. Era só uma questão de tempo, até que seu líder e principais subordinados aparecessem.

Em um local fisicamente bem distante dali, Corvo da Noite enfrentava seu primeiro inimigo. Logo após sair de seu portal, no meio de um deserto onde não se encontrava nada além de areia, por quilômetros, foi surpreendido por um jaguar que o atacou pelas costas. Após alguns instantes de luta de solo, conseguiu arremessar o felino com a força de suas pernas. Mal tinha se levantado, foi novamente agredido. Desta vez, pela lâmina de uma brilhante espada manejada por uma guerreira. Vestida com uma saia e um bustiê de couro, a garota que aparentava uns 25 anos não se intimidava com o porte do guerreiro lakota. Armado apenas com um arco – que, naquele momento, estava fora de seu alcance –, Jack desviava dos golpes desferidos, buscando encontrar o momento exato para o contra-ataque.

– Então vocês acham que podem enfrentar Fidellius Shaw? – essa foi a única frase proferida pela menina de curtos cabelos loiros e braços tatuados, antes de perder o equilíbrio em um ataque e se ver dominada pelo índio.

Usando a espada da moça, Corvo a golpeou na cabeça, nocauteando-a instantaneamente. Nesse momento, a fera que aguardava o término da contenda saltou sobre o nativo, que estava ajoelhado verificando o estado da adversária.

Minutos depois, o nativo lakota partia em alta velocidade ao encontro de seu pai e dos demais companheiros, tendo as mãos ensanguentadas e seu coração tomado de tristeza por ter sido necessário abater a fera.

* * *

Essa não foi a única batalha precoce. Outros encontros ocorreram em diversos pontos do Mundo Inferior, nos quais guerreiros de ambos os lados foram abatidos. Mesmo considerando que a dimensão temporal não tem parâmetros similares aos comuns para os seres humanos, pode-se dizer que, de maneira muito rápida, Carmen Salazar havia sido informada de uma certa reunião de nativos, acompanhados de Axl Green.

A previsão dos sábios chefes indígenas se confirmou. Seguindo o protocolo estabelecido na reunião do dia anterior, todos os seguidores de Shaw iam sendo contatados e, independentemente do que estivessem fazendo, abandonavam tudo para acessar o Mundo Inferior e partir para uma operação que chamavam de Ataque Fulminante. A ordem de Fidellius era clara: Axl não poderia sair vivo na próxima vez que ousasse confrontá-lo.

"Preparem-se! Eles estão chegando!", essas foram as únicas palavras transmitidas mentalmente por Lua Negra aos mais de 5 mil guerreiros nativos espalhados na pradaria.

– Axl, tente se poupar. Você deve concentrar suas energias para enfrentar Fidellius. Esse inimigo só você pode derrotar – Flecha Lançada acariciava a cabeça da Leoa sentada ao lado de Axl, antes de partir com os demais chefes para o fronte de batalha.

* * *

Precedidos por seus Animais de Poder, os seguidores de Fidellius surgiam às centenas, de todas as direções. Da mesma forma que os nativos chegavam em altas velocidades e, de repente, desaceleravam até que estivessem em uma velocidade que permitia serem visualizados.

"Uau! Devo estar numa partida do Primordial Power!" Kaleo estava espantado com a diversidade de povos ali representados pelo inimigo.

Chegavam magos, celtas, templários, maoris e até alguns nativos-americanos. Cada um trazia consigo a representação da força que mais tinha sintonia com seus espíritos.

Os líderes de cada tribo se espalhavam pela planície, procurando distribuir seus reforços e gerar equilíbrio em todas as frentes de batalha.

David O'Brien, um dos integrantes do time de Sensitivos, chegou na parte superior do platô montado em um imenso elefante. Investindo a poderosa força do animal contra qualquer coisa que estivesse no caminho, avançavam correndo, atropelando os que inutilmente tentavam impedi-los. Lanças e flechas de energia não surtiam nenhum efeito contra a couraça do animal que, além de seu peso, tinha compridas presas como armas. Diferentemente dos nativos que buscavam imobilizar os oponentes como meta principal, seus adversários não demonstravam pudor algum em tirar-lhes a vida.

Com seu vestido que chegava até a altura do joelho, preso diagonalmente na parte superior apenas em um dos ombros, Kaylane tinha se afastado um pouco de Axl, e era uma das que tinham a função de evitar que chegassem até ele. Munida de um cetro, lançava raios parecidos com lava plasmada, que derrubava de imediato quem fosse tocado.

– Ei, mãe! Você tem vaga garantida no meu time do Primordial! – Kaleo, lutando ao seu lado, mantinha seu espírito alegre, mesmo em uma situação de guerra verdadeira.

– Kaleo, cuidado! – enquanto alertava o filho, lançou um jato de lava que se chocou com a flecha que lhe teria tirado a vida. – Atenção! Isso não é brincadeira.

David havia deixado um rastro de sangue em seu caminho. Estava agora a uns cem metros da borda do platô. Claramente, Axl era seu alvo. Recebendo um comando telepático, a fera de mais de sete toneladas levantou as patas dianteiras, fazendo-as se chocar violentamente contra o solo. O impacto gerou um campo de energia que se espalhou em um raio de centenas de metros, derrubando imediatamente todos que estivessem no caminho. Axl foi ao chão, vendo uma cachoeira de rochas se precipitar contra os que lutavam junto ao lago. Apesar da orientação de Flecha Lançada, era impossível permanecer ali, vendo atrocidades sendo praticadas, e ficar aguardando sua vez de batalhar. Rapidamente se levantou e, estando muito próximo da borda, canalizou sua energia para conter a avalanche de pedras que já havia dizimado centenas. Em meio à zona de maior risco de deslizamento, conseguiu estabilizar o maciço.

O gigante elefante continuava avançando. Agora, mais lentamente. Sabendo serem inúteis os contra-ataques, alguns nativos já saíam de sua linha de ação. Axl estava de costas para o inimigo, ainda usando suas forças para garantir que não havia mais risco de desmoronamentos. Entre ambos, surge um senhor e seu cajado. Em posição de defesa, Lobo Cinzento apontou o bastão em direção ao animal, demonstrando estar empenhado em impedir seu avanço. David sorriu com desprezo. Atiçou a fera, impelindo-a a transpor o pequeno obstáculo. O velho nativo ficou lá, impassível, parecendo aguardar o choque que tiraria sua vida. Axl se virou, e só nesse momento teve consciência do que acontecia às suas costas. Parecia impossível fazer alguma coisa. A colisão era iminente. Pedindo perdão em silêncio pela ação que teria de tomar, Lobo Cinzento apoiou seu cajado no chão e, canalizando energia da Mãe Terra, gerou um raio avermelhado que acertou a testa do animal. A vibração no solo cessou. David e seu Totem haviam sido desintegrados.

* * *

Conflitos parecidos aconteciam em todos os lugares ao redor. Animais utilizando sua força física ou poderes especiais avançavam sobre os nativos, seguindo a ordem de seus protegidos que, claramente, desvirtuavam aquelas energias divinas em prol da ganância e sede de poder.

Junto a um dos braços de rio formados a partir do lago, Sara Byrne se divertia utilizando sua magia celta contra os adversários. Protegida por um escudo de energia que na maioria das vezes não podia ser penetrado, estava frente a frente com Pamela, a garota cherokee, irmã de Jake. A adaga que carregava podia ser utilizada para perfurar o corpo do inimigo, bem como um poderoso canal para direcionar sua magia. Pamela, com sua jovialidade e excelente forma física, desviava dos ataques de um chicote de fogo criado a partir da arma branca da garota de cabelos encaracolados. Os contra-ataques com sua lança até abalavam temporariamente o campo de força que a protegia, mas não eram suficientes para derrotá-la. Recuando ante o avanço que Sara agora imprimia, a cherokee teve de entrar em luta corporal com outros dois seguidores de Fidellius comandados por ela. No mesmo instante em que golpeava um dos homens no peito, levando-o a nocaute, sofreu um profundo ferimento de espada em sua perna direita. Mesmo machucada, tentou revidar. Senhorita Byrne, como gostava de ser chamada, afastou seu comandado, deixando que seu Animal Totem terminasse o trabalho. A coruja, pousada em seu braço direito, emitiu um forte piado que tinha o poder de deixar os adversários atordoados. Confusos, eram hipnotizados pelo profundo olhar da ave. Sara não queria sangue. Gostava de se divertir vendo os zumbis que criava agindo conforme sua vontade. Pamela, com um olhar vago e sem se dar conta da gravidade do ferimento em sua perna, caminhou em direção a uma rocha, sob a qual se deitou e, como um bebê, adormeceu em posição fetal chupando o dedo.

* * *

Assim como os demais anciões, Cavalo Prateado utilizava no plano físico um cajado para o auxiliar em suas caminhadas. No plano astral, esse instrumento adornado com uma cabeça de serpente entalhada no topo ganhava outra função, transformando-se em um poderoso objeto mágico. Na realidade em que se encontrava, sua forma física lhe permitia atuar da mesma maneira que os jovens nativos, levando certa vantagem por ter a bagagem de anos de experiência.

Tinha acabado de abater mais de 15 adversários, com a geração de um campo de força que os elevou alguns metros e, em seguida, deixou que a gravidade fizesse o restante do trabalho. No momento em que partia para novas frentes, foi surpreendido pelo ataque de um grande urso-negro. Estirado no chão, tendo a fera sobre si, preparou-se para revidar com alguma magia, quando, numa fração de segundos, se deteve. O olhar e energia daquele animal eram inconfundíveis. Seu Totem estava livre. Finalmente, após alguns anos de separação, suas forças se uniam novamente.

Esse efeito colateral benéfico já era esperado. Conforme os capangas de Fidellius eram abatidos, mortos ou ficavam inconscientes, seus portais ficavam vulneráveis, permitindo que os Animais de Poder aprisionados pudessem escapar. Aos poucos os clãs iam se juntando aos seus protegidos, fortalecendo o grupo da resistência. Viam-se, ainda, alguns Animais não pertencentes aos combatentes, que seguiam o mesmo rumo e, naquele momento, auxiliavam no ataque contra seus antigos opressores.

Axl, ainda no topo do platô, continuava se poupando. Mesmo esporadicamente lançando alguma esfera de energia contra seus adversários, na maior parte das vezes eram seus Animais que o defendiam. Órion utilizava a força de suas asas para gerar um campo que não permitia nenhuma aproximação. Sua Leoa de Proteção fazia o restante do serviço, atacando ferozmente quem ousasse adentrar seu território. Enrolada em sua cintura, com a cabeça apoiada no ombro do garoto, a naja de Cura restabelecia a energia gasta em cada intervenção.

* * *

Um grito vindo do céu ecoou por todo o campo de batalha, chamando imediatamente a atenção de todos. Independentemente do lado a que pertenciam, aqueles que não estavam guerreando naquele momento pararam para mirar a chegada triunfal de Fidellius sobre seu dragão. Em todo o entorno o céu se tornou escuro, tomado por nuvens carregadas. Em uma trajetória que parecia mirar a cachoeira, pairavam a poucos metros do chão. Inutilmente, os guerreiros nativos se prepararam para alvejar a fera voadora. Pior do que ver seu armamento repelido por um escudo energético que os envolvia, foi sentir de perto o calor do fogo precipitado sobre uma ampla faixa daquela pradaria.

Alguns se desintegraram instantaneamente. Outros, gravemente feridos, estavam de forma definitiva fora de combate. Axl, assistindo ao massacre em um ponto privilegiado, preparou seu ataque contra o monstro que, agora, o tinha como alvo principal.

Usando toda a energia que podia canalizar, direcionou o grande volume de água em queda livre ao encontro dos algozes.

O ataque inesperado desequilibrou e tirou a sustentação de voo do grande dragão, fazendo com que o platô servisse como uma pista de pouso forçado.

Sem desmontar da fera, Fidellius retomou o voo. Desta vez, em nova investida contra o garoto, conseguiu conter os ataques de energia plasmada. O novo rasante ocorreu a poucos metros da cabeça de Axl, fazendo com que ele e todos os outros que estavam ao seu redor fossem arremessados pelo deslocamento de ar.

Não prosperaram as tentativas dos Animais do clã de Axl de salvar o garoto que, ainda atordoado pela queda, fora capturado pelo dragão. Apesar da resistência, foram obrigados a recuar ante a cortina de fogo lançada pela fera.

Deixando um legado de desesperança, Fidellius fez questão de sobrevoar toda a Arena, mostrando a todos o seu troféu.

– Conseguiu rastreá-lo? – ansioso, Flecha Lançada se aproximava de Lua Negra.

– Sim, sei onde está o portal de Fidellius.

Cumpria-se mais uma parte do plano. Usando suas habilidades de captação energética, a xamã cherokee monitorava, a todo momento, o instante em que a energia de Fidellius se faria presente no Mundo Inferior. Confiantes de que o inimigo seria derrotado, precisariam acessar seu Espaço Sagrado para libertar a maioria dos Animais de Poder aprisionados.

Fidellius não podia ser seguido. Desapareceu em meio à guerrilha, que ainda se estenderia por horas.

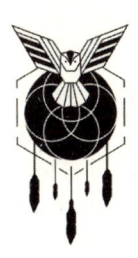

Capítulo 77

O calor era intenso no momento em que Axl abriu os olhos, recobrando a consciência. Sentia o corpo dolorido, produto da pressão exercida pelas garras do grande dragão.

A primeira imagem que viu foi a do Sol encoberto por uma espessa camada de fumaça. Era como se o astro-rei estivesse isolado por um véu.

– Pensei que ia ficar aí o dia todo – sentado em uma rocha, Fidellius parecia impaciente.

Ainda meio tonto, Axl tentava se manter em pé em meio aos pedregulhos que cobriam todo o chão. Buscando entender melhor o que estava acontecendo, descobriu estar no topo da cratera de um vulcão em atividade. Num nível inferior, o dragão montava guarda junto ao que parecia ser a única rota de acesso terrestre àquele ponto.

– Podia ter cozinhado você enquanto dormia e acabar de uma vez com essa história – Fidellius, agora em pé, avançava lentamente na direção do garoto –, mas... Eu precisava te mostrar a minha força antes de retornar para acabar com seus amigos.

A atitude de Fidellius, apesar de não ser compatível com a de alguém que precisa e tem a chance de eliminar seu adversário com agilidade, tinha como combustível a necessidade de provar a si mesmo que era insuperável, como até aquele momento havia realmente sido.

O garoto deu alguns passos para trás, chegando muito próximo à borda da cratera. A lava incandescente emprestava suas cores a todo o entorno. O odor e toxidade do enxofre exalado dificultavam a respiração.

– É hora de se juntar à sua mãe! – seus olhos, como portais, permitiam que se pudesse enxergar a essência de uma alma corrompida.

Apontando uma de suas mãos para a boca do vulcão, Shaw fez com que um grande volume de rochas incandescentes fosse expelido e lançado na direção do jovem adversário. Erguendo os braços para se defender, Axl criou inconscientemente uma esfera dourada que o protegeu da mortal chuva de fogo. Furioso pelo ataque malsucedido, Fidellius lançou sua machadinha contra o oponente. O choque no campo de proteção energética fez com que o garoto fosse arremessado por alguns metros.

Convicto de que deveria finalizar a batalha com todo o seu poderio, esticou seu braço esquerdo em direção ao solo, sugando toda a energia da Mãe Terra que pudesse armazenar. Axl, já reestabelecido, viu uma imensa esfera vermelha se formando na mão direita de Fidellius. Precisava se proteger. Seguindo os passos de seu oponente, ergueu seu braço esquerdo, buscando captar a energia do Pai Céu. Atento aos movimentos de Shaw, revidou no mesmo instante em que um poderoso raio foi lançado em sua direção.

O choque entre os raios vermelho e azul gerou um estrondo similar ao provocado por relâmpagos em grandes tempestades. Os dois Filhos da Terra atuavam como para-raios, canalizando as energias cósmicas que, em um fluxo contínuo, continuavam a se confrontar.

O esforço para manter aquele estado era imenso. Axl, ainda abatido pela pancada que dera com a cabeça em uma pedra, antes de ser levado pelo dragão, aos poucos ia cedendo à investida do poderoso Fidellius. A força gerada se mostrava tão grande que o menino era empurrado em direção à lava borbulhante, deslizando contra sua vontade pelo piso pedregoso.

Um relincho precedendo um *flash* veio da região onde estava o dragão. Confrontando e contendo a fera alada, lançando raios prateados de seu chifre, o unicórnio branco recém-libertado permitia que uma das líderes nativas se aproximasse da cratera.

Axl a reconheceu imediatamente. Era a mesma índia que o havia retirado da caverna em que Fidellius o aprisionou no Mundo Intermediário. Unindo polegares e indicadores à frente de seu peito, formando um triângulo, a moça lançou um fluxo de energia dourado na direção de Fidellius que, com agilidade excepcional, criou um pulso que interrompeu a contenda com Axl e arremessou o garoto a poucos centímetros do abismo incandescente, a tempo de conter o ataque da nativa.

Ela agora corria em direção ao menino, na clara intenção de protegê-lo a qualquer custo. Enquanto estava no meio do caminho, foi surpreendida por um abalo sísmico produzido pelo adversário, que rompeu parcialmente o solo, levando-a à queda. Antes de chegar ao chão, caída inconsciente ao lado de Axl, foi atingida pela machadinha de Fidellius.

– Ah, eu sabia que existia mais um de nós. Hoje é o dia em que acabarei com dois Filhos da Terra que insistem em confrontar meu poder.

* * *

Triste por ver mais uma vez alguém perecendo pelas mãos de Fidellius Shaw, Axl percebeu que a fisionomia da moça começou a se alterar. Pouco a pouco, as características indígenas foram dando espaço aos traços físicos reais da mulher que tentara em vão ajudá-lo.

O tempo e o coração de Axl pareciam ter sido paralisados no mesmo instante. A visão da mulher a seu lado, parecendo já não mais respirar, fez com que lágrimas imediatamente umedecessem seu rosto e congelassem sua alma.

– Mã... Mãe!

– Ah! A mamãezinha morreu de novo?! – seu sorriso e tom de voz sádicos eram emanados com tanta força que pareciam envenenar a alma de Axl. – Já chega! Vou acabar logo com você também.

"Não é possível! Isso deve ser um pesadelo" – o sentimento era confuso. Reencontro, perda, raiva, amor...

Axl sabia que a última fronteira havia sido ultrapassada. Uma força se apoderou de sua alma, guiando seus passos dali para a frente. Aquele ciclo de tristeza e dor deveria terminar.

"Órion... Animais do meu clã, preciso de vocês. Me emprestem sua força..." Axl se levantou e, destemido, encarou Fidellius. Fechou os olhos e se concentrou. Uma imensa pirâmide de energia azulada surgiu em torno dele e da mãe.

Shaw, sentindo a força da energia que se aproximava do garoto, revidou imediatamente. Lançou uma esfera de fogo, depois induziu novamente a lava contra seus dois adversários e canalizou a energia da Terra em um raio avermelhado. Inúteis tentativas... Nada parecia funcionar contra aquele campo energético.

O reforço havia chegado. Às costas do bravo menino, surgiram seus quatro Animais de Poder que, olhando fixamente para Fidellius, entraram com calma na pirâmide de proteção.

– Bom ver vocês! – cuidadosamente, acariciava cada um de seu clã. – Nossa missão precisa ser cumprida.

Confiante, Axl via o desespero de seu oponente, lançando energias de raiva, dor, ódio e desesperança. Os raios que inutilmente se chocavam contra a pirâmide de luz eram apenas reflexo de uma alma atordoada e perdida. Fechou seus olhos e, com os braços abertos, começou o acoplamento.

Um a um, os animais se fundiram com o garoto, tornando-os um só ser. A primeira foi a naja. Enrolando-se em seu corpo a partir de suas pernas, penetrou em sua coluna vertebral na altura do pescoço. Por um instante, seus olhos se transformaram nos da serpente. A fusão de energias fez com que Axl tivesse toda sua saúde física restaurada. Para garantir a vitória definitiva, o castor saltou em direção ao seu abdômen, desaparecendo enquanto sua medicina de prosperidade passava a integrar as forças do lutador.

Ouviu-se um ensurdecedor rugido e, na sequência, Axl deu um brusco salto. A força do acoplamento da leoa foi tamanha, que fez com que Axl desse um passo para trás, tentando se reequilibrar. Fidellius acompanhava, incrédulo, a metamorfose temporária das feições humanas nas de uma fera.

Voando em círculos à altura do vértice da pirâmide, Órion aguardava o momento de selar as forças do novo guerreiro. Um piado e um mergulho em direção à cabeça de Axl... E o acoplamento estava completo. Nesse momento o garoto se ajoelhou, abrindo seus braços como se fossem asas. Sentia ter agora o poder necessário para tirar Shaw do comando da vida de tantas pessoas que só querem seguir seu caminho de evolução. Seu coração estava tranquilo e pleno de gratidão.

Empoderado, Axl saiu do interior da pirâmide, deixando o corpo de sua mãe em segurança. Fidellius, vendo que necessitava atacar com força total, sugava a energia da Mãe Terra e criava uma nova esfera luminosa. Não houve tempo para disparar.

Tendo suas pernas posicionadas como as de um lutador preparando um chute contra o adversário, Axl fechou seus punhos e disparou em direção ao seu alvo. Durante esse movimento que durou milissegundos, transformou-se em uma esfera de energia prateada, parecendo um cometa cruzando os céus. O choque violento lançou Fidellius Shaw a uma distância enorme. Seu corpo em queda acumulou tanta energia que, ao tocar o solo muito próximo à borda da cratera, causou um desmoronamento em direção ao caldeirão borbulhante. Inconsciente e em meio ao solo deslizando, Shaw era mais um elemento fadado à extinção eterna. Próximo à beirada, Axl ainda viu o corpo do inimigo caído sobre um platô inferior bastante próximo à lava. Gradualmente, ele ia sendo soterrado pelas rochas que despencavam, até cobri-lo totalmente.

* * *

No campo de batalha, nativos e seguidores de Fidellius viram o céu abruptamente se tornar límpido. Todos perceberam e entenderam o sinal. Os tempos de opressão haviam acabado. Orientados mentalmente por seus líderes, os homens de Shaw aceleraram até desaparecer. Abraços entre tribos marcavam aquele momento há tanto esperado. Homens e mulheres choravam de emoção ao rever seus Animais.

* * *

Por ter perdido as esperanças de estar novamente com a mãe, ainda muito criança, aquele reencontro não programado tinha a marca definitiva da maldade de um homem que trocava vidas pelo poder. Carregando Sophie nos braços, Axl caminhava pela trilha que o levaria ao pé do grande vulcão. Ainda dominado pela força que teve que interiorizar para derrotar Fidellius, continha as lágrimas e desespero naturais para um garoto de sua idade, naquela situação.

À sua frente, o unicórnio os aguardava triunfante, tendo a seus pés o dragão vermelho derrotado. Quando estavam a alguns passos de distância, o animal caminhou lentamente ao seu encontro, com sua cabeça levemente abaixada. Assim que se encontraram, Axl não se conteve e caiu em prantos, ajoelhando-se com a mãe ainda em seus braços. O relincho do lindo Animal Mágico o fez olhar para cima, a tempo de vê-lo tocar com seu chifre na testa de sua protegida Sophie.

Uma luz intensa surgiu dessa conexão, quase impossível de ser admirada pela força de seu brilho. Diferentemente do que o filho pensava, ela ainda se mantinha ligada à vida por um delicado fio. Transferindo parte de sua força vital a ela, o unicórnio concedeu a chance de que os olhares entre mãe e filho se cruzassem novamente.

– Mãe...! – a voz trêmula de Axl, quase inaudível, era tão delicada quanto a forma com que ajudava a mãe a se sentar.

As palavras não fluíam. O garoto não conseguia lidar com a velocidade com que perguntas e declarações surgiam em sua mente. Ajoelhado aos pés de Sophie, conseguia apenas contemplá-la. Um misto de incredulidade e gratidão pelo milagre que acabara de se realizar se fundia com a felicidade extrema pelo reencontro que tantas vezes simulou em seus sonhos mais profundos.

Ainda fraca, Sophie exibia um sorriso doce que, com a suave carícia nas mãos do filho, pouco a pouco trouxeram quietude ao garoto. Foram alguns minutos de completo silêncio, nos quais suas almas conversavam em profundidade. Em vez de palavras, lágrimas eram as condutoras do puro e verdadeiro amor que emanava de seus corações.

    Axl estava entregue. Não precisaria se proteger de ninguém naquele momento. Ali, o guerreiro dava lugar a um filho precisando de colo. Suas feições indígenas foram aos poucos sendo substituídas por aquelas que o caracterizavam no mundo físico.

    – Axl... – pronunciou com dificuldade, antes de um longo suspiro. – Sinto muito por não estar a seu lado nesses últimos anos. Imagino a falta que uma mãe deva fazer na vida de um menino... – enquanto pronunciava essas últimas palavras, a força que tentava demonstrar se transmutava em pesar, retratado por lábios trêmulos e mãos frias tocando o rosto do filho. – A falta que uma mãe deva fazer na vida de um menino, especialmente tendo uma missão tão importante quanto a sua. Mas sei, filho, sei que você, apesar de ainda muito novo, já tem maturidade para saber que essa escolha foi feita por nós mesmos. É parte da missão que nossas almas decidiram trilhar.

    O sorriso no rosto de Axl chancelou a percepção que sua mãe tinha quanto à sua evolução espiritual.

    – Mas agora estamos juntos... Prometo que é chegada a hora de preencher esse vazio.

    A força daquele reencontro não permitia que tivessem forças para continuar conversando. Um abraço selou e restabeleceu um dos mais poderosos elos existentes... A ligação entre mãe e filho.

    Deitado em posição fetal sobre a grama verdejante, Axl repousava sua cabeça sobre as pernas cruzadas de Sophie que, em estado de felicidade suprema, acariciava os cabelos do menino. Enfim, o guerreio voltava a ser apenas uma criança...

Epílogo

Haviam se passado seis meses desde o dia em que o mundo se viu livre da tirania de Fidellius Shaw. Após a batalha, Carmen Salazar e Thomas Clark foram até o apartamento do chefe, onde o encontraram desacordado. Desde então, ele se encontra em coma em um hospital da cidade. Por estar nesse estado vegetativo, sabe-se que ainda está inconsciente no Mundo Inferior. Seu paradeiro, entretanto, é desconhecido.

Seu perfil centralizador e possessivo fazia dele o único contato com as mais altas hierarquias das forças armadas, governos e empresas multinacionais. Seu afastamento fez com que os negócios mais lucrativos fossem cancelados e, lentamente, suas empresas entraram em declínio. Nem mesmo Thomas, seu fiel assessor, tinha autonomia, conhecimento e contatos que permitissem manter as operações.

Certamente pelo medo de serem expostos, considerando-se que grande parte dos negócios tinha implicações morais discutíveis, os parceiros de negócio da Stellar Rhodium também se mantiveram nas sombras. Apenas o proprietário da empresa líder mundial em programação e coidealizadora do projeto Akasha procurou Thomas para requerer informações. Portando um documento assinado por Shaw, que orientava uma determinada busca e lhe concedia permissão para o requerimento que faria, esteve na sala com vista para o Central Park em busca de um HD classificado como Sistema D.

* * *

As famílias Green e Walker criaram laços extremamente fortes. Naquela tarde de sábado chegavam todos os seus sete integrantes a um vilarejo no Havaí.

– Senhor Kala, é um prazer vê-lo novamente – Sophie abraçava o velho kahuna com amor filial.

– Minha querida Sophie... É uma alegria imensa ver vocês todos juntos aqui em minha casa.

– Eu tinha de vir pessoalmente agradecer ao senhor. Já passei pelas tribos dos outros chefes e xamãs que ajudaram meu filho durante todos estes anos. Deixei o mais importante por último – deu-lhe um beijo carinhoso na testa e depois abraçou Kaylane. – Sabe, estes últimos meses foram muito intensos e cheio de desafios.

– Às vezes somos colocados em situações extremas para que nossa evolução espiritual possa acontecer. Mesmo assim, quando eu partir deste mundo, vou falar com o Grande Espírito. Ele tem de tirar da lista de provações essa tarefa de uma mãe ficar longe dos filhos por tanto tempo – o bom humor de Kala fez todos caírem na risada. – Sei que já deve ter contado isso diversas vezes, mas... Onde você esteve todo esse tempo?

– Estive com os irmãos de uma tribo cheyenne. Devo muito àquele povo... Eles tiveram de se privar de muita coisa só para me proteger – seus olhos voltados para o alto indicavam que, em sua mente, imagens de diversos momentos que vivenciara passavam como num filme. – Geramos um campo energético em uma imensa área, para que Shaw não conseguisse me localizar. Éramos como fantasmas no radar esotérico daquele...

Vendo que aquela conversa de adulto ficaria muito monótona, Kaleo e Axl decidiram levar Kate para conhecer a praia secreta.

– Tchau, mamãe. Daqui a pouco estamos de volta! – ouvir a voz de Kate a obrigava a conter as lágrimas.

– Foi muito duro ter privado meus filhos dos cuidados de uma mãe – com doçura, Sophie olhou profundamente nos olhos do marido. – Se bem que o Dan fez o trabalho direitinho.

– Não se culpe, minha amiga – Kaylane tentava um ato de consolo, segurando suas mãos.

– Se pudesse, faria diferente. Mas eu não tinha escolha. Se continuasse à vista, deixaria meus filhos expostos – compartilhar esse sentimento com amigos e deixar suas águas internas extravasarem era um remédio para a alma.

* * *

Os três garotos estavam próximos à fenda que levava à bela paisagem da praia. Kate não conseguia conter a ansiedade, só de ouvir falar do tal lugar.

– Cara, só uma coisa me deixou triste com o final do Shaw – Kaleo parou o amigo e o encarou. Seu semblante sério ocultava totalmente o que viria a seguir. – Não vai dar mais para jogar Primordial Power! – seu sorriso verdadeiro e a ingenuidade da brincadeira fizeram Axl esquecer de quem estavam falando.

– Falando nisso, fiquei muito aliviado de saber a verdade sobre a Lara – continuaram a caminhada enquanto reiniciavam a conversa. – Estou ainda um pouco com vergonha por causa do jeito que falei com ela no dia em que nos encontramos.

* * *

Axl relembrava o primeiro fim de semana após o retorno para casa. Ele queria pessoalmente contar a Lara que havia derrotado o até então ídolo dos fãs do game, e que ela ajudara em sua insana jornada. Foi obrigado a mudar sua abordagem quando descobriu que ela havia sido apenas mais uma vítima.

Como Kaleo havia comentado no encontro com Ryan, Fidellius pretendia convidá-la para ser garota-propaganda de sua empresa. Quando estava entrando na sala de reuniões, um assessor abordou Fidellius com um tablet em mãos.

– Que tal, sr. Shaw? – o rapaz mostrava um retrato falado elaborado a partir das descrições dele, logo após o episódio no Mundo Intermediário, quando Axl foi capturado em sua forma normal.

– Acho que é isso mesmo. Procure-o imediatamente.

– Ah, o senhor tem uma surpresa para o amigo de Ryan também? – querendo demonstrar estar à vontade, a garota se intrometeu na conversa.

Desse momento em diante, Lara se tornou refém psicológica do poderoso empresário. Ela foi obrigada a entregar Axl e se manter calada sobre o que havia presenciado. O recado era claro. Se alguém soubesse o que se passava, toda a sua família seria seriamente prejudicada.

* * *

– Psiu! Fique quieta – Axl segurava a mão da irmã e a orientava a continuar caminhando pela areia em direção ao mar, em completo silêncio.

De costas para os três visitantes, Moikeha, ao lado de sua prancha, parecia meditar. Nem bem chegaram perto, quando viram seus movimentos com as mãos induzirem as águas do mar a se transformarem em um golfinho.

Axl soltou Kate e a orientou, com o dedo indicador sobre os lábios, que deveria continuar em silêncio. Sem que o havaiano percebesse, usou seu poder de interação com os elementos naturais e criou uma imensa coruja, uma réplica em água de Órion, que se ergueu por trás do pequeno golfinho e avançou em direção à areia. Assim como no episódio do tigre, todos saíram encharcados. Foram vários minutos até Kaleo e Axl conseguirem parar de gargalhar pelo susto que conseguiram meter no surfista kahuna.

– É, nem parece aquele garoto amedrontado que vi aqui alguns meses atrás.

– Então... – respondeu Axl, sentado de frente para o mar, abraçando os joelhos. – Eu aprendi isso tudo só pra te dar o troco. E eu não podia deixar passar a oportunidade de minha coruja afogar o Animal Totem do Kaleo.

– Ah... Seu Totem é um golfinho. Que lindinho!

– Muito engraçada a sua piada – Kaleo até tentou, mas não conseguiu esconder que a brincadeira não o chateara. – Eu bem que pensei que fosse ser um leão, um tigre... Sei lá... Até uma serpente, talvez. Mas eu estou tranquilo com isso. A medicina dele até que é legal.

– Como é mesmo que o Flecha Lançada explicou? – Axl deu um leve tapa no ombro do amigo. – É a medicina da pureza, da...

– Da alegria, do amor incondicional... – emendou Kaleo. – Fala aí, se eu tivesse lido antes, saberia que meu Totem era um golfinho. Afinal de contas, eu também inspiro inteligência e diversão, espalhando alegria no mundo todo.

– Tá certo, Kaleo, boa saída...

* * *

Abençoados pela força do mar e sob a luz do Sol, todos ali eram exatamente o que deveriam ser – apenas crianças se divertindo em uma praia paradisíaca.